Ullstein

Maritim
Ullstein Buch Nr. 22433
im Verlag Ullstein GmbH,
Frankfurt/M – Berlin
Titel der englischen Originalausgabe:
»Midshipman Hornblower«
Übertragen und bearbeitet von
Eugen von Beulwitz

Umschlagentwurf:
Hansbernd Lindemann
Umschlagbild:
Farbreproduktion nach einem Gemälde
von Thomas Luny, Sammlung Peter Tamm,
aus dem Buch »Maler der See«
von Prof. Dr. Jörgen Bracker, Dr. Michael
North, Peter Tamm

Printed in Germany 1996
Gesamtherstellung:
Ebner Ulm
ISBN 3 548 22433 4

20. Auflage Januar 1996
Gedruckt auf alterungs-
beständigem Papier mit
chlorfrei gebleichtem Zellstoff

Vom selben Autor
in der Reihe
der Ullstein Bücher:

Leutnant Hornblower (22441)
Hornblower wird Kommandant (22462)
Hornblower auf der *Hotspur* (22651)
Der Kapitän (22481)
An Spaniens Küsten (23633)
Unter wehender Flagge (23789)
Der Kommodore (22555)
Lord Hornblower (22570)
Hornblower in Westindien (22598)
Zapfenstreich (22836)
Die letzte Fahrt der *Bismarck* (22430)
Brown von der Insel (23376)

Die Deutsche Bibliothek –
CIP-Einheitsaufnahme

Forester, Cecil Scott:
Fähnrich zur See Hornblower : Roman /
C. S. Forester. [Übertr. und bearb. von
Eugen von Beulwitz]. – 20. Aufl. –
Frankfurt/M ; Berlin : Ullstein, 1996
(Ullstein-Buch ; Nr. 22433)
ISBN 3-548-22433-4
NE: GT

C. S. Forester

Fähnrich zur See Hornblower

Roman

Ullstein

1

Der Januarsturm fegte von Westen her durch den englischen Kanal, er orgelte in der Takelage und jagte immer wieder schwarze Regenböen vor sich her. Dann prasselten die schweren Tropfen jedesmal laut auf das Ölzeug der Offiziere und Mannschaften nieder, die der unerbittliche Dienst an Deck festhielt. So hart und so lange hatte der Sturm bereits getobt, daß sogar das mächtige Linienschiff, das in den geschützten Gewässern des Spithead vor Anker lag, etwas von seiner Gewalt verspürte. Es gierte unruhig hin und her, stampfte sogar ein wenig in der kurzen, steilen See und ruckte zuweilen mit einem unerwarteten Stoß in seine brechend steifen Ankertrossen. Jetzt näherte sich von Land her ein fremdes Boot, zwei wetterfeste Frauengestalten trieben es mit ihren Riemen kräftig voran, obwohl es in dem kabbligen Seegang wild auf und nieder tanzte und manchmal sogar die Nase so weit wegsteckte, daß der Gischt von vorn bis achtern flog. Die beiden Ruderinnen verstanden sich offenbar ausgezeichnet auf ihr Geschäft. Mit raschen Blicken über die Schulter hielten sie ihr Fahrzeug nicht nur auf Kurs, sondern drehten es überdies jedesmal mit dem Bug geschickt gegenan, wenn eine besonders üble See herangerollt kam, damit es nicht in Gefahr geriet zu kentern. Allmählich kam das Boot der JUSTINIAN immer näher und hielt schon auf deren Steuerbordgroßrüsten zu, als es vom Fähnrich der Wache angerufen wurde.

»Aye, aye!« gab das Frauenzimmer am Schlagriemen mit gewaltiger Lungenkraft zur Antwort. Nach einer seltsamen, uralten Überlieferung in der Marine bedeutete das, daß sich in dem Boot ein Offizier befand. – War damit etwa gar jenes zusammengekauerte Etwas im Heck des Bootes gemeint, das sich ausnahm wie ein Häufchen Elend unter einer Persenning?

Mehr konnte Mr. Masters, der Wachhabende Offizier, einstweilen nicht erkennen. Er barg sich in Lee des Kreuzmastes so gut es ging vor dem Regen, das Boot aber ging auf die Anweisung des Fähnrichs der

Wache an den Großrüsten längsseit und kam ihm deshalb aus Sicht. Jetzt geschah eine ganze Weile nichts. Wahrscheinlich fiel es dem Offizier im Boot ein wenig schwer, an der Bordwand hochzuklettern. Endlich erschien das Boot wieder in Masters' Gesichtsfeld, die Frauen hatten wieder abgelegt und setzten nun ein winziges Luggersegel, unter dem das Boot in fliegender Fahrt in Richtung Portsmouth davonjagte und dabei wie ein Rennpferd über die ablaufenden Seen sprang. Als sich das Fahrzeug schon ein ganzes Stück entfernt hatte, bemerkte Mr. Masters, daß jemand das Achterdeck betrat und auf ihn zukam. Es war der Neuankömmling in Begleitung des Fähnrichs der Wache.

Er sah dem Nähertretenden erwartungsvoll entgegen. Dieser war offenbar noch sehr jung, wahrscheinlich kaum erst dem Knabenalter entwachsen, auffallend hager und etwas über mittelgroß. Nur die Füße waren anscheinend dem Wachstum vorausgeeilt, was dadurch besonders ins Auge fiel, daß seine allzu dünnen Beine in großmächtigen Halbstiefeln staken. Der junge Mann bewegte sich so linkisch und ungeschickt, daß man unwillkürlich auf seine Ellbogen und Hände achtete. Er trug eine schlechtsitzende Uniform, die vom Spritzwasser ganz durchnäßt war, aus dem hohen Kragen ragte ein dünner Hals, und darüber blickte einem ein bleiches Gesicht entgegen, das nur aus Haut und Knochen zu bestehen schien. So ein Blaßgesicht war an Bord eines Kriegsschiffes ein seltener Anblick, weil hier Sonne und Wind die Haut der ganzen Besatzung in kürzester Zeit mahagonibraun gerbte. Aber war das denn gewöhnliche Blässe? Nein, die hohlen Wangen zeigten verräterische grüne Schatten – kein Zweifel, der Junge war auf der Bootsfahrt eben richtig seekrank geworden. In seinem blassen Gesicht brannten ein paar dunkle Augen, sie wirkten durch den Farbkontrast wie schwarze, ausgeschnittene Löcher in einem weißen Bogen Papier. Masters fielen diese Augen auf, weil sie der junge Mensch trotz seiner Seekrankheit unermüdlich umherwandern ließ, um jede Einzelheit einer Umgebung in sich aufzunehmen, die ihm offensichtlich neu war. In diesen forschenden Augen verriet sich eine unbändige Wißbegierde, die sogar stärker war als alle Menschenscheu und als das Elend der Seekrankheit.

Der Blick der dunklen Augen heftete sich an Masters, die schlaksige Gestalt nahm Haltung an und hob mit selbstbewußter Gebärde die Hand zur Krempe des wassertriefenden Hutes. Der Junge öffnete den Mund, um etwas zu sagen, klappte ihn dann aber gleich unverrichteterdinge wieder zu, da ihn offenbar die Schüchternheit übermannte. Endlich riß er sich nochmals sichtlich zusammen und stieß die vorgeschriebenen Worte hervor, die man ihm für diese Gelegenheit eingetrichtert hatte:

»Melde mich an Bord, Sir.«

»Sie heißen?« fragte Masters nach einer kurzen, erwartungsvollen Pause.

»H – Horatio Hornblower, Sir – Fähnrich«, stammelte der Neue.

»Danke, Mr. Hornblower«, gab Masters ebenso förmlich zur Antwort. »Haben Sie Ihr Garnier gleich mitgebracht?«

Hornblower hatte diesen Ausdruck noch nie gehört, aber er fand gerade noch genug Überlegung, um zu erraten, was damit gemeint war.

»Meine Seekiste, Sir? Jawohl, sie steht mittschiffs an der Fallreepspforte.«

Er brachte diesen Satz fast ohne Zögern heraus, weil ihm wohlbekannt war, wie man sich an Bord auszudrücken hatte, daß er also mitschiffs und durch die Fallreepspforte an Bord gekommen war. Dennoch kostete es ihn Überwindung, diese Worte in den Mund zu nehmen.

»Ich werde die Kiste unter Deck bringen lassen«, sagte Masters. »Auch für Sie selbst wüßte ich im Augenblick keinen besseren Aufenthalt. Der Kommandant ist nämlich an Land, und der Erste Offizier will auf keinen Fall vor acht Glasen gestört sein. Ich rate Ihnen also, Ihre nassen Sachen auszuziehen, solange Sie noch Zeit dazu haben.«

»Aye, aye, Sir«, sagte Hornblower und fuhr etwas verspätet mit der Hand an den Hut, weil es ihm nicht rechtzeitig eingefallen war. Masters erwiderte seinen Gruß und wandte sich an einen der Läufer, die kältebebend im unzureichenden Schutz der Reling hockten.

»Junge! Führ Mr. Hornblower unter Deck in die Fähnrichsmesse.«

»Aye, aye, Sir.«

Hornblower ging mit dem Schiffsjungen nach vorn zum Hauptniedergang. Die Seekrankheit bewirkte ohnehin, daß er unsicher auf den Beinen stand, als aber nun die JUSTINIAN während seines kurzen Wegs unter dem Druck besonders harter Böen gar noch zweimal heftig in ihre Ankertroß ruckte, taumelte er jedesmal nach vorn, als ob er über eine Leine an Deck gestolpert wäre. Schließlich glitt der Schiffsjunge wie ein Aal den steilen Niedergang hinunter, während sich Hornblower richtig Zeit nehmen mußte, ehe er ungeschickt und behutsam in die Dämmerung der Unterbatterie und weiter ins Zwielicht des Zwischendecks hinuntertauchte. Der Geruch, der ihm dort in die Nase stieg, war ebenso seltsam und undefinierbar wie die Geräusche, die an seine Ohren drangen. Am Fuß eines jeden Niederganges erwartete ihn der Schiffsjunge mit der Geduld, die er offenbar dem Neuling schuldig zu sein glaubte. Als er den letzten glücklich hinter sich hatte, waren es nur noch wenige Schritte – Hornblower hatte schon ganz die Richtung verloren und wußte nicht, ob sie voraus oder achteraus führten – bis zu einem düsteren Verschlag, dessen Dunkelheit durch ein Talglicht auf einem kupfernen Teller eher betont als gemildert wurde. Dieses Licht stand auf einem Tisch, um den ein halbes Dutzend Männer in Hemdsärmeln saßen.

Der Schiffsjunge verschwand und ließ Hornblower allein zurück. Es verstrichen mehrere Sekunden, ehe der Mann mit dem Backenbart, der am Kopf des Tisches saß, von ihm Notiz nahm.

»Bist du ein ehrliches Gespenst, so sprich«, sagte er endlich.

Hornblower fühlte, wie ihn plötzlich ein Anfall von Übelkeit überkam – er litt immer noch unter der Nachwirkung der Bootsfahrt, und darum setzten ihm die Stickluft und der Gestank im Zwischendeck erklärlicherweise besonders zu. Es fiel ihm also an sich schon schwer zu sprechen, am ärgsten aber war, daß er überhaupt keine Ahnung hatte, wie er sich diesen Leuten gegenüber benehmen sollte.

»Mein Name ist Hornblower«, brachte er schließlich stammelnd hervor.

»Da hast du aber lausiges Pech gehabt«, meinte ein anderer aus der Runde ohne jede Spur von Mitgefühl,

In diesem Augenblick schoß der heulende Sturm, der draußen herrschte, ganz plötzlich um mehrere Striche aus, so daß sich die schwere JUSTINIAN ein wenig auf die Seite legte, ehe sie in die neue Richtung schwojte und wieder einmal heftig in die Ankertrossen ruckte. Für Hornblower war das ein Gefühl, als ob sich die Welt aus den Angeln höbe. Alles schien sich um ihn zu drehen, und zugleich spürte er, wie ihm der Schweiß auf die Stirn trat, obwohl er am ganzen Leib vor Kälte zitterte.

»Ich habe den Eindruck«, sagte der Bärtige am Kopf des Tisches, »daß Sie an Bord dieses Schiffes gekommen sind, um sich Ihren seebefahrenen Kameraden aufzudrängen. Wir hätten also wieder einmal so einen begriffsstutzigen, ahnungslosen Zeitgenossen unter uns, der uns das Leben schwer macht, weil wir ihm mühsam beibringen müssen, was er zu tun und zu lassen hat. Schaut euch den Kerl nur einmal an...«, der Sprecher wies mit einer Geste auf Hornblower, und alle Anwesenden sahen sich nach ihm um. »Ja, seht ihn euch an! Mit dem ist der König wieder einmal verdammt schlecht bedient... Wie alt sind Sie eigentlich?«

»Si – siebzehn, Sir«, stammelte Hornblower.

»Was, schon siebzehn Jahre?« Der Ton des Sprechers verriet nur zu deutlich, wie er darüber dachte. »Bilden Sie sich nur ja nicht ein, daß da noch ein richtiger Seemann aus Ihnen wird. Dazu hätten Sie mit zwölf anfangen müssen.«

In diesem Augenblick holte das Schiff von neuem über, so daß Hornblower nach der Tischkante greifen mußte, um sein Gleichgewicht zu halten.

»Meine Herren«, begann er feierlich, ohne recht zu wissen, wie er sich dieser Gesellschaft verständlich machen sollte.

»Ach du großer Gott«, rief da einer aus der Tafelrunde, »der Mensch ist ja seekrank!«

»Seekrank im Spithead!« bemerkte ein anderer. Aus der Art, wie er das sagte, ließ sich unschwer entnehmen, daß er diesen Sachverhalt ebenso erstaunlich wie verächtlich fand.

Aber Hornblower war jetzt schon alles gleich, er faßte überhaupt nicht mehr richtig auf, was rings um ihn vorging. An seinem gegenwärtigen Zustand trugen die Aufregungen der letzten Tage mindestens ebensoviel Schuld wie die stürmische Bootsfahrt und die unberechenbaren Bewegungen der JUSTINIAN. Aber das spielte hier natürlich keine Rolle, für die anderen war er fortan der Fähnrich, der im Spithead seekrank wurde. Der Fluch der Lächerlichkeit, der ihn damit traf, hatte notwendig zur Folge, daß er sich erst recht von aller Welt verlassen fühlte und doppelt unter Heimweh litt. Der seelische Druck, der sich da auf ihn legte, wollte nicht mehr von ihm weichen, solange der Teil der Kanalflotte, dem es noch nicht gelungen war, die Besatzungen aufzufüllen, in Lee der Isle of Wight vor Anker lag. Fürs erste half ihm der Messesteward in seine Hängematte, und dort erholte er sich innerhalb einer Stunde wenigstens so weit, daß er sich beim Ersten Offizier melden konnte.

Nach einigen weiteren Tagen an Bord fand er sich schon überall im Schiff zurecht und wußte auch in den unteren Decks, wo vorn und achtern war. Auch die Gesichter seiner Kameraden verloren allmählich ihre verschwommene Ähnlichkeit und zeigten ihm jetzt deutlich unterschiedene, individuelle Züge. In mühsamer Übung lernte er mit der Zeit die Stationen kennen, die ihm die Rolle zuwies, wenn Klarschiff angeschlagen wurde, wenn er die Wache hatte oder wenn die Besatzung zum Segelsetzen oder -bergen an Deck gepfiffen wurde. Bald hatte er sogar schon so viel Verständnis für sein neues Dasein gewonnen, daß er sich darüber Rechenschaft gab, wieviel schlimmer diese erste Zeit womöglich für ihn ausgefallen wäre, wenn ihn das Schicksal gleich zu Anfang an Bord eines Schiffes verschlagen hätte, das nicht vor Anker liegenblieb, sondern sofort in See zu gehen hatte.

Aber das war eben doch nur ein schwacher Trost, er war und blieb ein todunglücklicher, einsamer Junge. Seine Schüchternheit allein hätte es ihm schon schwer genug gemacht, sich an andere anzuschließen, hier auf der JUSTINIAN hatte es überdies ein böser Zufall gefügt, daß die übrigen Fähnriche alle um ein gut Teil älter waren als er. Sie hatten im ersten Augenblick ihren Schabernack mit ihm getrieben, dann aber ließen sie ihn bald links liegen, und er hatte nichts dagegen einzuwenden. Am liebsten verkroch er sich wie eine Schnecke ins Gehäuse und war vor allem ängstlich darauf bedacht, nicht aufzufallen.

Auf der JUSTINIAN herrschte in jenen düsteren Januartagen auch wirklich kein guter Geist. Kapitän Keene war ein kranker Mann und litt unter melancholischen Depressionen. Seine Offiziere bekamen ihn wenig zu Gesicht und waren alles andere als begeistert, wenn er wirklich einmal in Erscheinung trat. Als Hornblower zu seiner ersten Meldung in die Kajüte gerufen wurde, empfing auch er keinen besonderen Eindruck. Hinter einem mit Papieren bedeckten Tisch saß ein Mann mittleren Alters, dessen gelbe, eingefallene Wangen von jahrelangem Leiden zeugten.

»Mr. Hornblower«, begann er in förmlichem Ton, »ich freue mich, Sie an Bord meines Schiffes begrüßen zu können.«

»Jawohl, Sir«, gab Hornblower zur Antwort – das schien ihm für diese Gelegenheit passender als »Aye, aye, Sir«, und eine andere Wahl war nicht zu treffen, da man von einem jungen Fähnrich offenbar bei jedem denkbaren Anlaß eine von diesen beiden Antworten erwartete. »Sie sind – lassen Sie mich nachsehen –, Sie sind also siebzehn Jahre alt, nicht wahr?« Kapitän Keene nahm ein Blatt Papier zur Hand, das offenbar über seine kurze dienstliche Laufbahn Auskunft gab.

»Jawohl, Sir.«

»4. Juli 1776«, murmelte Keene lesend vor sich hin. Das war Hornblowers Geburtstag. »Ihr Vater ist Arzt, ja? Sie hätten sich besser einen Lord als Vater ausgesucht, wenn Sie bei uns vorwärtskommen wollen.«

»Jawohl, Sir.«

»Wie steht es mit Ihrer Schulbildung?«

»Ich habe das humanistische Gymnasium besucht.«

»Da können Sie also neben Cicero auch Xenophon übersetzen.«

»Jawohl, Sir. Aber nicht besonders gut, Sir.«

»Es wäre besser, Sie verstünden sich auf Sinus und Cosinus, noch besser, Sie könnten eine Bö früh genug erkennen, um rechtzeitig die Bramsegel zu bergen. Für den Ablativus absolutus haben wir in der Marine wenig Verwendung.«

»Jawohl, Sir«, sagte Hornblower.

»Aber das hat nichts zu sagen. Wenn Sie alle Befehle gewissenhaft befolgen und gründlich lernen, was der Dienst von Ihnen verlangt, dann kann Ihnen hier nichts Schlimmes widerfahren. Ich danke Ihnen.«

»Danke, Sir«, sagte Hornblower und zog sich zurück.

Es schien, als wollte das Schicksal die letzten Worte des Kommandanten sofort und gründlich Lügen strafen. Ausgerechnet von diesem Tage an widerfuhr Hornblower nämlich eine Fülle von Unbill, obwohl er jedem Befehl gehorchte und seine dienstlichen Obliegenheiten immer besser erfüllen lernte. Alle diese Widrigkeiten hingen mit der Rückkehr John Simpsons zusammen, der als Dienstältester sofort den Vorsitz in der Fähnrichsmesse übernahm. Hornblower saß gerade mit seinen Kameraden bei Tisch, als er zur Tür hereinkam, ein kräftiger, gutaussehender Mann, der schon an die dreißig Jahre zählen mochte. Zunächst blieb er stehen und blickte über die Tafelrunde, genau wie Hornblower vor wenigen Tagen dagestanden hatte.

»Hallo!« begrüßte ihn irgendwer – es klang alles andere als herzlich.

»Freund Cleveland«, meinte der ungebetene Gast, »was soll das eigentlich heißen, daß Sie einfach sitzenbleiben? Los, runter von diesem Stuhl, *ich* führe jetzt wieder den Vorsitz hier am Tisch.«

»Aber . . .«

»Weg von diesem Platz, sage ich!« schnauzte ihn Simpson an.

Cleveland räumte mit etwas gespieltem Zögern das Feld, Simpson nahm seinen Platz ein und begegnete mit finsterer Miene den neugierigen Blicken, die ihn von allen Seiten trafen.

»Ja, meine teuren Kameraden«, sagte er, »ich bin leibhaftig in den Schoß der Familie zurückgekehrt. Denkt euch, ich bin nicht einmal überrascht, daß niemand davon begeistert ist. Eure Begeisterung wird sich noch mehr verflüchtigen, wenn ich euch erst wieder richtig in Schwung habe. Aber das nur nebenbei.«

»Was ist denn mit Ihrer Beförderung?« wagte jetzt endlich jemand zu fragen.

»Was mit meiner Beförderung ist?« Simpson lehnte sich über den Tisch und trommelte mit den Fingerspitzen auf der Platte, dabei musterte er den neugierigen Frager mit finsteren Blicken. »Dieses eine Mal will ich auf deine Frage antworten, aber dann ist Schluß, und wehe dem, der sich herausnimmt, noch einmal darauf zurückzukommen. Also: eine Kommission von Fetthälsen, die sich Kapitäne schimpfen, hat mir meine Beförderung versalzen. Die Burschen waren der Meinung, mit meinen mathematischen Kenntnissen würde ich nie einen zuverlässigen Nautiker abgeben. Na ja. So wurde denn aus dem diensttuenden Leutnant Simpson wieder der alte Fähnrich Simpson von früher. Den aber sollt ihr jetzt kennenlernen, und dazu gnade Gott euren armen Seelen.«

Die Tage vergingen, aber es hatte nicht den Anschein, als ob der liebe Gott auch nur das geringste Einsehen mit ihnen hätte. Seit Simpson wieder da war, wurde alles bisher Erlebte durch die unaufhörlichen Schikanen in den Schatten gestellt, mit denen er wahllos jeden bedachte. Offenbar war dieser Simpson schon immer ein übler Menschenschinder gewesen, jetzt kam dazu, daß er über seinen Durchfall bei der Offiziersprüfung verbittert und wohl auch heimlich beschämt war. Die Folge war, daß er gegen seine Kameraden schlimmer wütete als je zuvor und vor allem im Ausdenken neuer Quälereien immer erfinderischer wurde. In Mathematik mochte er schwach gewesen sein, aber er verstand sich meisterhaft darauf, anderen Menschen das Leben zur Hölle zu machen. Als Messeältester hatte er an sich schon ziemlich weitreichende Befugnisse gegenüber seinen Kameraden, seine messerscharfe Zunge und sein geradezu krankhafter Hang, anderen üble Streiche zu spielen, hätten ihm auch dann ein Übergewicht gegeben, wenn die JUSTINIAN einen wachen und tüchtigen Ersten Offizier an Bord gehabt hätte, der ihn gelegentlich zur Ordnung rief. Leider konnte man von Mr. Clay nichts Derartiges erwarten. Zweimal schon hatten sich Fähnriche gegen Simpsons Willkürherrschaft aufgelehnt, aber Simpson hatte sich den Meuterer dann jedesmal gekauft und ihn mit seinen mächtigen Fäusten bis zur Bewußtlosigkeit zusammengedroschen. Das konnte er, weil er Kräfte besaß, die einem Preisboxer Ehre gemacht hätten. Er selbst trug dabei nie eine Schramme davon, sein armer Widersacher aber war jedesmal mit blauen Augen und geschwollenen Lippen gezeichnet, was ihm womöglich noch Strafentern oder Strafdienst eintrug, wenn er damit dem Ersten Offizier unter die Augen kam und seine Entrüstung weckte. Die Messe kochte vor ohnmächtiger

Wut. Selbst die Kriecher und Speichellecker unter den Fähnrichen – denn auch deren gab es einige – haßten den Tyrannen.

Bezeichnenderweise waren es nicht die täglichen Praktiken Simpsons, die seine jüngeren Kameraden am meisten empörten – ob er nun eine Anleihe aus ihrer Seekiste machte, um zu einem reinen Hemd zu kommen, ob er sich jedesmal mit dem besten Stück Fleisch bediente oder ihnen gar die begehrte Schnapsration wegnahm –, solche Übergriffe hätten sie noch verstanden, vielleicht hätten sie sich ähnliches herausgenommen, wenn sie die Macht dazu besessen hätten. Aber er ließ sie darüber hinaus eine launische Willkür fühlen, die den klassisch gebildeten Hornblower an die extravaganten Scherze römischer Kaiser erinnerte. So zwang er Cleveland dazu, seinen Backenbart zu rasieren, auf den er so unbändig stolz war, oder er gab dem armen Hether den Auftrag, Mackenzie Tag und Nacht jede halbe Stunde zu wecken, so daß keiner von beiden ein Auge zutun konnte – und es fand sich immer ein Kriecher, der ihm verriet, wenn Hether einmal nicht mitmachte. Natürlich hatte er Hornblowers schwache Seiten ebenso rasch herausgefunden wie die aller anderen Fähnriche. Er wußte vor allem um seine Schüchternheit, darum fand er es im Anfang besonders lustig, ihn vor den versammelten Fähnrichen zum Aufsagen von Grays »Elegie auf einem Dorfkirchhof« zu zwingen. Simpsons Garde von Speichelleckern forderte Hornblower dazu auf, Simpson selbst legte mit einem vielsagenden Blick seine Dolchscheide auf den Tisch, Hornblower sah sich von den Kriechern umringt und wußte genau, daß er beim geringsten Verzug über den Tisch gezogen wurde und Hiebe mit dieser Dolchscheide bekam. Das war schon schmerzhaft genug, wenn sie ihn mit der flachen Seite traf, und vollends unerträglich, wenn die Schläge gar mit der Kante geführt wurden. Aber alle Schmerzen wogen nichts gegen das Gefühl der Demütigung, das ihn bei dieser Prozedur überkam. Und doch sollte es noch viel schlimmer kommen. Simpson hatte sich für Hornblower eine Quälerei ausgedacht, die er Inquisition nannte. Dabei wurde das Opfer einer langsamen und methodischen Befragung unterworfen, die sich besonders eingehend mit seinem Zuhause und seiner Kindheit befaßte. Jede Frage mußte genau beantwortet werden, da sonst gleich wieder die Dolchscheide in Aktion trat. Hornblower mochte sich drehen und wenden, wie er wollte, er mußte Rede und Antwort stehen. Unwillkürlich entschlüpfte ihm dabei unter dem Druck des bohrenden Verhörs zuweilen irgendein harmloses Eingeständnis, das der versammelten Korona schallendes Gelächter entlockte. In der ganzen einsamen Kinderzeit, die hinter ihm lag, gab es bei Gott nichts, dessen er sich zu schämen brauchte, aber Knaben sind nun einmal seltsame Geschöpfe, besonders wenn sie schon von Natur verschlossen sind wie der junge Hornblower. Solche jungen Menschen schämen sich oft irgendeiner Kleinigkeit, die einen anderen überhaupt nicht berühren könnte. Hornblower fühlte sich jedesmal ganz krank und schwach, wenn das qualvolle Examen überstanden war. Ein leichter veranlagter Mensch als er hätte sich vielleicht mit einem Witzwort aus der Affäre gezogen und damit womöglich die Lacher auf seiner Seite gehabt, aber Hornblower war mit seinen siebzehn Jahren viel zu schwerblütig, um den Spaßmacher zu spielen. Vor den anderen unterdrückte er tapfer die aufsteigenden Tränen, dafür weinte er sich des Nachts in seiner Hängematte oft genug in den Schlaf, wenn ihn das bittere Knabenweh seiner siebzehn Jahre übermannte. Dann spielte er wohl auch mit dem Gedanken an Desertion, aber nur, um alsbald zu erkennen, daß er sich durch einen solchen Schritt in eine schlimmere Lage brächte, als wenn er freiwillig aus dem Leben schied. Ein Drittes gab es nicht, so blieb ihm also nur die Wahl, endgültig Schluß zu machen, wenn er dem Elend seines Daseins entrinnen wollte. Er spann sich ganz in diese Vorstellung ein und erging sich in selbstquälerischen Phantasien, wie er seinem Leben ein Ende machen wollte.

Wäre das Schiff in See gewesen, so hätte die Fülle der Arbeit von selbst alle dummen Gedanken aus den Köpfen dieser jungen Menschen verjagt, ein energischer Kommandant mit einem tüchtigen Ersten Offizier hätte es sogar vor Anker zuwege gebracht, die Besatzung so in Schwung zu halten, daß kein Mißstand aufkommen konnte. Aber Hornblower hatte eben leider das Pech, daß die JUSTINIAN in jenen bösen Januarwochen des Jahres 1794 unter einem todkranken Kommandanten und einem unfähigen Ersten Offizier untätig vor Anker lag. Selbst das bißchen gemeinsamer Dienst, an dem die Fähnriche teilnehmen mußten, hatte für Hornblower zuweilen Mißhelligkeiten zur Folge. Eines Tages gab zum Beispiel Mr. Bowles, der Steuermann, seinen Maaten und den Fähnrichen Navigationsunterricht. Wie es das Unglück wollte, kam der Kommandant dazu und sah sich die Lösungen der Besteckaufgabe an, die der Klasse gestellt worden war. Die Krankheit hatte Keene bitter und hämisch gemacht, überdies war ihm Simpson gründlich zuwider. Er warf nur einen Blick auf Simpsons Bogen und meinte dann mit sarkastischem Lächeln: »Das ist ja großartig. Meinen herzlichen Glückwunsch. Endlich sind also die Quellen des Nils entdeckt.«

»Bitte, Sir?« fragte Simpson.

»Soweit ich Ihrem unmöglichen Geschreibsel entnehmen kann«, erklärte Keene, »befindet sich Ihr Schiff mitten in Zentralafrika. Jetzt will ich einmal sehen, welche Terrae incognitae von den übrigen tapferen Seefahrern dieser Klasse dem Verkehr erschlossen wurden.«

Was nun kam, war eine Laune des Schicksals, das die Wirklichkeit oft dramatischer fügt, als es ein Dichter vermöchte.

Hornblower wußte bereits, was ihm bevorstand, als Keene die übrigen Blätter, das seine eingeschlossen, zur Hand nahm. Seine Lösung war als einzige richtig, die anderen hatten entweder die Korrektur für Strahlenbrechung addiert statt subtrahiert oder Fehler beim Multiplizieren gemacht oder aber, wie Simpson, überhaupt die ganze Aufgabe verpfuscht.

»Meinen Glückwunsch, Mr. Hornblower«, sagte Keene. »Sie haben als einziger unter dieser Schar von Geistesriesen eine anständige Arbeit geliefert. Darauf können Sie sich etwas einbilden. Ich schätze, Sie sind etwa halb so alt wie Mr. Simpson. Wenn sich auch Ihre Kenntnisse noch verdoppeln, bis Sie so alt sind wie er, dann stellen Sie uns noch alle in den Schatten. Mr. Bowles, bitte sorgen Sie dafür, daß sich Mr. Simpson noch eifriger als bisher mit dem Mathematiklehrbuch befaßt.«

Damit wandte er sich ab und entfernte sich langsam durch das Zwischendeck. Sein unsicherer Gang verriet jedem, der ihn sah, daß er ein todkranker Mann war. Hornblower saß mit niedergeschlagenen Augen auf seinem Platz, er fühlte sich einfach außerstande, den Blicken standzuhalten, die jetzt bestimmt von allen Seiten nach ihm zielten und deren Bedeutung er nur zu gut kannte. Am liebsten wäre er auf der Stelle gestorben, und in der Nacht darauf betete er sogar flehentlich zu Gott, er möge ihn zu sich nehmen.

Zwei Tage später befand sich Hornblower an Land, und zwar ausgerechnet unter dem Kommando Simpsons. Die beiden Fähnriche hatten eine Abteilung Matrosen unter sich, die zusammen mit Mannschaften von den anderen Schiffen des Geschwaders einen sogenannten »Pressgang« bildeten. Die Ankunft des Westindienkonvois stand dicht bevor, seine Besatzungen waren sicher schon zum größten Teil von der Flotte gepreßt, auf die er draußen im Kanal getroffen sein mußte, der Rest reichte dann gerade noch aus, die Schiffe vollends auf ihren Ankerplatz zu bringen. Diese Leute schlichen sich dann unter Anwendung jeder erdenklichen List an Land, um dort irgendwo ein sicheres Versteck zu finden. Die Landungsabteilung hatte die Aufgabe, ihnen diesen

Fluchtweg abzuschneiden. Dazu wurde entlang der Wasserfront eine Postenkette aufgestellt, die jeden abfing, der sie passieren wollte.

Aber der Geleitzug war noch immer nicht gemeldet, als diese Vorbereitungen bereits getroffen waren.

»Es ist eine Lust zu leben«, meinte Simpson.

Solche Reden war man von ihm nicht gewöhnt, aber heute ging es ihm ja auch ganz besonders gut. Er saß im Nebenzimmer des Gasthofs »Zum Lamm« in einem bequemen Lehnsessel und hatte die Beine auf einen zweiten Sessel gelegt. Vor ihm prasselte ein gewaltiges Feuer im Kamin, neben ihm stand ein mächtiger Krug Bier mit einem Schuß Gin.

»Trinken wir auf den Westindienkonvoi«, sagte Simpson und nahm einen tiefen Schluck. »Daß er noch recht lange ausbleiben möge.«

Simpson war heute ganz umgänglich, die Führerrolle, die er spielen konnte, das Bier und das wärmende Feuer hatten ihn in Stimmung gebracht, und er hatte wiederum noch nicht so viel getrunken, daß er mit jedermann Händel suchte. Hornblower saß auf der anderen Seite des Kamins, auch er nahm ab und zu einen Schluck Bier, aber ohne Gin, und studierte unterdes sein Gegenüber. Er konnte es noch nicht fassen, daß die endlosen Schikanen endlich einmal für eine Weile unterblieben und nur ein dumpfes Unbehagen hinterließen, das mit dem abklingenden Schmerz in einem hohlen Zahn zu vergleichen war.

»Los, einen Trinkspruch, Knabe!« sagte Simpson.

»Nieder mit Robespierre!« sagte Hornblower schwunglos.

Gleich darauf öffnete sich die Tür, und zwei weitere Offiziere betraten das Zimmer. Der eine war Fähnrich, der andere trug das einzelne Epaulett eines Leutnants – es war Chalk von der GOLIATH, der den Befehl über sämtliche an Land gesetzten Pressgangs führte. Selbst Simpson fühlte sich bemüßigt, seinem Vorgesetzten einen Platz am Feuer einzuräumen.

»Der Konvoi ist noch immer nicht gemeldet«, verkündete Chalk und faßte alsbald Hornblower ins Auge. »Ich glaube nicht, daß wir bereits das Vergnügen hatten ...«

»Mr. Hornblower – Leutnant Chalk«, stellte Simpson vor. »Mr. Hornblower hat sich dadurch vor allen Fähnrichen hervorgetan, daß er hier im Spithead seekrank wurde.«

Hornblower hätte sich am liebsten in die Erde verkrochen, als ihn Simpson in dieser abgeschmackten Art lächerlich machte. Er war Chalk herzlich dankbar, daß er aus Höflichkeit sofort auf etwas anderes zu sprechen kam.

»He, Kellner! – Darf ich Sie zu einem Gläschen einladen, meine Herren? Ich fürchte, wir werden noch recht lange zu warten haben. Haben Sie Ihre Leute auch alle richtig verteilt, Mr. Simpson?«

»Jawohl, Sir.«

Chalk war ein unruhiger Geist. Er rannte im Zimmer herum, starrte zum Fenster hinaus in den Regen und stellte den beiden anderen seinen Fähnrich Caldwell vor, als die Getränke serviert wurden. Das aufgezwungene Warten machte ihn sichtlich nervös.

»Wie wäre es zum Zeitvertreib mit einem Spielchen?« schlug er vor. »Sind Sie einverstanden? Ausgezeichnet. He, Kellner! Karten, einen Tisch und noch ein Licht!«

Man setzte den Tisch vors Feuer und rückte die Stühle zurecht, die Karten lagen bereit.

»Was wollen wir denn spielen?« meinte Chalk mit einem fragenden Blick. Da er als einziger Leutnant mit drei Fähnrichen am Tisch saß, war sein Wunsch natürlich für die anderen Befehl, und sie warteten respektvoll darauf, daß er ihn äußerte.

»Siebzehn und Vier? Nein, das ist ein Spiel für Schwachköpfe. Oder Loo? Das würde für Schwachköpfe mit dickem Geldbeutel passen. Aber wie wäre es mit einer Partie Whist? Das wäre wenigstens ein gutes Training für unsere eingerosteten Gehirne. Caldwell hat eine ungefähre Ahnung davon, das weiß ich. Wie steht es mit Ihnen, Mr. Simpson?«

Ein Mensch wie Simpson, der für Mathematik überhaupt kein Organ besaß, konnte wohl auch kein guter Whistspieler sein. Aber wahrscheinlich war er sich darüber nicht im klaren.

»Bitte, verfügen Sie über mich, Sir«, sagte er. Spielen war nun einmal seine Leidenschaft, und für seine Begriffe taugte ein Spiel dazu so gut wie das andere.

»Und Sie, Mr. Hornblower, spielen Sie auch?«

»Jawohl, Sir, mit größtem Vergnügen.«

Das war nicht etwa nur eine konventionelle Phrase, sondern ganz ehrlich gemeint. Hornblower hatte in Whist eine recht gute Schule genossen, da er seit dem Tode seiner Mutter immer als Vierter mit von der Partie gewesen war, wenn der Vater mit den Pastorseheleuten spielte. Allmählich wurde ihm dieses geistvolle Spiel fast zur Leidenschaft, es machte ihm Freude, den Ablauf einer Partie scharfsinnig vorauszuberechnen und die unzähligen Möglichkeiten auszukosten, die bald Vorsicht, bald Kühnheit von ihm verlangten. Seine Zusage verriet eine so ehrliche Freude, daß Chalk aufhorchte und sich den jungen Mann noch einmal ansah. Er war selbst ein guter Spieler und wußte darum sofort, daß er hier eine verwandte Seele gefunden hatte.

»Ausgezeichnet«, sagte er noch einmal. »Dann wollen wir gleich die Plätze und die Partner auslosen. Noch eins, wie hoch wollen wir denn spielen, meine Herren? Einen Schilling für den Stich, ein Pfund für den Rubber, ja? Oder ist Ihnen das zu hoch?«

Eine Weile nahm das Spiel einen ruhigen Verlauf. Hornblower zog erst Simpson und dann Caldwell als Partner. Simpson war ein hoffnungsloser Fall, darüber gab es schon nach zwei Spielen keinen Zweifel mehr, dennoch gewann er mit Hornblower den ersten Rubber, weil sie beide unschlagbare Blätter in die Hand bekamen. Dann verlor Simpson den nächsten Rubber mit Chalk, bekam Chalk ein zweitesmal als Partner und verlor von neuem. Seine Verluste stiegen, er kippte einen Schnaps nach dem anderen hinunter und wurde offenbar immer nervöser. Auch die Röte, die sein Gesicht übergoß, rührte sicher nicht nur vom Widerschein des Feuers her. Er war eben das, was man einen schlechten Verlierer nennt, und konnte obendrein nicht viel vertragen. Sogar Chalk mit seinen unerschütterlichen Manieren wahrte nur mühsam die Haltung und atmete sichtlich auf, als er beim nächstenmal Hornblower als Partner erhielt. Sie gewannen ihren Rubber mit Leichtigkeit, und wiederum wanderten ein Sovereign und eine Anzahl Schillinge in Hornblowers schmale Börse. Er war bis jetzt der einzige Gewinner, Simpson hatte am schwersten verloren. Hornblower war ganz in sein Spiel vertieft und genoß das lange entbehrte Vergnügen mit vollen Zügen. Wenn Simpson neben ihm aufgeregt auf seinem Stuhl herumrutschte und leise vor sich hin fluchte, dann empfand er das höchstens als lästige Störung und vergaß ganz, wie gefährlich die Demütigung des anderen für ihn selbst noch werden konnte. In dieser Stunde kam ihm überhaupt nicht in den Sinn, daß er seinen Erfolg bestimmt mit neuen teuflischen Quälereien zu bezahlen hatte.

Noch einmal wurde gelost, er blieb auch diesmal der Partner Chalks. Sie bekamen gleich beide gute Karten und gewannen damit das erste Spiel. Auch das zweite nahm einen günstigen Verlauf. Als es zu Ende ging, sah Hornblower, daß die letzten fünf Stiche ihm gehörten und legte daher seine Karten auf den Tisch.

»Der Rest ist für mich«, sagte er.

»Was soll das heißen?« sagte Simpson, der noch den Karo-König hatte.

»Fünf Stiche«, sagte Chalk erfreut. »Spiel und Rubber für uns.«

»Aber ich mache doch noch einen Stich!« ereiferte sich Simpson.

»Wird Karo oder Herz ausgespielt, dann steche ich mit Trumpf, außerdem mache ich drei Stiche in Treff.«

Für ihn war das so einfach wie das kleine Einmaleins, ein Endspiel, wie es hundertmal vorkam. Er konnte nicht so ohne weiteres begreifen, daß es einem stumpfen Menschen wie Simpson einfach nicht gelang, sich den Verbleib der zweiundfünfzig Karten des Spiels zu merken. Simpson warf seine Karten auf den Tisch.

»Das geht nicht mit rechten Dingen zu«, sagte er. »Sie müssen die Karten auch von hinten erkennen.«

Hornblower mußte schlucken. Er sagte sich, daß dieser Augenblick über sein ganzes ferneres Leben entschied, wenn er es darauf ankommen ließ. Vor einer Sekunde hatte er noch harmlos Karten gespielt und seinen Spaß daran gehabt, jetzt ging es auf Leben und Tod. Eine Flut von Gedanken wirbelte ihm durch den Kopf. Ungeachtet aller Annehmlichkeiten, die er zur Stunde genoß, stand ihm das elende Dasein an Bord der JUSTINIAN nur allzu deutlich vor Augen. Dorthin mußte er wieder zurück, ob er wollte oder nicht. Aber wie denn? War nicht jetzt die Gelegenheit da, dem Jammer so oder so ein Ende zu machen? Er hatte doch ohnehin mit dem Leben abgeschlossen, was gab es also noch zu bedenken? Das gab den Ausschlag. Ein Gedanke, zunächst kaum ernstlich ins Auge gefaßt, reifte ihm in Sekundenschnelle zum Entschluß.

»Das ist eine Beleidigung, Mr. Simpson«, sagte er. Als er sich umsah, begegnete er den Blicken Chalks und Caldwells, die beide sehr ernst geworden waren. Simpson starrte nur blöde vor sich hin. »Ich muß daher Satisfaktion verlangen.«

»Satisfaktion?« warf Chalk hastig ein. »Das ginge denn doch zu weit. Mr. Simpson ist aus der Rolle gefallen, gewiß, aber ich bin überzeugt, daß er das einsieht und sich entschuldigt.«

»Ich bin hier in aller Form des Falschspiels beschuldigt worden«, wandte Hornblower ein. »So etwas läßt sich wohl kaum mit ein paar Worten umgeschehen machen.«

Er gab sich alle Mühe, so entschieden aufzutreten, wie es sich für einen erwachsenen Mann gehörte und versuchte dabei, die Rolle des tödlich Gekränkten zu spielen, obwohl ihn die Geschichte in Wirklichkeit völlig kalt ließ, weil er sich nur zu gut vorstellen konnte, wie es im Kopfe Simpsons aussah, als er seine unfreundliche Bemerkung fallenließ. Aber ein solcher Vorfall kehrte so rasch nicht wieder, und er war fest entschlossen, ihn zu nutzen. Für ihn galt es jetzt nur, sich so in die Rolle eines Mannes hineinzuleben, dem eine tödliche Kränkung widerfahren war, daß sein Spiel auch wirklich überzeugend wirkte.

»Beim Wein fällt manches dumme Wort, das man nicht auf die Waagschale legen darf«, sagte Chalk, der immer noch hoffte, zu einem gütlichen Ende zu kommen. »Ich bin überzeugt, daß Mr. Simpson nur einen Scherz machen wollte. Das beste ist, wir bestellen noch eine Flasche und leeren sie in guter Kameradschaft miteinander.«

»Mit größtem Vergnügen«, sagte Hornblower und suchte eilends nach einem Vorbehalt, der jeden Versuch einer gütlichen Beilegung vereiteln mußte. »Ich muß allerdings die Bedingung stellen, daß sich Mr. Simpson vorher in Gegenwart aller anwesenden Herren bei mir entschuldigt und ausdrücklich einräumt, daß seine Bemerkung durch nichts gerechtfertigt und eines Gentleman unwürdig war.«

Während er das sagte, maß er Simpson mit dem herausfordernden Blick eines Toreadors, der seinen Stier mit dem roten Tuch zu reizen trachtet. Der Stier ging denn auch ungesäumt und voller Wut zum Angriff über.

»Was denkst du dir eigentlich? Ich soll mich bei dir entschuldigen, du lächerlicher Kakerlak?« Simpson ging förmlich in die Luft, der Alkohol und diese unerhörte Zumutung zusammen raubten ihm vollends jede Überlegung. »Lieber beiße ich mir in die Zunge.«

»Haben Sie das gehört, meine Herren?« sagte Hornblower. »Mr. Simpson hat mich beleidigt. Er verweigert mir nicht nur jedes Wort der Entschuldigung, sondern beleidigt mich jetzt aufs neue. Unter diesen Umständen gibt es nur noch einen Weg, den Fall zu bereinigen.«

Während der beiden Tage, die bis zur Ankunft des Westindien-Geleitzugs noch verstrichen, taten Hornblower und Simpson unter Chalks Kommando weiter ihren Dienst. Höhere Gewalt schuf also für die beiden Duellanten die seltsame Lage, daß sie aufs engste zusammen leben und arbeiten mußten, ehe sie ihren Ehrenhandel austragen konnten. Hornblower nahm sich zusammen wie immer und führte jeden Befehl gewissenhaft aus, Simpson behandelte ihn als Vorgesetzter mit fühlbarer Zurückhaltung und auf eine etwas verlegene Art. Während dieser beiden Tage fand Hornblower reichlich Zeit, seinen Plan noch einmal gründlich und in allen Einzelheiten zu überlegen. Er besprach die Angelegenheit zunächst einmal mit den beiden Steuermannsmaaten Preston und Danvers und bat sie, ihm zu sekundieren, sobald er wieder an Bord der JUSTINIAN wäre.

»Sie können mit uns rechnen«, versicherte Preston und maß dabei Hornblowers schlaksige Gestalt mit einem zweifelnden Blick. »Wie wollen Sie denn gegen ihn antreten? Sie sind der Beleidigte, also steht Ihnen die Wahl der Waffen zu.«

»Das habe ich mir durch den Kopf gehen lassen, seit er mich beleidigte«, sagte Hornblower, um noch etwas Zeit zu gewinnen. Er fand es nämlich gar nicht so einfach, mit dürren Worten zu erklären, was ihm vorschwebte.

»Wie wäre es zum Beispiel mit leichten Säbeln?« fragte Danvers. »Können Sie gut damit umgehen?«

»Nein«, sagte Hornblower. In Wahrheit hatte er noch nie so ein Ding in der Hand gehabt.

»Dann ist es immer noch das beste, Sie wählen Pistolen«, schlug Preston vor.

»Simpson ist aber wahrscheinlich ein guter Schütze«, warf Danvers ein. »Ich würde mich nicht gerade darum reißen, ihm als Zielscheibe zu dienen.«

»Nicht doch, nicht doch«, hielt ihm Preston sofort entgegen, »wir dürfen unseren Mann nicht kopfscheu machen.«

»Sprechen Sie ruhig«, sagte Hornblower, »Sie machen mich nicht kopfscheu, ich habe selbst schon an Pistolen gedacht.«

»Ich muß schon sagen, Sie haben die Ruhe weg«, staunte Danvers.

Hornblower zuckte die Achseln.

»Mag sein. Jedenfalls rege ich mich nicht so leicht auf. Statt dessen habe ich mir durch den Kopf gehen lassen, wie man einen einseitigen Vorteil am besten ausschalten könnte.«

»Leider kann man das eben nicht.«

»Doch, es *gibt* einen Weg, die Chancen sogar mathematisch genau gleich zu machen.«

Hornblower sah die beiden anderen an und kam endlich mit seinem Plan heraus: »Es werden zwei gleiche Pistolen bereitgelegt, die eine davon ist geladen, die andere ungeladen. Nun wird gewählt, wobei natürlich weder Simpson noch ich wissen, welche von den beiden Waffen geladen ist. Ist das geschehen, so stellen wir uns mit einem Meter Abstand gegenüber und drücken auf Kommando ab.«

»Entsetzlich!« sagte Danvers.

»Ich glaube nicht, daß das gesetzlich erlaubt ist«, sagte Preston, »denn hierbei käme doch einer der beiden Gegner mit Sicherheit um.«

»Wozu duelliert man sich denn?« sagte Hornblower. »Doch nur

um zu töten. Da im übrigen nichts Unbilliges verlangt wird, wüßte ich nicht, was man gegen diese Art des Zweikampfes einwenden könnte.«

»Sind Sie denn Manns genug, das durchzuhalten?« fragte Danvers verwundert.

»Mr. Danvers ...«, begann Hornblower, aber Preston fiel ihm eilig ins Wort: »Halt! Wir können kein zweites Duell brauchen. Danvers meinte nur, daß *ihm* so etwas wohl schwerfiele. Wir beide wollen den Vorschlag gleich mit Cleveland und Hether besprechen und hören, was sie dazu sagen.«

Innerhalb einer Stunde wußte auch der letzte Mann an Bord über die vorgeschlagenen Bedingungen für den Zweikampf Bescheid. Wahrscheinlich wirkte es sich zu Simpsons Nachteil aus, daß er auf dem ganzen Schiff keinen richtigen Freund besaß, jedenfalls fühlten sich Cleveland und Hether, seine beiden Sekundanten, nicht bewogen, den Bedingungen der anderen Seite ein festes Nein entgegenzusetzen, sondern stimmten ihnen, wenn auch mit einer Geste des Bedenkens, zu. Mittags ließ Leutnant Masters Hornblower zu sich kommen.

»Mr. Hornblower, der Kommandant hat mich beauftragt, wegen des bevorstehenden Zweikampfs einige Fragen an Sie zu richten. Meine Weisung geht dahin, daß ich mich nach besten Kräften bemühen soll, doch noch eine friedliche Beilegung herbeizuführen.«

»Jawohl, Sir.«

»Warum bestehen Sie eigentlich auf diesem Waffengang, Mr. Hornblower? Soviel ich weiß, handelte es sich doch nur um ein paar unüberlegte Worte bei Wein und Kartenspiel.«

»Mr. Simpson hat mir Falschspiel vorgeworfen, Sir, und das in Gegenwart von Zeugen, die nicht Offiziere dieses Schiffes sind.«

»Auch solche Dinge lassen sich ohne Duell bereinigen, meinen Sie nicht?«

»Wenn sich Mr. Simpson vor den gleichen Herren in aller Form bei mir entschuldigen würde, könnte ich die Angelegenheit als erledigt betrachten.«

Simpson war bestimmt kein Feigling. Er würde lieber sterben als dieses Büßerjoch auf sich nehmen.

»Schön. Wie ich ferner höre, haben Sie für den Kampf recht ungewöhnliche Bedingungen vorgeschlagen, nicht wahr?«

»Sie wurden nicht zum erstenmal gewählt, Sir. Als Beleidigter kann ich jede Bedingung stellen, die nicht als unfair gelten müßte.«

»Wenn man Sie so reden hört, Mr. Hornblower, könnte man meinen, Sie wären ein Winkeladvokat.«

Hornblower begriff sofort, was das hieß. Das Mundwerk war soeben mit ihm durchgegangen, und er beschloß, seine Zunge künftig besser im Zaum zu halten. Jetzt wartete er schweigsam, bis Masters die Unterhaltung fortsetzte.

»Sie sind also fest entschlossen, Mr. Hornblower, dieses mörderische Unternehmen bis zum bitteren Ende durchzuführen?«

»Jawohl, Sir.«

»Der Kommandant hat mir befohlen, dem Zweikampf persönlich beizuwohnen, eben weil er unter so ungewöhnlichen Bedingungen ausgetragen werden soll. Ich muß Sie davon unterrichten, daß ich die Sekundanten ersuchen werde, hierzu alles Nötige zu veranlassen.«

»Jawohl, Sir.«

»Sonst wäre nichts mehr zu sagen. Ich danke Ihnen, Mr. Hornblower.«

Während sich Hornblower zum Gehen wandte, folgte ihm Masters noch viel gespannter mit dem Blick als damals bei seinem Anbordkommen. Er lauerte geradezu darauf, eine Schwäche oder Unsicherheit an ihm zu entdecken, irgendein Anzeichen, das menschliches Fühlen verraten hätte, aber man merkte ihm nichts dergleichen an. Hornblower war zu seinem Entschluß gekommen, er hatte jedes Für und Wider sorgfältig erwogen, und nun sagte ihm sein logischer Verstand, daß es unsinnig wäre, sich nachträglich von irgendwelchen ungreifbaren Gefühlsregungen beeinflussen zu lassen, nachdem man sich einmal kaltblütig für eine wohlüberlegte Handlungsweise entschieden hatte. Die Bedingungen, auf denen er bestand, waren mathematisch als vorteilhaft anzusprechen. Wenn man in Betracht zog, daß er freiwillig in den Tod gehen wollte, um Simpsons Quälereien zu entgehen, dann war es doch schon ein ganz wesentlicher Vorteil, zu wissen, daß es nun eine genau fünfzigprozentige Chance gab, ihm sogar lebendig zu entrinnen. Sollte Simpson ferner der bessere Fechter oder der bessere Pistolenschütze von ihnen beiden sein, was im übrigen ganz bestimmt der Fall war, dann war die gewonnene Chance von fünfzig Prozent mathematisch wiederum ein Vorteil. Er hatte also gewiß keinen der jüngst unternommenen Schritte zu bereuen.

Allerdings, mathematisch waren Hornblowers Schlüsse unanfechtbar, aber zu seiner Überraschung fand er jetzt plötzlich heraus, daß Mathematik eben doch nicht auf alle Fragen Antwort gab. Er ertappte sich an diesem trüben, dunklen Nachmittag und Abend mehr als einmal dabei, daß ihm aufsteigende Angst zum aufgeregten Schlucken zwang, sooft er sich ausmalte, wie im Grauen des kommenden Morgens eine wirbelnde Münze darüber entscheiden würde, ob er weiterleben durfte oder nicht. Gegen seinen Willen erschauerte er bei dieser Vorstellung jedesmal bis ins Mark. In recht gedrückter Stimmung hängte er am Abend seine Hängematte auf, er fühlte sich ungewohnt müde und fror noch mehr als sonst, als er sich in der feuchtkalten Stickluft des Zwischendecks auszog. Er drehte sich fest in seine Decken ein, um in ihrer Wärme ein wenig Entspannung zu finden, aber der Druck wollte nicht von ihm weichen. Müde wie er war, warf er sich mindestens ein dutzendmal herum und hörte jede halbe Stunde die Schläge der Schiffsglocke. Dabei tobte er innerlich wegen seiner vermeintlichen Feigheit immer wütender gegen sich selbst. Am Ende mußte er sich sagen, daß es im Grunde ein Glück war, wenn morgen sein Schicksal rein vom Zufall abhing, weil er mit aller Bestimmheit ein Kind des Todes gewesen wäre, wenn er sich nach einer solchen Nacht auf ein scharfes Auge und eine ruhige Hand hätte verlassen müssen. Wahrscheinlich trug diese Schlußfolgerung ein wenig dazu bei, daß er noch für ein paar kurze Stunden Schlaf fand. Jedenfalls fuhr er erst erschrocken hoch, als ihn Danvers wachrüttelte.

»Fünf Glasen«, sagte Danvers, »in einer Stunde dämmert der Tag. Also, reise, reise!«

Hornblower rutschte aus seiner Hängematte und stand im Hemd. Im Zwischendeck war es fast völlig dunkel, so daß auch Danvers kaum zu unterscheiden war.

»Der Erste Offizier stellt uns den zweiten Kutter«, sagte Danvers. »Masters mit Simpson und seinem Verein fahren vor uns mit der Barkaß. Da kommt auch Preston.« Eine zweite Schattengestalt tauchte aus der Finsternis auf.

»Hundekalt ist es«, sagte Preston, »besonders angenehm, wenn man so früh heraus muß. Nelson, wo bleibt der Tee?«

Der Steward kam damit an, als Hornblower eben in seine Hose fuhr. Er war wütend, weil er vor Kälte so stark zittern mußte, daß die Tasse in der Untertasse klapperte, als er den Tee entgegennahm. Dann aber goß er das heiße Getränk mit wahrer Gier hinunter.

»Noch eine Tasse!« verlangte er und war nun doch ein wenig stolz, daß er sich in diesem Augenblick für Tee interessieren konnte. Es war noch dunkel, als sie in den Kutter stiegen, der Wind wehte scharf und kalt und füllte das Luggersegel, daß das Boot überlag, als es auf die beiden Lichter zuhielt, die die Landungsbrücke bezeichneten.

»Ich habe eine Kutsche bestellt, die am ›George‹ auf uns warten soll«, sagte Danvers, »hoffentlich ist sie da.«

Sie war da. Als sie Platz genommen hatten und ihre Füße im Stroh vergruben, zog Danvers ein Reisefläschchen mit Schnaps aus der Tasche. »Wie wär's mit einem Schluck, Hornblower?« fragte er. »Eine stetige Hand ist ja heute nicht vonnöten.«

»Nein, besten Dank«, sagte Hornblower. Sein leerer Magen revoltierte bei dem bloßen Gedanken an Schnaps.

Als der Wagen die Höhe gewonnen hatte, ging es noch eine Weile eben weiter. Am Ende hielt er am Rand einer Wiese. Dort stand bereits ein zweiter Wagen, seine Kerzenlaterne warf einen gelben Schein in das Grau des dämmernden Tages.

»Dort sind sie«, sagte Preston. In dem schwachen Licht erkannte man eine Anzahl Schattengestalten, die zwischen Ginsterbüschen auf der reifbedeckten Wiese standen.

Im Näherkommen erhaschte Hornblower einen Blick auf Simpson, der etwas abseits von den anderen stand. Er war blaß, und Hornblower bemerkte, daß er gerade in diesem Augenblick nervös zu schlucken begann, genau wie es auch ihm so leicht widerfuhr. Masters kam ihnen entgegen und musterte Hornblower wie immer mit einem scharfen, forschenden Blick, ehe er ihn ansprach: »Ich möchte Ihnen in dieser Stunde ein letztesmal eindringlich nahelegen, den Streit zu begraben. England ist im Kriege, und ich hoffe, Mr. Hornblower, daß ich Sie doch noch dazu bestimmen kann, dem König und seiner Marine ein kostbares Menschenleben zu erhalten, indem Sie auf die letzte Konsequenz aus dem vorliegenden Streitfall verzichten.«

Hornblower suchte Simpson mit dem Blick, während Danvers für ihn antwortete.

»Hat Mr. Simpson die verlangte Entschuldigung angeboten?« fragte Danvers.

»Mr. Simpson bedauert den Vorfall und erklärt, daß er wünsche, dieser Vorfall hätte sich niemals zugetragen.«

»So geht es leider nicht«, sagte Danvers, »von einer Entschuldigung ist da keine Rede, und Sie müssen doch zugeben, Sir, daß die Angelegenheit ohne eine förmliche Entschuldigung nicht beizulegen ist.«

»Was sagt der Duellant selbst dazu?« beharrte Masters.

»Ein Duellant braucht unter den gegebenen Umständen keine Fragen zu beantworten«, sagte Danvers mit einem Blick auf Hornblower, der ihm bekräftigend zunickte. All das war so unvermeidlich wie die Fahrt auf dem Henkerskarren für den Verbrecher – und genauso qualvoll. Ein Zurück gab es jetzt nicht mehr, Hornblower hatte keinen Augenblick erwartet, daß sich Simpson noch entschuldigen könnte, ohne Entschuldigung aber mußte die Affäre ihren Verlauf nehmen bis zum blutigen Ende. Mit genau fünfzig Prozent Wahrscheinlichkeit war es mit ihm in weniger als fünf Minuten aus.

»Ihr Entschluß steht also fest, meine Herren?« fragte Masters, »ich muß diese Tatsache in meinem Bericht ausdrücklich erwähnen.«

»Jawohl, wir sind entschlossen.«

»Dann muß diese höchst bedauerliche Angelegenheit eben weiter ihren Lauf nehmen. Die Pistolen hat Dr. Hepplewhite in seiner Obhut.«

Er wandte sich ab und schritt ihnen voran auf die zweite Gruppe zu. Da stand Simpson mit Hether und Cleveland, etwas abseits von ihnen wartete Dr. Hepplewhite mit den Pistolen, die er, in jeder Hand eine, an den Mündungen festhielt. Er war ein massiger Mann mit dem roten Gesicht des unverbesserlichen Portweintrinkers, um seinen Mund spielte sogar in diesem Augenblick ein alkoholisches Grinsen, und wenn man genauer hinsah, dann merkte man, daß er ein wenig schwankte.

»Sind die jungen Hitzköpfe wirklich entschlossen, ihren Unfug fortzusetzen?« fragte er, aber die anderen taten wie auf Verabredung, als hätten sie nicht gehört. Das war auch ganz in Ordnung, weil seine Frage in diesem Augenblick höchst überflüssig und taktlos war.

»Hier sind also die beiden Pistolen«, sagte Masters, »beide mit Zündpillen versehen, aber nur eine geladen, die andere nicht, so wie es die Vereinbarung verlangt. Ich habe hier einen Sovereign und schlage vor, die Waffen nach Kopf oder Wappen auszulosen. Nun, meine Herren, bitte ich Sie noch über folgende Alternative zu beschließen: soll das Ergebnis des Wurfs sofort und unwiderruflich für die Verteilung der Waffen maßgebend sein, so daß zum Beispiel Mr. Simpson diese hier erhält, wenn die Münze Kopf zeigt, oder soll der Gewinner des Wurfs die Wahl zwischen den beiden Pistolen haben? Es geht mir dabei nur darum, jede Möglichkeit einer Manipulation von vornherein auszuschließen.«

Hether, Cleveland, Danvers und Preston blickten einander eine Weile fragend an. Endlich schlug Preston vor: »Ich meine, wir lassen den Gewinner des Wurfs seine Waffe wählen.«

»Einverstanden, meine Herren? Schön, Mr. Hornblower, bitte wählen Sie.«

»Wappen«, sagte Hornblower, als das Goldstück in die Luft wirbelte.

Masters fing es auf und bedeckte es mit einer Hand.

»Wappen«, sagte Masters, hob seine Hand und zeigte die Münze den vier Sekundanten.

»Bitte treffen Sie Ihre Wahl.«

Hepplewhite streckte ihm die beiden Pistolen entgegen, er hielt in der einen Hand den Tod, in der anderen das Leben. Hornblower durchlebte einen grauenhaften Augenblick, blinder Zufall entschied jetzt über sein Schicksal, es kostete ihn Mühe, seine Hand zu heben.

»Ich möchte diese hier«, sagte er. Als er die Waffe in die Hand nahm, fühlte sie sich an wie ein Eisklumpen.

»Damit habe ich die mir übertragene Aufgabe erfüllt«, sagte Masters, »alles Weitere ist Ihre Sache, meine Herren.«

»Hier, nehmen Sie die andere, Simpson«, sagte Hepplewhite, »und Ihnen, Mr. Hornblower, möchte ich dringend zur Vorsicht raten, Sie gefährden sonst Ihre ganze Umgebung.«

Der Mann grinste wirklich noch immer. Offenbar machte es ihm Vergnügen, andere in Todesgefahr zu sehen, während ihm selbst nichts geschehen konnte. Simpson nahm die Pistole, die ihm Hepplewhite reichte, und wog sie sofort sachkundig in der Hand. Dabei fiel sein Auge noch einmal auf Hornblower, er streifte ihn mit einem so ausdruckslosen Blick, als hätte er ihn noch nie im Leben gesehen.

»Wir brauchen keine Distanz abzuschreiten«, sagte Danvers, »ein Fleck ist so gut wie der andere. Eben genug ist es ja überall.«

»Schön«, sagte Hether. »Stellen Sie sich bitte hierher, Mr. Simpson.«

Preston winkte Hornblower, der nun ebenfalls herzutrat. Es war nicht ganz einfach, einen frischen, unbekümmerten Eindruck zu machen. Preston nahm ihn am Arm und stellte ihn Simpson gegenüber, fast Brust an Brust, daß er den Alkoholatem seines Gegners riechen konnte.

»Meine Herren«, sagte Masters mit erhobener Stimme, »ich biete Ihnen zum letztenmal meine Vermittlung an. Sind Sie bereit, davon Gebrauch zu machen?«

Er bekam keine Antwort, aber alle Anwesenden verfielen jetzt in tiefes Schweigen. Es war so still, daß Hornblower meinte, jedermann müsse sein jagendes Herz pochen hören. Mitten in dieses Schweigen hinein platzte ein Ausruf Hethers.

»Wir haben noch nicht festgesetzt, wer die Feuererlaubnis geben soll«, sagte er. »Wen wollen wir dazu bestimmen?«

»Ich schlage vor«, sagte Danvers, »wir bitten Mr. Masters, dieses Amt zu übernehmen.«

Hornblower sah sich nicht um, er starrte unverwandt an Simpsons Ohr vorbei in den grauen Himmel. Aus irgendeinem Grunde brachte er es nicht über sich, ihm ins Gesicht zu sehen, und hatte darum auch keine Ahnung, wohin Simpson eben jetzt blickte. Das Ende der Welt stand für ihn unmittelbar bevor, vielleicht saß ihm schon in wenigen Sekunden die tödliche Kugel im Herzen.

»Wenn die Herren einverstanden sind, bin ich dazu bereit«, hörte er Masters sagen.

Der Himmel war in gestaltloses Grau gehüllt, ein Blinder hätte mit seinem letzten Blick in die Welt kaum mehr erfaßt als er. Jetzt erhob Masters von neuem seine Stimme:

»Ich sage: eins – zwei – drei – Feuer«, verkündete er, »und zwar im gleichen Zeitmaß wie eben. Beim letzten Wort können Sie schießen. Meine Herren, sind Sie bereit?«

»Ja«, sagte Simpson. Es hörte sich für Hornblower an, als spräche er in sein Ohr.

»Ja«, sagte auch Hornblower. Seine eigene tonlose Stimme verriet ihm, wie aufgeregt er war.

»Eins«, sagte Masters, und Hornblower fühlte im gleichen Augenblick, wie Simpson die Pistolenmündung gegen seine linken Rippen drückte. Zugleich hob auch er seine Waffe.

In dieser Sekunde wurde ihm klar, daß er Simpson nicht töten konnte, auch wenn es in seiner Macht stand. Darum hob er die Pistole weiter und zwang sich, mit einem Blick zu prüfen, daß er sie hoch genug gegen Simpsons Schulter drückte. Er wollte seinen Gegner leicht verwunden, mehr nicht.

»Zwei«, sagte Masters, »drei – Feuer!«

Hornblower drückte ab. Es machte »knack«, und aus dem Schloß seiner Pistole puffte ein bißchen Qualm. Die Zündladung war losgegangen, mehr nicht. Er hatte die ungeladene Waffe gewählt und wußte, daß er verloren war. Eine Zehntelsekunde später folgte wieder ein »Knack« und ein Wölkchen Qualm, diesmal aus Simpsons Pistole, die gegen sein Herz gerichtet war. Die beiden Duellanten blieben stocksteif und reglos stehen, offenbar konnten sie zunächst überhaupt nicht fassen, was geschehen war.

»Weiß Gott, ein Versager!« rief Danvers.

Die vier Sekundanten stürzten herzu.

»Geben Sie mir die Pistolen her«, sagte Masters und nahm sie den Schützen aus ihren kraftlosen Händen. »Die geladene könnte Nachzündung haben, wir wollen aber auf keinen Fall, daß der Schuß hinterher noch Unheil anrichtet.«

»Welche war denn geladen?« fragte Nether, dem die Neugier keine Ruhe ließ.

»Das bleibt am besten unbekannt«, antwortete Masters und vertauschte die beiden Waffen rasch ein paarmal von Hand zu Hand, so daß niemand mehr sagen konnte, wer sie gehabt hatte.

»Eigentlich müßte nun noch ein zweiter Gang ausgetragen werden«, sagte Danvers, aber Masters trat ihm sofort mit unbeugsamer Festigkeit entgegen.

»Ein zweiter Gang kommt nicht in Frage«, sagte er. »Der Ehre ist vollauf Genüge geschehen. Das Verhalten der beiden Herren Kontrahenten war über jeden Zweifel erhaben. Nach dem was geschehen ist, wird niemand mehr abfällig über Mr. Simpson urteilen, wenn er sein Bedauern über den Vorfall ausdrückt, oder über Mr. Hornblower lächeln, wenn er diese Entschuldigung annimmt.«

Hepplewhite brach auf einmal in brüllendes Gelächter aus.

»Eure Gesichter sind unbezahlbar!« grölte er. »Wenn ihr euch nur im Spiegel sehen könntet. So feierlich wie die Kühe auf der Weide!«

»Mr. Hepplewhite«, sagte Masters, »Ihr Benehmen ist mehr als ungehörig. Meine Herren, die Wagen halten auf der Straße, und der Kutter liegt an der Brücke, ich meine, uns allen, Mr. Hepplewhite eingeschlossen, stünde jetzt ein kräftiges Frühstück gut zu Gesicht.«

Man sollte meinen, der leidige Vorfall hätte damit seinen Abschluß gefunden. Die aufgeregten Gemüter im Geschwader, denen das seltsame Duell reichlich Gesprächsstoff geliefert hatte, kamen allmählich wieder zur Ruhe, Hornblower blieb allerdings allgemein bekannt, er war aber von nun an für die Leute nicht mehr der Fähnrich, der schon im Spithead seekrank wurde, sondern der junge Mann, der kalten Blutes bereit war, sich auf Leben und Tod zu schlagen. Nur an Bord der JUSTINIAN gingen bei den Mannschaften wie im Achterschiff noch immer andere Gerüchte um, die nicht zum Schweigen kommen wollten.

»Mr. Hornblower bittet Sie sprechen zu dürfen, Sir«, sagte Mr. Clay, der Erste Offizier, eines Morgens zum Kommandanten, als er seine Meldung erstattete.

»Schicken Sie ihn zu mir, wenn wir fertig sind«, sagte Keene seufzend.

Zehn Minuten später klopfte es an seiner Tür. Man sah es dem eintretenden jungen Mann auf den ersten Blick an, daß er schwer verärgert war.

»Sir«, begann Hornblower.

»Ach ja«, unterbrach ihn Keene, »ich weiß schon, was Sie zu mir führt.«

»Bei meinem Zweikampf mit Simpson waren beide Pistolen ungeladen!«

»Hepplewhite hat also nicht dichtgehalten«, sagte Keene.

»Wie ich höre, war das auf Ihren Befehl zurückzuführen, Sir.«

»Das stimmt. Ich habe Mr. Masters in diesem Sinne angewiesen.«

»Damit haben Sie Ihre Befehlsbefugnis in nicht zu rechtfertigender Weise überschritten, Sir«, so wollte Hornblower sagen, er hatte sich den Satz genau zurechtgelegt, aber jetzt brachte er ihn doch nur unsicher und stammelnd über die Lippen.

»Mag sein«, sagte Keene geduldig und ordnete dabei wie immer die Papiere auf seinem Schreibtisch.

Dieses ruhige Eingeständnis brachte Hornblower so aus der Fassung, daß er zunächst nur wirres Zeug hervorsprudeln konnte.

Als er endlich schwieg, fuhr Keene fort: »Ich habe dem König einen jungen Offizier gerettet und dabei niemand etwas zuleide getan. Auf der anderen Seite haben sowohl Simpson wie Sie selbst Ihren Mut in schönster Weise dargetan. Sie wissen jetzt beide, daß Sie im Feuer Ihren Mann stehen können, und wir anderen wissen es auch.«

Hornblower hatte darauf wieder eine seiner eingelernten Phrasen bereit: »Sie haben mich dadurch in meiner persönlichen Ehre gekränkt«, sagte er, »das läßt sich nur auf eine Art wiedergutmachen.«

»Halten Sie an sich, Mr. Hornblower«, antwortete ihm Keene in strengem Ton und drehte sich ächzend vor Schmerz auf seinem Sessel, während er noch überlegte, was er Hornblower antworten sollte. »Ich muß Sie an eine sehr heilsame Vorschrift unserer Marine erinnern, die es jüngeren Offizieren verbietet, ihre Vorgesetzten zum Zweikampf zu fordern. Der Sinn dieser Bestimmung liegt auf der Hand – es wäre für die jungen Herren sonst allzu leicht, sich Platz für eine Beförderung zu schaffen. Schon die Forderung eines Dienstjüngeren gegen einen älteren Offizier kann nur durch ein Kriegsgericht geahndet werden. Ist Ihnen das jetzt klar, Mr. Hornblower?«

»Jawohl – Sir«, flüsterte Hornblower ganz benommen.

»Ich gebe Ihnen gratis einen guten Rat«, fuhr Keene fort. »Sie haben einen Zweikampf hinter sich und sind in allen Ehren daraus hervorgegangen. Das ist gut. Nun aber lassen Sie gefälligst die Finger davon – das wäre noch viel besser. Seltsamerweise gibt es Menschen, die eine Art Leidenschaft für solche Rencontres entwickeln, wie Tiger, die einmal Blut geleckt haben. Solche Leute sind aber nie gute Offiziere und machen sich vor allem höchst unbeliebt.«

Jetzt dämmerte Hornblower die Erkenntnis, daß seine stürmische Erregung beim Betreten der Kajüte wohl hauptsächlich darauf zurückzuführen war, daß er sich bereits in der Rolle des Helden sah, der seinem eigenen Kommandanten eine Forderung auf den Tisch legte. Es gab eine krankhafte Sucht nach dem Wagnis, aber ebenso krankhaft konnte wohl auch das Begehren sein, sich bei jeder Gelegenheit in den Vordergrund zu spielen. Keene wartete auf seine Antwort, aber es war verteufelt schwer, etwas Passendes dazu zu sagen. »Ich glaube, Sie verstanden zu haben, Sir«, war alles, was ihm am Ende einfiel.

Keene setzte sich abermals zurecht.

»Ich wollte bei dieser Gelegenheit noch eine andere Sache zur Sprache bringen, Mr. Hornblower. Kapitän Pellew von der INDEFATIGABLE kann noch einen tüchtigen Fähnrich brauchen. Er ist ein leidenschaftlicher Whistspieler und hat keinen guten vierten Mann an Bord. Ich habe ihm zugesagt, Ihrer Versetzung nichts in den Weg zu legen, falls Sie einen entsprechenden Antrag stellen würden. Muß ich Ihnen noch erklären, daß jeder strebsame junge Offizier mit beiden Händen zugriffe, wenn ihm eine Stellung auf einer Fregatte geboten würde?«

»Auf einer Fregatte!« sagte Hornblower atemlos.

Kapitän Pellew genoß einen ausgezeichneten Ruf, und seine Erfolge waren allgemein bekannt. Auszeichnungen, Beförderungen, Prisengelder, das alles durfte sich ein Offizier erhoffen, der unter Pellews Führung diente. Gewiß bewarben sich deshalb Ungezählte um einen Posten auf seiner INDEFATIGABLE. Hornblower war schon drauf und dran, das Angebot glückstrahlend anzunehmen, aber im letzten Augenblick kamen ihm doch wieder Bedenken.

»Das ist ein großes Entgegenkommen von Ihnen, Sir«, sagte er, »und ich weiß nicht, wie ich Ihnen dafür danken soll. Aber Sie haben mich doch als Fähnrich an Bord genommen, und darum ist es selbstverständlich meine Pflicht, bei Ihnen zu bleiben.«

Um die müden, sorgenvollen Züge des Kommandanten huschte ein Lächeln.

»Das hätten nicht viele gesagt«, antwortete er. »Aber ich bestehe darauf, daß Sie das Angebot annehmen. Ich lebe nicht mehr lange genug, um Ihnen Ihre Treue zu vergelten. Außerdem taugt dieses Schiff hier nichts für Sie – dieses Schiff mit seinem untauglichen Kommandanten – lassen Sie mich bitte ausreden –, seinem abgewirtschafteten Ersten Offizier und seinen überalterten Fähnrichen. Sie sind hier fehl am Platze, Sie müssen einen Posten haben, wo Ihnen rasche Beförderung winkt. Ich habe nur das Beste für unsere Marine im Auge, wenn ich Ihnen noch einmal dringend nahelege, Kapitän Pellows Angebot anzunehmen – abgesehen davon wäre es auch ein beruhigendes Gefühl für mich selbst.«

»Aye, aye, Sir«, sagte Hornblower.

2

Der Wolf wütete unter den Schafen. So weit das Auge reichte, waren die grauen Wogen der Biskaya mit weißen Segeln gesprenkelt, und trotz der harten Brise führte jedes dieser Schiffe so viel Segel, daß man für seine Takelage fürchten mußte. Sie waren alle auf der Flucht, alle bis auf ein einziges, und diese Ausnahme war Seiner Majestät Fregatte INDEFATIGABLE unter Kapitän Sir Edward Pellew. Sie war von Lee her auf einen ungeleiteten französischen Konvoi gestoßen und hatte ihm damit den natürlichen Fluchtweg nach dorthin abgeschnitten. Schiff um Schiff wurde überholt, ein paar Schüsse vor den Bug, und die neugeschaffene Trikolore flatterte von der Gaffel nieder. Dann wurde Hals über Kopf ein Prisenkommando an Bord geschickt, das die Beute in einen englischen Hafen bringen sollte, und schon jagte die Fregatte ihrem nächsten Opfer nach.

Pellew stand auf seinem Achterdeck und schäumte über jede Minute Verzug. Die Brigg, die sie eben verfolgten, wollte sich nicht gleich ergeben. Die langen Neunpfünder auf dem Vorschiff der INDEFATIGABLE donnerten mehr als einmal los, bei dem schweren Seegang war es nicht so leicht zu zielen, und die Brigg blieb unentwegt auf ihrem Kurs. Vielleicht hoffte ihr Kapitän noch auf ein Wunder, das ihm Rettung brachte.

»Ha!« rief Pellew. »Der Kerl will es nicht anders, also gebt's ihm!« Die Geschützführer der Buggeschütze wechselten die Richtung, sie schossen jetzt auf das Schiff selbst und nicht mehr vor seinen Bug. »Nicht in den Rumpf, zum Donnerwetter!« schrie Pellew – ein Schuß hatte die Brigg gefährlich nahe der Wasserlinie getroffen – »nur in die Takelage!«

Der nächste Schuß wurde aus Berechnung oder nur aus gut Glück höher gerichtet. Er traf den Hanger der Vormarsrah, das gereffte Vormarssegel fiel herab, und die Rah blieb in schräger Stellung hängen. Dadurch schoß die Brigg in den Wind. Die INDEFATIGABLE drehte dicht neben ihr bei, so daß ihre Breitseite drohend auf sie gerichtet blieb. In dieser aussichtslosen Lage strich sie endlich die Flagge.

»Wie heißt die Brigg?« rief Pellew durchs Megaphon.

»MARIE GALANTE aus Bordeaux«, übersetzte der Offizier neben ihm die Antwort des französischen Kapitäns. »Vierundzwanzig Tage in See von New Orleans mit Reis.«

»Reis«, sagte Pellew, »das trägt einen ordentlichen Batzen Geld, wenn wir sie heil nach Hause bekommen. Zweihundert Tonnen schätze ich und höchstens zwölf Mann Besatzung – also vier Mann Prisenkommando unter Führung eines Fähnrichs.«

Er sah sich suchend um, als erwartete er von irgendwoher eine Erleuchtung, ehe er seinen nächsten Befehl gab.

»Mr. Hornblower.«

»Sir!«

»Nehmen Sie vier Kuttergäste und gehen Sie an Bord dieser Brigg. Mr. Soames gibt Ihnen unseren Schiffsort. Bringen Sie das Schiff in den nächsten englischen Hafen, den Sie erreichen können, und melden Sie sich dort zum Empfang weiterer Befehle.«

»Aye, aye, Sir.«

Hornblower befand sich gerade auf seiner Gefechtsstation an den Steuerbord achteren Karronaden, er trug seinen Dolch und dazu im Koppel eine Pistole. Jetzt galt es rasch zu überlegen, denn Pellew zappelte sichtlich vor Ungeduld. Da die INDEFATIGABLE gefechtsbereit war, diente seine Seekiste unten im Zwischendeck zusammen mit einigen anderen dem Schiffsarzt als Operationstisch, er konnte also unmöglich an das Ding heran, um Sachen herauszuholen. So mußte er eben gehen, wie er war. Der Kutter kam von achtern angepullt, er rannte also an die Bordwand und rief ihn an, dabei suchte er seiner Stimme einen möglichst lauten, männlichen Klang zu geben. Der Leutnant, der das Boot führte, drehte daraufhin sofort heran, um längsseit zu kommen.

»Hier ist unsere Länge und Breite, Mr. Hornblower«, sagte Soames, der Steuermann, und drückte ihm einen Zettel in die Hand.

»Danke«, sagte Hornblower und steckte das Papier in die Tasche. Er kletterte etwas linkisch in die Großrüsten und warf einen Blick in den Kutter unter ihm. Schiff und Boot lagen fast gegen die See und stampften fürchterlich, der Abstand zwischen beiden war erschreckend groß. Hornblower zögerte eine ganze, lange Sekunde, aber am Ende blieb ihm keine andere Wahl, er mußte springen, denn hinter ihm tobte der ungeduldige Pellew, und außerdem sah er die Blicke der Bootsbesatzung und der Leute an Deck auf sich gerichtet. Da war es besser, man zog sich beim Sprung eine Verletzung zu, besser sogar, man machte sich dabei lächerlich, als daß das Schiff kostbare Zeit verlor. Hornblower riß sich zusammen und sprang. Sein Satz war gerade weit genug, daß er mit den Füßen den Setzbord erreichte, dort hielt er sich eine endlose Sekunde lang taumelnd im Gleichgewicht. Endlich packte ihn ein Matrose am Aufschlag seines Jacketts und zerrte ihn ins Boot. Dann aber konnte er mit all seiner Kraft nicht verhindern, daß Hornblower kopfüber und mit den Beinen in der Luft zwischen die Bootsgäste stürzte. Er landete mit voller Wucht auf den Männern der zweiten Ducht und schlug so hart auf ihre muskelstarken Schultern, daß es ihm den Atem verschlug. Dann dauerte es noch eine ganze Weile, bis er wieder auf die Beine kam.

»Verzeihung«, sagte er noch keuchend zu den Männern, die seinen Sturz aufgefangen hatten.

»Macht nichts, Sir«, beruhigte ihn der Zunächstsitzende, eine richtige Teerjacke mit tätowierten Armen und einem Zöpfchen im Genick, »Sie sind ja nur ein Federgewicht.«

Der Bootsoffizier warf ihm von seinem Platz in der Achterplicht einen fragenden Blick zu.

»Bitte, bringen Sie mich auf die Brigg hinüber, Sir«, sagte er. Auf einen lauten Befehl des Offiziers drehte der Kutter, während Hornblower nach achteraus kletterte.

»Sollen Sie die Prise übernehmen?« fragte der Leutnant alsbald.

»Jawohl, Sir. Auf Befehl des Kommandanten soll ich vier von Ihren Leuten mit an Bord nehmen.«

»Dazu nehmen wir am besten erfahrene Toppsgäste«, meinte der Leutnant nach einem prüfenden Blick auf die Takelage der Brigg. Die Vormarsrah hing pendelnd am Fockmast, außerdem war anscheinend das Klüverfall gebrochen, so daß das Segel knallend im Wind schlug. Er rief vier Namen und bekam von vier Matrosen Antwort.

»Sorgen Sie nur dafür, daß die Leute keinen Schnaps bekommen«, sagte der Leutnant, »dann sind sie ganz brauchbar und manierlich. Und passen Sie vor allem gut auf die französische Besatzung auf, sonst sind Sie Ihr Schiff los, ehe Sie bis drei zählen können, und landen in einem französischen Gefängnis.«

Der Kutter rauschte bei der Brigg längsseit, das Wasser spritzte zwischen den beiden Fahrzeugen schäumend hoch. Der tätowierte Matrose sprang in die Großrüsten, ein zweiter folgte ihm auf dem Fuß. Dann warteten die beiden, bis Hornblower folgte. Der setzte ihnen nach wie ein Frosch, so daß man meinen konnte, er bestünde nur aus Armen und Beinen. Er hielt sich an den Wanten fest, aber seine Knie rutschten ab, und als jetzt die Brigg auch noch überholte, glitten ihm die Wanten durch die Hände, so daß er bis zu den Schenkeln ins Wasser tauchte. Aber die wartenden Matrosen packten ihn sofort an den Handgelenken und holten ihn an Bord. Die beiden anderen Matrosen folgten ihm. Dann stieg er als erster über die Reling und betrat das Deck.

Sein erster Anblick war ein auf der Großluke sitzender Mann, der den Kopf in den Nacken geworfen hatte und gluckernd aus einer himmelwärts gekehrten Flasche trank. Er gehörte zu einer größeren Gruppe, die rings um den Lukenrand Platz genommen hatte. Nahebei stand an Deck ein Kasten, der noch zu einem Viertel mit Flaschen gefüllt war. Einer seiner Matrosen nahm eine dieser Flaschen heraus und betrachtete sie voller Neugier. Hornblower brauchte sich die Warnung des Leutnants nicht erst ins Gedächtnis zu rufen, der leidige Hang des britischen Seemanns zum Trinken hatte ihm selbst bei seinen verschiedenen Landkommandos mit Pressgangs schon gerade genug zu schaffen gemacht. Wenn er sich jetzt schwach zeigte, war sein ganzes Prisenkommando in einer halben Stunde genauso betrunken wie die Franzosen.

»Stell die Flasche weg!« stieß er so hastig hervor, daß seine Stimme überschnappte wie die eines vierzehnjährigen Jungen.

Der Matrose zögerte noch, als ob er sich nicht von der Flasche trennen könnte.

»Weg damit, sage ich! Kannst du nicht hören?« schrie Hornblower ganz außer sich vor Zorn. Dies war sein erstes selbständiges Kommando, alles war für ihn so neu und aufregend, daß ein solcher Zwischenfall genügte, die ganze Heftigkeit seines stürmischen Temperaments zu entzünden. Zugleich sagte ihm sein berechnender Verstand, daß er für immer verspielt hatte, wenn er diesen einen Ungehorsam durchgehen ließ. Seine Pistole stak im Koppel, er faßte schon an ihren Griff und war fest entschlossen, sie zu ziehen und auch abzudrücken, als sich der Matrose nach einem nochmaligen Blick auf seinen Vorgesetzten eines Besseren besann und die Flasche wieder in den Kasten stellte. Damit war dieser Fall erledigt, und es wurde Zeit, an die nächste Aufgabe zu denken.

»Bringt diese Leute nach vorn«, befahl er seinen Männern, »und sperrt sie in das Logis!«

»Aye, aye, Sir.«

Von den Franzosen konnten die meisten noch gerade gehen, nur drei mußten am Rockkragen an ihren Bestimmungsort gezerrt werden, die anderen ließen sich widerstandslos wie Schafe hintreiben.

Hornblower schleifte die gefährliche Kiste mit den Flaschen eigenhändig an die Reling und warf die Flaschen ein Paar um das andere über Bord.

Das war geschafft, ehe noch die Franzosen im Logis verschwanden, und Hornblower fand jetzt etwas Zeit, sich umzuschauen. Die scharfe Brise pfiff ihm beängstigend um die Ohren, und das ununterbrochene Geknalle des schlagenden Klüvers erschwerte es ihm, einen klaren Gedanken zu fassen, als er sich die Verwüstung in der Takelage näher ansah. Vor allem mußte das Schiff einmal richtig beigedreht werden. Hornblower konnte sich ungefähr denken, wie das zu bewerkstelligen war, und legte sich den Befehl dazu gerade noch rasch genug zurecht, daß niemand den Eindruck gewinnen konnte, er sei vielleicht seiner Sache nicht sicher. »Den Großtopp backbord anbrassen!« befahl er. »An die Brassen, Männer!« Hornblower stellte befriedigt fest, daß die Leute sein seemännisches Können augenscheinlich nicht in Zweifel zogen, als er aber dann wieder einen Blick auf die Bescherung im Fockmast warf, wurde ihm klar, daß er keinen Schimmer hatte, wie er dies Problem anpacken sollte. Er wußte noch nicht einmal genau, was da alles in Unordnung war. Aber seine Männer waren wenigstens Seeleute mit großer Erfahrung und hatten sicher schon Dutzende Male ähnliche Havarien erlebt. In dieser Lage blieb ihm keine andere Wahl – er mußte ihnen die Verantwortung überlassen.

»Wer ist der älteste Seemann unter euch?« fragte er schroff, damit seine Stimme auf keinen Fall Unsicherheit verriet.

»Matthews, Sir«, ließ sich endlich einer vernehmen und deutete mit dem Daumen auf den bezopften, tätowierten Matrosen, auf den er im Kutter gefallen war.

»Schön, ich befördere Sie hiermit zum Unteroffizier. Machen Sie sich sofort an die Arbeit und klarieren Sie die Wuhling im Vortopp. Ich habe jetzt hier achtern zu tun.«

Hornblower durchlebte wieder eine unruhige Sekunde, aber Matthews legte gehorsam die Fingerknöchel an die Stirn.

»Aye, aye, Sir«, sagte er schlicht, als wenn es sich um etwas ganz Selbstverständliches handelte.

»Bergen Sie vor allem den Klüver, ehe er ganz in Fetzen fliegt«, sagte Hornblower jetzt schon wesentlich kühner.

»Aye, aye, Sir.«

»Dann also an die Arbeit.«

Der Seemann wandte sich nach vorn, Hornblower ging auf das Achterdeck. Dort nahm er den Kieker aus seinen Klampen an der Reling und suchte die Kimm ab. Weit in Luv entdeckte er die Marssegel der INDEFATIGABLE, die den Rest des Geleitzuges verfolgte. Es dauerte nicht mehr lange, dann war er allein auf der weiten See, dreihundert Seemeilen von England. Dreihundert Meilen, das waren bei gutem Wind zwei Tage Fahrt; wie viele Tage konnten aber daraus werden, wenn ihn der gute Wind im Stich ließ?

Als er den Kieker gerade wieder an seinen Platz legte, kam Matthews nach achtern gerannt und fuhr wieder ehrerbietig mit den Knöcheln an die Stirn.

»Entschuldigung, Sir, aber wir werden Rahtakel anschlagen müssen, um die Rah neu einzustroppen.«

»Schön.«

»Dazu brauchen wir aber mehr Leute, als wir sind, Sir. Könnte ich vielleicht ein paar von den Frenchies dazu anstellen?«

»Meinetwegen, wenn Sie glauben, daß die Kerle zu gebrauchen sind. Sind sie nicht alle stockbetrunken?«

»Ich komme schon mit ihnen zurecht, Sir, nüchtern oder betrunken.«

»Gut, ich bin einverstanden.«

Während Matthews nach vorn ging, begab sich Hornblower unter Deck, um dort Umschau zu halten. In der Kapitänskajüte fand er einen Kasten mit ein paar Pistolen, daneben hing eine Pulverflasche und ein Kugelbeutel. Hornblower lud beide Pistolen und schüttete bei seiner eigenen neues Zündpulver auf, dann erschien er mit allen drei Pistolen im Koppel wieder an Deck, als seine Leute eben mit sechs von den Franzosen aus dem Logis auftauchten. Er postierte sich auf dem Achterdeck, verschränkte die Hände hinter dem Rücken und versuchte auf diese Art, den Eindruck eines Mannes zu machen, der sich jeder Lage gewachsen fühlt und daher alles mit größter Ruhe an sich herankommen läßt. Als die Rahtakel erst angeschlagen waren und das Gewicht von Rah und Segel aufnahmen, war die Hauptsache geschafft, es bedurfte dann nur noch einer guten Stunde harter Arbeit, bis die Rah wieder sachgemäß eingestroppt war und das Vormarssegel gesetzt werden konnte.

Erst als das Werk schon fast so weit gediehen war, erwachte Hornblower aus seinem Tagtraum und besann sich darauf, daß er ja in wenigen Minuten einen Kurs befehlen mußte. Er stürzte also wieder nach unten, um Karte, Zirkel und Parallellineal zurechtzulegen, dann kramte er den zerknüllten Zettel mit dem Schiffsort aus der Tasche, beugte sich über die Karte und trug den Punkt nach Länge und Breite ein. Von da aus setzte er seinen Kurs ab, wie er es gelernt hatte. Es war ein seltsam unbehagliches Gefühl, sich sagen zu müssen, daß aus den bloßen Übungen, bei denen man sich in Obhut Mr. Soames' so sicher fühlte, nun plötzlich bitterer Ernst geworden war, weil es bei dieser Aufgabe nicht nur um das Resultat, sondern womöglich um sein Leben und seinen Ruf als Seemann ging. Er überprüfte also seine Arbeit nochmals mit großer Sorgfalt, entschied sich nach reiflicher Überlegung für den zu steuernden Kurs und schrieb ihn gleich auf einen Zettel, damit ihm sein Gedächtnis keinen Streich spielen konnte. Als die Vormarsrah wieder glücklich an ihrem Platz hing, die Franzosen in ihr Logis getrieben waren und Matthews weitere Befehle heischend achteraus kam, war er gerade fertig geworden.

»Wir wollen vierkant brassen«, sagte er, »schicken Sie einen Mann ans Ruder.« Er griff an den Brassen selbst mit zu, der Wind hatte inzwischen etwas nachgelassen, und er hatte den Eindruck, daß seine Leute mit der Brigg gut fertig wurden, ohne daß er Segel kürzte.

»Welcher Kurs soll gesteuert werden, Sir?« fragte der Rudergänger.

Hornblower griff in die Tasche und holte den Zettel hervor.

»Nordost zu Nord«, las er ab.

»Nordost zu Nord, Sir«, wiederholte der Rudergänger und brachte die Marie Galante vor den Wind auf den befohlenen Kurs, der sie nach England führen sollte.

Jetzt senkte sich schon die Nacht herab, und dabei gab es doch noch so viel zu tun und zu bedenken. Die ganze Verantwortung lag ja auf Hornblowers jungen Schultern, für die eine solche Bürde noch so neu und ungewohnt war. Die Gefangenen mußten sicher verwahrt und vor allem bewacht werden – das übernahm am besten der ohnedies nötige Ausguckposten, der zugleich ein Auge auf die Leute unten im Logis halten konnte. Ein zweiter Mann mußte das Ruder bedienen. Die beiden anderen konnten sich ein Auge voll Schlaf gestatten, obwohl sie sich darüber klar sein mußten, daß jedes Segelmanöver alle Mann auf den Posten rief. Hartbrot aus dem Kapitänsvorrat und ein Schluck Wasser aus dem Decksfaß gaben eine karge, hastig verzehrte Mahlzeit. Und über all dem durfte er nie vergessen, sorgfältig auf jede Änderung der Wetterlage zu achten. Hornblower ging in dunkler Nacht ruhelos an Oberdeck auf und ab.

»Warum legen Sie sich nicht etwas schlafen, Sir?« fragte der Mann am Ruder.

»Dazu ist später noch Zeit genug, Hunter«, gab Hornblower zur Antwort und war dabei bestrebt, sich nicht anmerken zu lassen, wie sehr ihn diese nie erlebte Kühnheit überraschte.

Immerhin, der Rat war sicher vernünftig, und er beschloß, ihn zu befolgen. So wie er war, warf er sich unten auf die Koje des Kapitäns, aber an Schlaf war natürlich nicht zu denken. Als er hörte, wie der Ausguckmann den Niedergang herabbrüllte, um die beiden anderen zur Ablösung zu wecken (sie schliefen in der Kammer, die sich an seine Kajüte anschloß), da ließ es ihm keine Ruhe mehr. Er mußte hinaus und wieder an Deck, um sich zu überzeugen, daß dort alles in Ordnung war. Da nun Matthews die Wache hatte, schien ihm jede weitere Besorgnis wirklich überflüssig, darum zwang er sich, abermals unter Deck zu gehen. Kaum lag er jedoch wieder auf seiner Koje, da überfiel ihn schon ein neuer schrecklicher Gedanke, der ihm geradezu den Angstschweiß auf die Stirn trieb. Mit einem Satz war er wieder auf den Beinen. Er stürzte an Deck und eilte nach vorn, wo Matthews auf dem Kranbalken hockte. »Wir haben noch nichts unternommen, um festzustellen, ob das Schiff kein Wasser macht«, sagte er. »Sie müssen sofort die Pumpen peilen.«

»Aye, aye, Sir«, sagte Matthews ohne Zögern und begab sich nach achtern zur Pumpe.

»Kein Tropfen, Sir«, meldete er, als er wieder erschien, »trocken wie ein leergetrunkener Krug.«

Hornblower war von dieser Kunde angenehm überrascht. Er hatte noch nie von einem Schiff gehört, das nicht mehr oder minder leck gewesen wäre, sogar auf der kerngesunden INDEFATIGABLE mußte jeden Tag gepumpt werden. Er hatte keine Ahnung, ob es nicht doch einmal vorkam, daß ein Schiff überhaupt kein Wasser machte, oder ob das etwas ganz und gar Unerhörtes war. Dennoch fragte er nicht danach, weil er sich um keinen Preis der Welt eine Blöße geben wollte. Das war ihm ebenso wichtig wie seine unerschütterliche Haltung.

»Hm«, war also alles, was er dazu noch zu sagen hatte. Nachdem sich herausgestellt hatte, daß die MARIE GALANTE keinen Tropfen Wasser machte, hätte er vielleicht doch noch Schlaf gefunden, wenn nicht von neuem eine Störung eingetreten wäre. Kaum hatte er sich nämlich zurückgezogen, als der Wind stetig nach rechts auszuschießen begann und zugleich etwas an Stärke zulegte. Matthews kam den Niedergang herunter und hämmerte mit der unangenehmen Nachricht an seine Tür.

»Wir können den befohlenen Kurs nicht mehr viel länger halten, Sir«, schloß er seine Meldung, »außerdem kommt der Wind jetzt böiger ein.«

»Schön, ich komme an Deck. Wecken Sie alle Mann«, sagte Hornblower. Sein mürrischer Ton war leicht damit zu erklären, daß man ihn so unsanft aus dem Schlaf gerissen hatte, in Wirklichkeit sollte ihm diese Brummigkeit aber dazu dienen, seine zitternde Angst zu verbergen. Mit seiner winzigen Besatzung durfte er sich auf keinen Fall von schlechtem Wetter überraschen lassen. Er hatte bald einsehen müssen, daß es ausgeschlossen war, irgendein Manöver schnell durchzuführen. Jetzt stand er selbst am Ruder, während seine vier Männer in der Takelage schufteten, um die Marssegel zu reffen und das Schiff dadurch handiger zu machen. Über dieser Arbeit verging die halbe Nacht, und als sie endlich getan war, lag auch auf der Hand, daß die MARIE GALANTE bei dem immer nördlicher drehenden Wind den Kurs Nordost zu Nord nicht mehr anliegen konnte. Hornblower gab das Ruder ab und ging unter Deck an die Karte. Was er dort feststellen mußte, konnte ihn nur in dem traurigen Beschluß bestärken, zu dem er durch überschlägige Schätzung gekommen war. Sie mochten noch so hoch am Wind liegen, mit diesem Schlag kamen sie von Ushant nicht mehr frei. Mit seinen paar Mann Besatzung wagte er es nicht, nur auf die Hoffnung hin durchzuhalten, daß der Wind vielleicht wieder zurückdrehen könnte, dazu standen ihm die Schrecken viel zu lebhaft vor Augen, die jedem Schiff an einer Leeküste drohten und vor denen ihn seine Bücher und seine Lehrer so eindringlich zu warnen pflegten. Nein, es gab keine Wahl, er mußte das Schiff auf dem anderen Bug an den Wind legen. Schweren Herzens kletterte er wieder an Deck.

»Alle Mann auf, klar zum Halsen!« befahl er und versuchte, diese

Worte so kräftig hinauszubrüllen wie Mr. Bolton, der dritte Leutnant der INDEFATIGABLE.

Sie brachten die Brigg sicher auf den anderen Bug, und bald lag sie hart am Wind mit Steuerbordhalsen auf ihrem neuen Kurs. Der führte zwar fort aus dem Bereich der gefährlichen Küste Frankreichs, leider aber entfernten sie sich damit fast ebenso rasch von den gastlichen Gestaden Englands. Natürlich war es nun vorbei mit aller Hoffnung auf eine rauschende Heimreise von zwei Tagen, vorbei auch für Hornblower mit der Hoffnung, in dieser Nacht noch Schlaf zu finden.

Das letzte Jahr vor seinem Eintritt in die Marine hatte Hornblower französischen Unterricht gehabt. Vieles von dem Gelernten hatte in seinem guten Gedächtnis eine bleibende Heimstatt gefunden, aber es war ihm nie in den Sinn gekommen, daß ihm dieses Zeug einmal von Nutzen sein könnte. Er wurde darüber eines Besseren belehrt, als ihn der französische Kapitän beim ersten Morgengrauen dringend um eine Unterredung bat. Der Franzose konnte zwar ein paar Brocken Englisch, aber Hornblower stellte bald mit freudiger Genugtuung fest, daß sie sich auf französisch besser verständigen konnten, sobald er nur seiner Schüchternheit Herr geworden war und die ungewohnten Worte über die Lippen brachte.

Der Kapitän schien aufmerksam zu beobachten, wie die Brigg unter seinen Füßen arbeitete.

»Sie benimmt sich etwas schwerfällig, finden Sie nicht?« sagte er.

»Hm, vielleicht«, meinte Hornblower. Er war mit der MARIE GALANTE ja nicht vertraut, so wenig wie mit irgendeinem anderen Schiff, darum war er auch außerstande, zu der angeschnittenen Frage irgendeine persönliche Ansicht zu äußern, aber es fiel ihm natürlich nicht ein, seine Unwissenheit preiszugeben.

»Leckt sie denn?« fragte der Kapitän.

»Sie ist lenz, in der Bilge ist kein Wasser«, antwortete Hornblower.

»Aah«! sagte der Franzose. »Dort finden Sie natürlich keinen Tropfen. Bedenken Sie, daß wir Reis geladen haben.«

»Ja«, sagte Hornblower.

Es fiel ihm in diesem Augenblick sehr schwer, äußerlich die Fassung zu bewahren, obwohl ihm alsbald die ganze Tragweite des eben Gehörten klar wurde. Natürlich, der Reis saugte sofort jeden Tropfen Wasser auf, der in das Schiff eindrang, die Bilge blieb also auch bei leckem Schiff immer trocken, und doch bedeutete jeder eingedrungene Tropfen einen Verlust an Auftrieb.

»Ein Schuß Ihrer verfluchten Fregatte schlug in den Rumpf«, sagte der Kapitän, »ich nahm natürlich an, daß Sie den Schaden untersucht haben.«

»Gewiß«, log sich Hornblower tapfer aus der Verlegenheit.

Als das endlich überstanden war, holte er sich sofort Matthews zu einer Unterredung unter vier Augen. Der wurde todernst, als er hörte, worum es ging.

»Wo hat denn der Treffer eingeschlagen, Sir?« fragte er.

»Irgendwo an Backbord, meiner Schätzung nach ziemlich weit vorn.« Sie gingen beide hin und beugten suchend den Kopf über die Reling.

»Nichts zu sehen, Sir«, sagte Matthews. »Fieren Sie mich in einem Pahlstek über Bord, dann werde ich bald finden, was da los ist.«

Hornblower wollte schon einwilligen, dann aber besann er sich anders. »Nein, ich mache das lieber selbst«, sagte er.

Matthews und Carson legten ihm einen Pahlstek um den Leib und fierten ihn über Bord. Dort baumelte er nun an der Bordwand, und dicht unter ihm brodelte die See. Wenn das Schiff einsetzte, hob sie sich ihm entgegen, so daß er schon nach fünf Sekunden bis an die Hüften durchnäßt war, holte es rollend über, dann pendelte er von der Bordwand ab und schlug alsbald wieder mit Wucht dagegen. Unterdessen bewegten sich die Männer mit der Leine langsam achteraus und gaben ihm so Gelegenheit, die ganze Seite der Brigg abzusuchen, soweit sie sich über Wasser befand. Nirgends war ein Schußloch zu entdecken. Das sagte er Matthews, als sie ihn wieder binnenbords geholt hatten.

»Dann muß es unter der Wasserlinie sein«, sagte Matthews und drückte damit aus, was Hornblower selbst befürchtete. »Sind Sie denn sicher, daß der Schuß getroffen hat, Sir?«

»Dumme Frage, natürlich!« schnauzte ihn Hornblower an.

Die ständige Aufregung und der Schlafmangel zerrten an seinen Nerven. Er mußte sich durch barsche Worte Luft machen, sonst wäre er glatt in Tränen ausgebrochen. Sein nächster Entschluß stand jedoch bereits fest.

»Wir wollen das Schiff über den anderen Bug beilegen und dann noch einmal nachsehen.«

Auf dem anderen Bug lag das Schiff auch nach der anderen Seite über, dann befand sich das Schußloch, wenn es überhaupt vorhanden war, nicht so tief unter Wasser. Die entgegengesetzte Neigung des Rumpfes bewirkte, daß er nun in seinem Pahlstek richtig an der Bordwand klebte. Sie fierten ihn so weit weg, daß seine Beine über den Muschelbewuchs scheuerten, den das Schiff zwischen Wind und Wasser trug. Dann gingen sie wieder Schritt für Schritt nach achtern und holten ihn dabei außen an der Bordwand entlang. Um ein Weniges hinter dem Fockmast entdeckte er endlich, was er suchte.

»Fest an Deck!« schrie er nach oben und wurde nur mit Gewalt der Verzweiflung Herr, die sich seiner bemächtigen wollte. Die Leine bewegte sich nicht mehr weiter nach achtern.

»Fier langsam weg! Noch zwei Fuß tiefer!«

Jetzt hing er bis an die Hüften im Wasser, und wenn die Brigg etwas tiefer tauchte, schlug es ihm wohl auch ganz über dem Kopf zusammen, als wäre plötzlich das Ende da. Hier war das Loch, es lag selbst auf diesem Bug noch zwei Fuß unter Wasser, eine stark aufgesplitterte, zerfetzte Öffnung, eher viereckig als rund und mit einem Durchmesser von etwa einem Fuß. Während das Wasser um Hornblower brodelte und rauschte, glaubte er sogar zu hören, wie es gurgelnd ins Schiff strömte, aber das mochte nur Einbildung sein.

Er rief die Männer an Deck an, daß sie ihn aufholen sollten, und als er glücklich wieder bei ihnen stand, lauschten die beiden gespannt auf seinen Bericht.

»Sie sagten, zwei Fuß unter Wasser, Sir?« sagte Matthews. »Nun ja, das Schiff lag hart am Wind und lag wohl ziemlich weit über, als wir es trafen. Vielleicht hob sich auch der Bug gerade besonders hoch aus dem Wasser, als der Schuß fiel. Vor allem liegt aber das Schiff jetzt überhaupt schon viel tiefer im Wasser.«

Das war der springende Punkt. Was immer man unternahm, wie weit man das Schiff auch überlegte, das Schußloch blieb unter Wasser. Also mußte es unter allen Umständen gedichtet werden. Hornblower hatte nicht umsonst seine seemännischen Handbücher studiert, er wußte genau, wie das zu bewerkstelligen war.

»Wir müssen ein Segel füttern und über das Leck holen«, sagte er. Ein Segel »füttern« hieß etwas Ähnliches, wie eine große haarige Fußmatte daraus machen, indem man unzählige kurze Enden halb aufgedrehter Kardeele hindurchzog. Wenn das getan war, holte man das Segel mit Hilfe von Leinen, die unter dem Kiel hindurchführten, von außen genau vor das Leck. Dann preßte der Wasserdruck dieses dicke, haarige Polster von selbst so fest gegen das Loch, daß das weitere Eindringen von Wasser mindestens sehr erschwert war.

Die Franzosen erwiesen sich bei der Durchführung dieser Aufgabe als recht unwillige Helfer. Das Schiff gehörte ja nicht mehr ihnen, und ihre Reise endete so oder so in einem englischen Gefängnis. Was Wunder, wenn sie keinen Schwung zur Arbeit aufbrachten, obwohl es hier nicht minder um ihr eigenes Leben ging. So dauerte es denn eine ganze Weile, bis ein neues Bramsegel an Deck geholt war und eine eingeteilte Arbeitsgruppe damit begann, Hanfkardeele in kurze Enden zu zerschneiden, die durch das Segel gezogen und aufgedreht werden mußten.

Endlich konnte sich Hornblower in die Kajüte zurückziehen, um trockenes Zeug aufzutreiben. Dort unten kam es ihm vor, als ob die verschiedenen Schiffsgeräusche – jenes ständige Knacken und Ächzen eines hölzernen Schiffes auf See – lauter und aufdringlicher klängen als sonst. Die beigedrehte Brigg ritt ohne Fahrt wie eine Ente über die anrollenden Seen, dennoch krachten und knirschten alle Schotten und Verbände, als ob sie sich in einem schweren Sturm in Stücke segeln wollte. »Ach was«, sagte er sich vor, »das ist doch nur Einbildung, ein Schreckbild meiner überreizten Phantasie.« Er rieb sich gründlich trocken, bis er wieder etwas wie Wärme in den Gliedern fühlte, und fuhr in den Sonntagsanzug des Kapitäns. Dann aber hielt er von neuem lauschend inne. Die Brigg krachte wirklich in allen Fugen, als ob sie auseinanderbrechen wollte.

Er ging wieder an Deck, um sich vom Stand der Arbeit an dem Lecksegel zu überzeugen. Noch war er keine zwei Minuten oben, da ließ einer der Franzosen plötzlich den Arm sinken, als er eben nach einem neuen Kardeel hinter sich langen wollte, und starrte eine Weile regungslos auf das Deck zu seinen Füßen. Er stocherte mit dem Finger in einer Decksnaht, dann sah er sich suchend nach Hornblower um und rief ihn herbei. Hornblower brauchte nicht zu verstehen, was der Mann sagte, seine Gesten sprachen deutlich genug. Die Decksnaht hatte sich ein wenig geöffnet, und das Pech quoll daraus hervor. Hornblower sah sich dieses seltsame Phänomen aufmerksam an, wußte es jedoch nicht zu erklären. Nun, die offene Stelle maß immerhin nur einen bis zwei Fuß, das ganze übrige Deck war dicht und in bester Ordnung. Oder war es etwa doch nicht so? Nachdem seine Aufmerksamkeit einmal geweckt war, suchte er weiter und fand richtig noch zwei andere Stellen, wo das Pech wie eine Wulst aus der Naht gequollen war. Er stand vor einem Rätsel. Weder seine magere Erfahrung noch seine umfangreiche Lektüre lieferten ihm eine Erklärung für diesen geheimnisvollen Vorgang. Der französische Kapitän war an seine Seite getreten und starrte ebenfalls auf das Deck.

»Die Ladung!« sagte er. »Sie – sie wird größer und größer.«

Matthews war ebenfalls herzugekommen. Obwohl er kein Wort Französisch verstand, hatte er die Geste des Kapitäns sofort richtig begriffen. »Habe ich recht gehört?« fragte er. »Das Schiff hat eine Reisladung an Bord?«

»Ja.«

»Dann wissen wir Bescheid. Der Reis hat Wasser gezogen, jetzt quillt er auf.«

Natürlich. Wenn man trockenen Reis in Wasser einweicht, dann quillt er alsbald auf das zwei- bis dreifache Volumen. Die Ladung quoll auch und sprengte die Nähte des Schiffes mit unwiderstehlicher Gewalt. Hornblower dachte wieder an das unnatürlich laute Krachen und Ächzen unter Deck. Er durchlebte einen der schmerzlichsten Momente seines Daseins, sein Blick schweifte über die kalte, erbarmungslose See hinaus, als ob er sich von dort Erleuchtung und Hilfe erwartete. Aber das Wunder blieb aus. Sekunden vergingen, ehe er wieder Worte fand und sich imstande fühlte, die Haltung zu wahren, die sich für einen Seeoffizier auch in den schlimmsten Lagen geziemte.

»Je eher wir das Lecksegel über das Schußloch bekommen, desto besser«, sagte er endlich. Es wäre wohl zuviel verlangt gewesen, hätte er sich jetzt auch noch um ruhige Gemessenheit bemühen sollen. »Machen Sie endlich diesen Franzosen Beine, daß sie fertig werden.«

Während er noch sprach, fühlte er plötzlich einen scharfen Ruck unter den Füßen, wie wenn jemand mit einem Hammer von unten gegen das Deck geschlagen hätte. Das Schiff platzte langsam aus den Nähten.

»Beeilt euch mit dem Segel!« schrie er auf die Arbeitsgruppe ein, dann ärgerte er sich über sich selbst, weil er mit seinem Gebrüll eine Aufregung verraten hatte, die eines Offiziers unwürdig war.

Endlich waren fünf Quadratfuß des Segels gefüttert. Nun wurden Leinen durch die Grummets geschoren, und die Arbeitsgruppe eilte nach vorn, um das Segel unter das Schiff zu bringen und es von dort bis zum Leck achteraus zu holen. Hornblower warf seine Kleider ab, nicht etwa aus Rücksicht auf das Eigentum des Kapitäns, sondern um sie für den eigenen Gebrauch trocken zu halten.

»Ich gehe außenbords, um zu sehen, daß das Segel an die richtige Stelle kommt«, sagte er. »Matthews, einen Pahlstek.«

Nackt und naß hing er an der Bordwand, es schien ihm, als bliese der kalte Wind durch ihn hindurch; sooft das Schiff rollte, scheuerte er mit dem Körper an den Planken und verlor dabei ganze Fetzen Haut, jede am Schiff entlangrollende See schlug erbarmungslos mit lautem Klatschen über ihm zusammen. Aber er hielt aus, bis das gefütterte Segel genau vor dem Loch saß, und sah zu seiner größten Freude, daß sich die haarige Fläche sogleich richtig festsaugte. Sie zeigte nämlich über dem Leck eine Höhlung nach innen, die sich alsbald noch weiter vertiefte, so daß er sicher sein konnte, daß das Leck in der Bordwand nunmehr wirksam verstopft war. Auf seinen Zuruf holten sie ihn wieder an Deck und warteten auf seine Befehle, er aber stand nackt und ganz dumm vor Kälte und Müdigkeit vor ihnen und kämpfte um seinen nächsten Entschluß.

»Legen Sie das Schiff wieder auf Backbord-Bug«, brachte er endlich heraus.

Als er sich wieder angezogen hatte, erwartete ihn Matthews mit recht besorgter Miene. »Verzeihung, Sir«, sagte er, »aber die Geschichte will mir nicht mehr gefallen. Ganz ehrlich gesagt, sie gefällt mir gar nicht. So wie sich das Schiff jetzt benimmt, ich sage Ihnen, Sir, da stimmt etwas nicht. Es sackt schon immer tiefer und bricht uns zuletzt noch vollends auseinander. Für mich ist das eine ausgemachte Sache. Entschuldigen Sie, Sir, daß ich das so herausgesagt habe.«

Unter Deck hatte Hornblower zur Genüge gehört, wie der Rumpf des Schiffes unausgesetzt ächzte und stöhnte, hier an Deck klafften die Nähte immer weiter. Der quellende Reis hatte bestimmt auch die Nähte der Bordwand auseinandergetrieben, dann strömte jetzt immer noch Wasser ein, das die Ladung weiter aufquellen ließ, bis das Schiff vollends in Stücke ging.

»Schauen Sie, dort, Sir!« rief Matthews plötzlich.

Mitten am hellen Tag huschte ein kleiner grauer Schatten den Luv-Wassergang entlang, ein zweiter folgte und dann ein dritter. Ratten! Eine Panik mußte sie aus ihrem Versteck unten im Raum vertrieben haben, sonst hätten sie sich niemals am hellen Tag an Deck gewagt. Wieder fühlte Hornblower einen schwachen Ruck unter den Füßen, der ihm verriet, daß unter ihm neuerdings etwas gebrochen war. Aber er hatte immer noch eine Karte auszuspielen, die letzte Verteidigungslinie war noch nicht bezogen.

»Ich will die Ladung werfen«, sagte Hornblower. Er hatte dieses Wort noch nie im Leben ausgesprochen, aber es war ihm von seiner Lektüre her geläufig. »Hol die Gefangenen heraus, wir wollen sofort damit beginnen.«

Die geschalkten Lukendeckel hatten sich schon seltsam und verräterisch nach oben gewölbt. Als jetzt die Keile herausgeschlagen wurden, riß sich das eine Ende einer Planke sofort krachend los und zeigte schräg nach oben, und während die Männer die übrigen Deckel abhoben, drängte gleich ein braunes Etwas nach; es war ein Sack Reis, der durch den Druck von unten emporgetrieben wurde, bis er in der Luke festsaß. »An die Taljen! Hievt das Zeug heraus!« befahl Hornblower. Sack um Sack wurde der Reis aus dem Laderaum geholt, manchmal platzte einer, dann ergoß sich der Reis in Strömen an Deck, aber das machte nichts aus. Eine zweite Gruppe schaffte Reis und Säcke nach Lee und hievte sie dort über die Reling in den unersättlichen Schlund der Tiefe. Schon nach den ersten drei Säcken begannen die Schwierigkeiten. Die Ladung war nämlich so ineinander verklemmt, daß es nur mit größtem Kraftaufwand gelang, so einen Sack aus seiner Lage zu wuchten. Zwei Mann mußten in die Ladeluke hinunter, um die Säcke loszubrechen und die Stroppen darumzulegen. Stunde um Stunde verging so bei härtester Arbeit, die Männer an den Taljen waren in Schweiß gebadet und wankten vor Müdigkeit, dennoch mußten sie von Zeit zu Zeit im Raum mit Hand anlegen, denn die Säcke hatten sich in ganzen Lagen verklemmt und saßen zwischen dem Schiffsboden unten und den Decksbalken oben unverrückbar fest. Als die Partie unter der Luke glücklich herausgehievt war, mußten schon die nächsten Säcke Lage um Lage mühsam herausgebrochen werden. Allmählich war im unmittelbaren Bereich der Luke doch etwas Raum geschaffen, so daß man endlich weiter in die Tiefe dringen konnte. Dort kam denn auch bald das längst Erwartete zum Vorschein. Die unteren Sacklagen waren naß geworden, ihr Inhalt war dadurch aufgequollen und hatte die Säcke gesprengt. Die ganze untere Hälfte des Laderaums war mit einer festgepreßten Masse feuchten Reises angefüllt, die man nur mit Schaufeln und Fässern herausbekommen konnte.

Hornblower war so in seine Probleme vertieft, daß er erst auf Matthews aufmerksam wurde, als ihm dieser am Ärmel zupfte. Er merkte denn auch sogleich, daß ihn Matthews zu sprechen wünschte.

»Es hat keinen Zweck mehr, Sir«, sagte Matthews. »Wir liegen schon wieder ein ganzes Stück tiefer als vorhin. Ich meine, es wird nicht mehr lange dauern.«

Hornblower trat mit ihm an die Reling und sah an der Bordwand hinunter. Ja, der Mann hatte ohne Zweifel recht. Er selbst war ja außenbords gewesen und wußte noch recht gut, wo die Wasserlinie gewesen war. Noch besser war der Anhalt, den ihm die Oberkante des Lecksegels bot. Demnach lag die Brigg schon wieder einen guten halben Fuß tiefer im Wasser als zuvor – und das, obwohl man inzwischen mindestens fünfzig Tonnen Reis über Bord geworfen hatte. Das Schiff leckte offenbar wie ein Sieb, das Wasser drang durch die klaffenden Nähte herein, und der durstige Reis sog es sofort bis zum letzten Tropfen in sich auf. Hornblower fühlte, daß ihn die linke Hand schmerzte. Erst als er hinsah, merkte er, daß ihm das Blut aus den Fingern gewichen war, weil er sich ganz unbewußt mit aller Kraft in die Reling krallte. Nun lockerte er seinen Griff, sein Blick suchte die Sonne, die sich schon zum Abend neigte, und wanderte über die wogende See. Er wollte sich um keinen Preis geschlagen geben, schon der Gedanke daran schien unerträglich. Jetzt trat der französische Kapitän an seine Seite. »Das ist doch heller Wahnsinn«, sagte er, »so geht es wirklich nicht weiter, Sir. Meine Leute sind am Ende ihrer Kraft, sie sind ganz einfach fertig.«

Hornblower sah, wie Hunter die französischen Matrosen mit einem Tauende zur Arbeit trieb und dabei rücksichtslos dreinschlug. Aber wie er auch tobte und schrie, aus diesen Menschen vermochte er auch mit Gewalt nichts mehr herauszuholen. In diesem Augenblick hob sich die MARIE GALANTE schwerfällig auf den Kamm einer See und sackte gleich darauf in das folgende Wellental. Selbst der unerfahrene Hornblower mußte zu seinem Schrecken erkennen, wie träge und leblos sie sich dabei benahm. Er mußte sich sagen, daß das Schiff fast keinen Auftrieb mehr hatte und daher nicht mehr lange schwimmen konnte. Wollte man aber auf das Schlimmste gefaßt sein, dann gab es noch eine Menge zu tun.

»Matthews«, sagte er, »ich möchte sofort alle Vorbereitungen zum Verlassen des Schiffes getroffen haben.«

Bei diesen Worten drückte er das Kinn besonders energisch nach vorn, weil er auf keinen Fall wollte, daß ihm die Franzosen oder seine eigenen Leute anmerkten, wie verzweifelt er war.

»Aye, aye, Sir«, sagte Matthews.

Die MARIE GALANTE fuhr ein Rettungsboot in Klampen hinter dem Großmast. Auf Matthews' Anordnung ließen die Männer jetzt ihre Arbeit in der Ladung liegen, um dieses Boot in aller Eile mit Proviant und Wasser auszurüsten. Dann bemannten sie die Bootstakel, heißten es aus den Klampen und fierten es in Lee des Achterdecks zu Wasser, wo sich leidlicher Schutz gegen Wind und Seegang bot. Die MARIE GALANTE steckte ihre Nase in eine See, weil sie nicht mehr die Kraft besaß, sich auf ihren Kamm zu heben, grünes Wasser brach über ihren Steuerbord-Bug und strömte über das ganze Deck nach achtern, bis sich die Brigg plötzlich träge zur Seite wälzte und ihm den Weg nach den Speigatten wies. Man durfte nicht mehr viel Zeit verlieren – abermals gab ein besonders heftiges, dumpfes Krachen von unten her Kunde, daß die Ladung unbarmherzig weiterquoll und alle Widerstände sprengte. Unter den Franzosen brach eine richtige Panik aus, sie rannten mit lautem Geschrei achteraus und stürzten sich in wilder Flucht ins Boot. Der französische Kapitän maß Hornblower mit einem stummen Blick und folgte ihnen dann nach. Zwei der britischen Matrosen waren ebenfalls schon von Bord gegangen, um das Boot vom Schiff freizuhalten. »Los, ins Boot«, sagte Hornblower zu Matthews und Carson, die noch zögerten.

Er war hier Kommandant und durfte daher sein Schiff nur als Letzter verlassen. Die Brigg lag jetzt schon so tief, daß es ein leichtes war, von Deck ins Boot zu gelangen. Die britischen Matrosen saßen sämtlich in der Achterpiek und machten ihm Platz.

»Nehmen Sie das Ruder, Matthews«, sagte Hornblower, weil er sich die Führung dieses überladenen Fahrzeugs doch nicht so recht zutraute. »Setz ab vorn!«

Das Boot hatte abgelegt, die MARIE GALANTE wälzte sich mit festgelaschtem Ruder in der See. Sie drehte allmählich ihre Nase in den Wind und blieb dann unentwegt so liegen. Plötzlich zeigte sie so starke Schlagseite, daß die Steuerbord-Speigatten fast im Wasser verschwanden. Noch einmal rauschte eine See über ihr Deck und in das offene Ladeluk. Da richtete sie sich langsam auf und lag nun schon so tief, daß das Deck kaum noch aus dem Wasser ragte. Dann sank sie auf ebenem Kiel in die Tiefe. Die See schloß sich über ihrem Rumpf, allmählich verschwanden auch die Masten, nur die hellen Flecke der Segel schimmerten noch sekundenlang durch das klare Grün des Wassers.

»Sie ist weg«, sagte Matthews.

Hornblower hatte den Untergang seines ersten Schiffes mit brennenden Augen verfolgt. Ihm war die MARIE GALANTE übergeben worden, daß er sie sicher in den Hafen brächte, und er hatte versagt, versagt bei seinem ersten selbständigen Auftrag. Er blickte starr in die untergehende Sonne und hoffte, daß niemand die aufsteigenden Tränen sah, deren er sich nicht erwehren konnte.

3

Als es über der wogenden Biskaya endlich wieder zu tagen begann, trieb inmitten der weiten Wasserwüste ein einsames, kleines Boot, und dieses Boot trug sicherlich mehr Menschen, als gut war. Vorn drängte sich die französische Besatzung der gesunkenen MARIE GALANTE, mittschiffs saß der Kapitän und sein Steuermann, die Achterplicht war von dem Fähnrich Horatio Hornblower und seinen vier englischen Matrosen besetzt, die vordem die Prisenbesatzung der Brigg gebildet hatten. Hornblower war seekrank. Sein empfindlicher Magen hatte ihm schon übel mitgespielt, bis er sich an die Bewegungen der INDEFATIGABLE gewöhnte, und rebellierte jetzt natürlich aufs neue, als das kleine Boot ruckend und stampfend hinter seinem Treibanker auf- und niedertanzte. Er war aber nicht nur seekrank, sondern auch hundemüde und durchgefroren, denn Schlaf hatte er auch in dieser zweiten Nacht nicht gefunden, weil er sich immer wieder krampfhaft übergeben mußte. Und in der bösen Depression, die die Seekrankheit immer mit sich bringt, machte er sich wegen des Verlustes der MARIE GALANTE die schwersten Vorwürfe. Hätte er doch eher daran gedacht, dieses Schußloch zu dichten! Fiel ihm dazwischen etwas zu seiner Entlastung ein, so ließ er es nicht gelten. Waren der Aufgaben für seine paar Männer nicht allzu viele gewesen? Man mußte die Franzosen bewachen, die havarierte Takelage in Ordnung bringen, den Kurs absetzen! Den größten Streich hatte ihm der quellende Reis gespielt, als er daran dachte, die Bilge zu peilen, und kein Wasser fand. Das war alles gut und schön und sicher richtig, dennoch war am Ende nicht daran zu rütteln, daß er das Schiff, sein Schiff, das erste, das ihm anvertraut war, verloren hatte. Für diese Niederlage gab es keine Entschuldigung.

Die Franzosen waren bei Tagesgrauen munter geworden und schnatterten durcheinander wie eine Horde Spatzen. Matthews und Carson reckten ihre steifen Glieder, um den schmerzenden Gelenken Linderung zu verschaffen.

»Frühstück, Sir?« fragte Matthews.

Hornblower mußte an ein Spiel denken, das er als einsames, einziges Kind so gern gespielt hatte. Da saß er in einem leeren Schweinetrog, und der Trog war ein Boot und er saß ganz allein drin und trieb weit draußen auf See. Er hatte ein Stück Brot, oder was er sonst in der Küche ergattern konnte, säuberlich in zwölf Rationen geteilt, genau abgezählt, und jede Ration mußte für einen Tag langen. Aber der kleine Junge mit seinem unstillbaren Hunger hielt das Warten nicht lange aus, darum waren seine Tage sehr kurz, sie dauerten kaum fünf Minuten. Er war in seinem »Boot«, dem Schweinetrog, aufgestanden und hatte den Horizont vergebens nach Rettung abgesucht, hatte sich noch ein Weilchen das harte Dasein eines Schiffbrüchigen ausgemalt, dann hatte er kurzerhand beschlossen, daß wieder ein Tag und eine Nacht um war und daß er sich mit Fug und Recht die nächste Ration seines schwindenden Vorrats zu Gemüte führen durfte. Das Spiel des Knaben von einst war heute grausame Wirklichkeit. Hornblower sah, wie der französische Kapitän und sein Steuermann jedem Mann im Boot ein Stück Hartbrot reichten und dann allen der Reihe nach die Kumme aus den Fässern mit Wasser füllten. Aber trotz seiner lebhaften Phantasie hatte er sich damals in seinem Schweinetrog doch nicht alles richtig ausgemalt. Er hatte so wenig an die scheußliche Seekrankheit gedacht wie an die Kälte und die Krämpfe in den steifen Gliedern oder an die schrecklichen Schmerzen, die das arme Hinterteil auf den harten Duchten der Achterplicht zu erleiden hatte. Und am allerwenigsten hatte er natürlich in seiner kindlichen Selbstsicherheit geahnt, wie schwer die Last der Verantwortung schon den Siebzehnjährigen drücken konnte, wenn ihm ein selbständiges Kommando zufiel.

Er riß sich mit Gewalt von diesen noch so frischen Erinnerungen an seine Kindheit los, um sich wieder ganz den Aufgaben des Augenblicks zu widmen. Soviel ihm seine noch recht dürftige Erfahrung sagte, verhieß der graue Himmel fürs erste keine Verschlechterung des Wetters. Er näßte einen Finger und hielt ihn in die Höhe, dabei warf er zugleich einen Blick auf den Bootskompaß, um die Windrichtung zu bestimmen.

»Dreht ein wenig nach Westen zurück, Sir«, bemerkte Matthews, der es ihm nachgetan hatte.

»Ja«, stimmte ihm Hornblower zu und überholte rasch seine unlängst gelernte Kompaßkunde. Der Kurs, den er abgesetzt hatte, um von Ushant freizukommen, war Nordost zu Nord gewesen, das wußte er noch. Das Boot lag mit dicht geholten Schoten höchstens acht Strich am Wind. Er hatte die ganze Nacht vor Treibanker gelegen, weil der Wind so weit nördlich einkam, daß er England nicht mehr ansteuern konnte. Jetzt hatte er nach Westen zurückgedreht. Acht Strich von Nordost zu Nord zurückgerechnet ergab Nordwest zu West, und der Wind kam jetzt sogar noch weiter westlich ein. Er konnte also mit dichten Schoten frei von Ushant laufen und hatte dabei sogar noch für alle

Fälle Höhe übrig, die ihm half, sich gut von Leegerwall fernzuhalten, wo ihm, wie er aus den seemännischen Lehrbüchern wußte und auch aus eigener Überlegung begriff, die größten Gefahren drohten.

»Wir wollen Segel setzen, Matthews«, sagte er. Er hielt immer noch ein Stück Hartbrot in der Hand, das sein rebellischer Magen zurückwies.

»Aye, aye, Sir.«

Ein Zuruf hieß die im Bug zusammenhockenden Franzosen aufmerken. Unter den gegebenen Umständen hatte es Hornblower kaum nötig, sein stockendes Französisch anzuwenden, um sie zum Einholen des Treibankers zu veranlassen. In dem überfüllten Boot, das kaum einen Fuß Freibord hatte, war dies Manöver gar nicht so einfach. Der Mast war schon gesetzt, das Luggersegel lag klar zum Heißen. Zwei Franzosen standen unsicher schwankend auf und griffen nach dem Fall, dann stieg das Segel am Mast hoch.

»Hunter, nehmen Sie die Schot«, sagte Hornblower, »Matthews ans Ruder. Halten Sie das Boot auf Steuerbord Bug am Wind.«

»Steuerbord Bug am Wind«, wiederholte Matthews.

Der französische Kapitän war von seinem Platz in der Mitte des Bootes aus dem ganzen Vorgang mit gespanntem Interesse gefolgt. Den letzten, entscheidenden Befehl hatte er nicht verstanden, aber es fiel ihm nicht schwer, ihn zu erraten, als das Boot abfiel und über Steuerbord Bug Kurs auf England nahm. Er stand auf und erhob mit einem Schwall von aufgeregten Worten Einspruch.

»Bei diesem Wind können wir leicht Bordeaux ansteuern«, schrie er und fuchtelte mit den Fäusten in der Luft herum. »Bis morgen wären wir dort. Warum steuern wir nördlichen Kurs?«

»Weil wir nach England segeln«, sagte Hornblower.

»Aber – aber, dazu brauchen wir mindestens eine Woche! Ja, auch wenn der Wind so günstig bleibt. Dieses Boot ist doch völlig überlastet – einen Sturm können wir damit unmöglich abreiten. Ihr Plan ist reiner Wahnsinn!«

Schon als sich der Kapitän von seiner Ducht erhob, hatte Hornblower erraten, was jetzt kommen würde. Er machte sich nicht einmal die Mühe, dem aufgeregten französischen Wortschwall des Mannes genau zu folgen, da er viel zu müde und seekrank war, um sich in einer fremden Sprache mit ihm herumzustreiten. Jetzt die französische Küste ansteuern? Nein, um keinen Preis der Welt! Seine Laufbahn als Seeoffizier hatte kaum erst begonnen, und wenn sie jetzt schon ein trauriges Ende fand, weil er die MARIE GALANTE verloren hatte, so war er darum noch längst nicht bereit, auf Jahre hinaus hinter französischen Gefängnismauern zu verkommen.

»Monsieur!« rief der französische Kapitän.

Der Steuermann, der mit dem Kapitän die Ducht teilte, erhob die gleichen Vorstellungen. Jetzt wandten sich beide um und erklärten ihren Leuten, worum es ging. Der Erfolg war, daß sich auch unter diesen Männern ein zorniges Murren erhob.

»Monsieur!« begann der Kapitän von neuem, »ich bestehe darauf, daß Sie Bordeaux ansteuern.«

Er machte Miene, auf die Engländer einzudringen, einer der Leute hinter ihm griff nach einem Bootshaken, um ihn als gefährliche Waffe zu benutzen. Hornblower riß eine seiner Pistolen aus dem Koppel und zielte auf den Kapitän. Als er die Mündung der Waffe aus vier Fuß Entfernung auf sich gerichtet sah, hielt er inne und sank auf seine Ducht zurück. Ohne ihn aus den Augen zu lassen, zog Hornblower mit der Linken seine zweite Pistole.

»Da, nehmen Sie, Matthews«, sagte er.

»Aye, aye, Sir«, sagte Matthews gehorsam und setzte dann nach einer respektvollen Pause hinzu: »Verzeihung Sir, ich möchte nur bemerken, daß Sie noch nicht gespannt haben.«

»Wahrhaftig«, sagte Hornblower ganz entsetzt über seine Vergeßlichkeit. Er zog sofort den Hahn zurück, und bei dem schnappenden Geräusch kam dem französischen Kapitän erst recht deutlich zum Bewußtsein, in welcher Gefahr er schwebte. Es war wirklich kein Spaß, in dem auf- und niedertanzenden Boot eine geladene, gespannte Waffe auf sich gerichtet zu sehen. Er hob verzweifelt die Arme.

»Bitte zielen Sie doch woanders hin!«

Dabei zog er sich immer weiter zurück und drängte sich zwischen die Leute, die hinter ihm saßen.

»Stopp dort, sofort belegen!« brüllte Matthews plötzlich – ein französischer Matrose versuchte soeben, heimlich das Fall loszuwerfen.

»Schießen Sie jeden über den Haufen, der eine Hand gegen uns rührt«, sagte Hornblower zu ihm.

Er war so darauf versessen, seinen Willen gegen diese Leute durchzusetzen, so eisern entschlossen, seine Freiheit zu verteidigen, daß sich sein Gesicht förmlich zusammenzog und den Ausdruck einer knurrenden Bestie bekam. Wer ihn so sah, konnte keinen Augenblick daran zweifeln, daß er alles darangab, um sich durchzusetzen, und daß er keinem Menschen erlaubte, sich zwischen ihn und seine Entscheidung zu stellen. Er hatte noch eine dritte Pistole im Koppel stecken, die Franzosen konnten also damit rechnen, daß mindestens ein Drittel von ihnen daran glauben mußte, ehe es ihnen gelingen konnte, die Engländer zu überwältigen. Und ihr Kapitän wußte nur zu genau, daß er in diesem Fall als erster starb. Da er den Blick nicht von der drohenden Mündung lassen konnte, bedeutete er seinen Leuten nur mit hinter sich gerichteten Gesten seiner sprechenden Hände, daß sie ihren Widerstand aufgeben sollten. Allmählich erstarb ihr zorniges Gemurr, und nun verlegte sich der Kapitän aufs Bitten.

»Im letzten Krieg«, begann er, »war ich schon volle fünf Jahre in englischen Gefängnissen und möchte jetzt nicht von neuem dort landen. Könnten wir nicht ein ehrliches Abkommen treffen? Sie bringen uns nach Frankreich, lassen uns, wo immer Sie wollen, an Land und setzen dann Ihre Reise fort. Oder – ein anderer Vorschlag – wir gehen alle zusammen an Land, und ich mache meinen ganzen Einfluß geltend, um zu erreichen, daß Sie und Ihre Leute unter Kartell, ohne Austausch oder Lösegeld, nach England zurückgelangen. Ich schwöre Ihnen hoch und heilig, daß ich das tun werde.«

»Kommt nicht in Frage«, sagte Hornblower kurz.

England war von hier aus leichter zu erreichen als von der französischen Biskaya-Küste. Und was den zweiten Vorschlag betraf, so hatte Hornblower von der neuen, durch die Revolution emporgeschwemmten Regierungsgewalt in Frankreich genug gehört, um zu wissen, daß diese Leute auf die Vorstellungen eines einfachen Handelsschiffskapitäns hin bestimmt keinen Gefangenen losließen. In Frankreich herrschte großer Mangel an ausgebildeten Seeleuten, daher war es überdies seine Pflicht, dieses Dutzend Leute auf keinen Fall zurückkehren zu lassen.

»Nein«, sagte Hornblower wieder, als ihn der Kapitän aufs neue beschwor.

»Soll ich ihm in die Schnauze schlagen, Sir?« fragte Hunter, der neben Hornblower saß.

»Nein«, sagte Hornblower; aber der Franzose hatte die Geste Hunters gesehen und schloß daraus, was ihm drohte. Daraufhin ließ er das Reden und brütete nur noch dumpf vor sich hin. Aber die schußbereite Pistole auf Hornblowers Knie ließ ihm keine Ruhe. Ein Fingerdruck im Halbschlaf, und der Schuß ging los.

»Monsieur«, begann er wieder, »ich bitte Sie, tun Sie die Pistole weg. Sie ist gefährlich.«

Hornblower maß ihn mit einem kalten, mitleidlosen Blick.

»Bitte tun Sie das Ding weg. Ich verspreche Ihnen, daß ich nichts mehr tun oder sagen werde, was Ihren Absichten als Führer dieses Bootes zuwiderläuft.«

»Schwören Sie mir das?«

»Ja, ich schwöre es.«

»Und Ihre Leute?«

Der Kapitän wandte sich um und redete so lange auf seine Männer ein, bis sie sich widerstrebend seinem Willen fügten.

»Sie schwören es ebenfalls.«

»Gut, ich will Ihnen glauben.«

Daraufhin steckte Hornblower die Pistole wieder in sein Koppel, wobei ihm grade noch rechtzeitig einfiel, den Hahn auf halbe Ruhe zu stellen, damit er sich nicht womöglich noch selbst in den Leib schoß.

Nach der aufgeregten Szene von eben versank jetzt alles in stumpfe Müdigkeit. Das Boot ritt in schwingendem Gleichmaß über die Seen, was nach dem ewigen Reißen am Treibanker eine wahre Wohltat war. Hornblower stellte zu seiner Freude fest, daß sich seine überreizten Magennerven zusehends beruhigten. Er hatte nun schon zwei Nächte keinen Schlaf gefunden, jetzt sank ihm der Kopf auf die Brust, er lehnte sich seitwärts an Hunter und entschlummerte friedlich, während das Boot mit etwa halbem Wind in stetiger Fahrt der Küste Englands zustrebte.

Er wachte erst spät am Tage wieder auf, als Matthews müde und verkrampft die Pinne an Carson abgab, weil er am Ende seiner Kräfte war. Von da an gingen sie Wache um Wache, einer an der Schot und einer am Ruder, die beiden anderen ruhten sich aus, so gut es gehen wollte. Hornblower ging seinen Törn an der Schot, die Pinne getraute er sich, besonders bei Nacht, nicht zu führen, weil er wußte, daß er den Kniff noch nicht herausgefunden hatte, ein Boot nur nach dem Wind zu steuern, den man auf der Wange fühlte.

Sie hatten am folgenden Tag das Frühstück längst hinter sich, ja, es ging schon stark auf Mittag zu, als das Segel in Sicht kam. Einer der Franzosen sah es zuerst, und sein erregter Schrei riß alle hoch. Voraus in Luv waren drei rechteckige Marssegel über der Kimm aufgetaucht und näherten sich auf konvergierendem Kurs so rasch, daß die Fläche der Leinwand jedesmal ein Stück größer erschien, wenn das Boot wieder den Kamm einer See erreichte.

»Was halten Sie davon, Matthews?« fragte Hornblower, während die Franzosen wie ein aufgeregter Bienenschwarm durcheinanderschwatzten.

»Ich kann noch nichts Bestimmtes sagen, Sir«, meinte Matthews unsicher, »was man bis jetzt sehen kann, will mir allerdings nicht gefallen. Bei dieser Brise müßte das Schiff auf jeden Fall seine Bramsegel führen und die Untersegel natürlich auch. Warum, frage ich, tut es das nicht? Und der Schnitt des Klüvers kommt mir auch verdächtig vor, Sir. Hm, ich möchte fast sagen, es könnte ein Franzmann sein, Sir.«

Jedes Schiff auf friedlicher Reise führte natürlich alle Segel, die es tragen konnte. Jenes Schiff dort tat das offenbar nicht. Also konnte man schließen, daß es in Kriegsdiensten stand. Aber auch in diesem Fall durfte man sogar hier in der Biskaya eher damit rechnen, einem Briten zu begegnen als einem Franzosen. Hornblower sah sich das Fahrzeug lange und gründlich an. Es war nicht besonders groß und doch als Vollschiff getakelt. Jetzt kam schon ab und zu der Rumpf über der Kimm zum Vorschein – ein Glattdecker mit einer Reihe Geschützpforten –, man sah ihm seine Schnelligkeit schon von weitem an.

»Der Schlitten sieht mir von vorn bis hinten nach einem Franzosen aus, Sir«, bemerkte Hunter, »wenn mich nicht alles täuscht, ist das ein Kaperschiff.«

»Klar zum Halsen!« befahl Hornblower.

Sie brachten das Boot vor den Wind und kehrten dem Schiff jetzt das Heck zu. Aber im Krieg gilt das gleiche Gesetz wie im Dschungel, wer flieht, fordert damit zu Verfolgung und Angriff heraus. Das Schiff setzte seine Untersegel und Bramsegel und fegte hinter ihnen her. Es passierte sie in einer Kabellänge Abstand und drehte dann vor ihnen bei, so daß es kein Entkommen mehr gab. An der Reling drängte sich ein seltsames Volk, die Besatzung schien für ein Schiff dieser Größe ungewöhnlich zahlreich zu sein. Jetzt drang von drüben ein Anruf über das Wasser. Die Worte waren französisch. Die englischen Matrosen ergingen sich in wilden Flüchen, als der französische Kapitän begeistert Antwort gab und seine Besatzung das Boot längsseit brachte.

Ein gutaussehender junger Mann in pflaumenblauem Rock mit Spitzenkragen begrüßte Hornblower, als er das Deck betrat.

»Willkommen auf der PIQUE, Monsieur«, sagte er auf französisch. »Ich bin Kapitän Neuville, Kommandant dieses Kaperschiffs. Und mit wem habe ich die Ehre?«

»Fähnrich Hornblower von Seiner Britischen Majestät Schiff INDEFATIGABLE«, knurrte ihn Hornblower an.

»Monsieur scheinen schlechter Laune zu sein«, sagte Neuville. »Ich bitte Sie, regen Sie sich nicht über die Wechselfälle des Krieges auf. Sie werden bis zu unserem Einlaufen an Bord dieses Schiffes jede Bequemlichkeit genießen, die wir Ihnen auf See irgend bieten können. Fühlen Sie sich also ganz zu Hause. Die Pistolen in Ihrem Koppel sind Ihnen zum Beispiel sicher recht lästig, erlauben Sie mir daher, daß ich Sie von ihrem Gewicht befreie.«

Während er das sagte, zog er Hornblower die Pistolen mit spitzen Fingern aus dem Koppel, musterte ihn mit einem scharfen Blick von oben bis unten und fuhr dann fort:

»Dann wäre noch über den Dolch an Ihrer Seite zu reden, Monsieur. Würden Sie vielleicht die Güte haben, ihn mir leihweise zu überlassen? Ich versichere Ihnen, daß ich ihn zurückgeben werde, wenn wir uns trennen. Solange Sie hier an Bord sind, muß ich leider besorgt sein, daß Sie sich im Sturm und Drang Ihrer Jugend zu einer unüberlegten Handlung hinreißen lassen, wenn Sie eine Waffe tragen, die Ihr jugendliches Gemüt für tödlich halten könnte. Tausend Dank dafür! Und jetzt darf ich Ihnen wohl die Kammer zeigen, die eben für Sie klargemacht wird.«

Mit einer höflichen Verbeugung nahm er den Vortritt und führte Hornblower nach unten. Zwei Decks tiefer, wahrscheinlich schon ein paar Fuß unter der Wasserlinie, gelangten sie in ein geräumiges, völlig kahles Zwischendeck, das nur durch die Niedergänge ein wenig Licht und Luft empfing. »Unser Sklavendeck«, bemerkte Neuville obenhin.

»Sklavendeck?« fragte Hornblower.

»Ja, hier waren während der Reise die Sklaven eingesperrt.«

Mit einem Male wurde Hornblower vieles klar. Ein Sklaventransporter war besonders leicht in ein Kaperschiff zu verwandeln. Diese Schiffe waren ja an und für sich schon reichlich mit Geschützen bestückt, damit sie sich gegen heimtückische Überfälle zur Wehr setzen konnten, wenn sie auf den Strömen Afrikas ihre »Ware« einhandelten. Sie waren schneller, als Handelsschiffe im allgemeinen zu sein pflegten, weil sie keinen bauchigen Laderaum brauchten und weil man eine so leicht verderbliche »Ware« wie Sklaven am vorteilhaftesten mit schnellen Schiffen verfrachtete. Sie waren überdies von vornherein darauf eingerichtet, eine Menge Menschen und dazu gewaltige Bestände an Proviant und Wasser mit sich zu führen, so daß sie auch dann keinen Mangel litten, wenn sie die Jagd auf Prisen einmal länger als gewöhnlich vom Hafen fernhielt.

»Der Markt in San Domingo ist uns neuerdings leider verlorengegangen«, erzählte Neuville in leichtem Plauderton, »ich nehme an, Monsieur, daß Sie von den traurigen Ereignissen gehört haben, denen dieser Ausfall zuzuschreiben ist. Ich habe daher meine PIQUE in ein Kaperschiff verwandelt, damit sie mir weiter gute Revenuen abwirft. Da ich außerdem feststellen mußte, daß gegenwärtig unter dem Regime des Komitees für Öffentliche Sicherheit in unserem Paris ein weniger zuträgliches Klima herrscht als selbst an der Westküste Afrikas, habe ich mich entschlossen, persönlich die Führung meines Schiffes zu übernehmen. Daß ein wenig Entschlußkraft und Draufgängertum dazu gehören, ein Kaperschiff zu einer guten Kapitalsanlage zu machen, sei nur am Rande vermerkt.«

Bei diesen Worten verhärtete sich Neuvilles Miene zu einem Ausdruck unbeugsamer Entschlossenheit, aber das ging rasch vorüber, und schon war er wieder ganz Kavalier mit glatten, verbindlichen Formen.

»Die Tür in diesem Schott«, plauderte er weiter, »führt zu den Quartieren, die ich für gefangene Offiziere vorgesehen habe. Und hier, sehen Sie, ist Ihre Koje. Ich würde mich freuen, wenn Sie sich darin recht wohl fühlten. Sollte das Schiff ins Gefecht gehen – und ich bin überzeugt, daß das nicht selten der Fall sein wird –, dann werden die Niedergänge geschalkt. Einstweilen haben Sie aber das Recht, sich vollkommen frei auf meinem Schiff zu bewegen. Vielleicht darf ich noch hinzufügen, daß es meine Besatzung bitter übelnehmen würde, wenn sich Gefangene anheischig machten, der Schiffsführung in den Arm zu fallen oder die Sicherheit des Schiffes zu gefährden. Die Leute fahren auf Anteil an der Beute und setzen dabei Leben und Freiheit aufs Spiel. Ich würde mich nicht wundern, wenn ein unbesonnener Mensch, der den Versuch machte, sie um Erfolg und Freiheit zu bringen, kurzerhand über Bord geworfen würde.«

Hornblower zwang sich mit Gewalt zu einer höflichen Antwort, er wollte sich nicht anmerken lassen, daß ihn die eiskalte Roheit dieser letzten Worte fast der Sprache beraubte.

»Ich habe Sie verstanden«, sagte er.

»Ausgezeichnet. Haben Sie sonst noch irgendwelche Wünsche, Monsieur?«

Hornblower sah sich in dem kahlen Geviert um, in dem er nun beim trüben Schimmer einer schwingenden Tranfunzel als Gefangener hausen sollte.

»Könnte ich etwas zu lesen bekommen?«

Neuville überlegte einen Augenblick.

»Leider haben wir nur Fachliteratur an Bord«, sagte er, »da wären Grandjeans *Grundlagen der Navigation* und Lebruns *Handbuch der Seemannschaft* oder andere Bücher ähnlichen Inhalts, sofern Sie glauben, des Französischen genügend mächtig zu sein, um sie lesen zu können.«

»Ich will es versuchen«, sagte Hornblower.

Es war sicher von Vorteil, daß sich Hornblower Material für anstrengende geistige Arbeit verschaffte. Die doppelte Aufgabe, französisch zu lesen und zugleich seine Berufskenntnisse zu erweitern, verkürzte ihm die langen, trostlosen Tage, die die PIQUE auf ihrer Jagd nach Prisen kreuzend auf See verbrachte. Die Franzosen nahmen meist überhaupt keine Notiz von ihm. Einmal drang er selbst zu Neuville vor, um sich darüber zu beklagen, daß seine vier britischen Seeleute zu der unwürdigen Arbeit des Lenzpumpens herangezogen wurden. Aber er mußte sich geschlagen geben, ehe es überhaupt zu einer Auseinandersetzung kam, da Neuville von vornherein eiskalt ablehnte, sich dazu zu äußern. Hornblower zog sich mit brennenden Wangen und heißen Ohren in seine Kammer zurück, wo ihn, wie immer in solchen Stunden wühlenden Zorns, die Erinnerung an sein eigenes Verschulden mit neuer Gewalt überfiel.

Wäre es ihm doch eher eingefallen, dieses Schußloch zu dichten! Jeder Offizier mit einem Funken Verstand hätte das als erstes getan. Er aber hatte durch seine Gedankenlosigkeit sein Schiff eingebüßt und die INDEFATIGABLE um eine wertvolle Prise gebracht, das lag ihm wie eine Zentnerlast auf der Seele. Zuweilen zwang er sich dazu, die Zusammenhänge in Ruhe zu überdenken. In beruflicher Hinsicht erwuchs ihm aus seiner Unterlassungssünde voraussichtlich – ja sogar höchst wahrscheinlich – kein Nachteil. Einem Fähnrich, der mit nur vier Mann Prisenkommando eine von einer Fregatte zusammengeschossene Zweihundert-Tonnen-Brigg übernehmen mußte, konnte man keinen ernstlichen Vorwurf machen, wenn ihm das Schiff unter den Füßen wegsank. Dennoch konnte sich Hornblower nicht verhehlen, daß er sich zum mindesten einen Teil der Schuld an diesem Verlust zuschreiben mußte. Gut, er hatte nicht Bescheid gewußt – aber war denn Unwissenheit eine Entschuldigung? Wenn er über der Fülle seiner anderen Sorgen und Pflichten vergessen hatte, das Schußloch zu dichten, dann war er einfach nicht fähig gewesen, ein Schiff zu führen. Unfähigkeit sprach ihn jedoch ebensowenig los. Wenn er solchen Gedanken nachhing, dann versank er jedesmal in einen Abgrund der Verzweiflung und der Selbstverachtung. Dabei gab es keine Menschenseele weit und breit, die ihn in seinem Elend hätte trösten können.

Die PIQUE lauerte in den befahrensten Gewässern der Welt auf ihre Beute, sie kreuzte vor der Einfahrt in den Englischen Kanal. Wenn dennoch ein Tag um den anderen verstrich, ohne daß sie ein Segel in Sicht bekam, so gab das einen lebendigen Begriff von der unermeßlichen Weite des Ozeans. Sie lief bei ihrem Unternehmen immer das gleiche Dreieck ab, mit halbem Wind nach Nordwesten, in Kreuzschlägen nach Süden und dann vor dem Wind unter gekürzten Segeln wieder nach Nordosten. In jedem ihrer Toppen saß ein Ausguckposten, aber die Männer starrten vergebens hinaus, sie sahen weit und breit nichts als die leere, wogende Wasserwüste – bis eines Morgens von der Vorbramsaling der Ruf einer hellen Stimme an Deck herunterdrang und alles aufhorchen ließ, auch Hornblower, der gerade einsam und verlassen an der Reling stand. Neuville schrie vom Achterdeck aus sofort eine Frage zurück, und Hornblower konnte dank seines jüngsten Selbstunterrichts ganz gut verstehen, was der Mann darauf antwortete. In Luv sei ein Segel in Sicht, meldete der Ausguck und fügte im nächsten Augenblick hinzu, das Schiff hätte Kurs geändert und hielte jetzt vor dem Wind auf die PIQUE zu.

Das war höchst bedeutsam. Im Krieg war jedes Handelsschiff voll Argwohn und Mißtrauen und ging darum allen anderen Schiffen möglichst weit aus dem Wege, besonders wenn es in Luv und damit ohnehin so gut wie in Sicherheit war. Nur wer den Kampf suchte oder an krankhafter Neugier litt, gab die Luvstellung freiwillig auf. In Hornblowers Brust wurde eine wilde und doch ganz und gar törichte Hoffnung wach. Ein Kriegsschiff hier draußen auf der See konnte eigentlich nur ein Engländer oder Franzose sein, denn England beherrschte unbestritten die Meere. Und vor allem noch eins: in diesen Gewässern kreuzte ja die INDEFATIGABLE, sein eigenes Schiff, in Erfüllung der doppelten Aufgabe, sowohl nach französischen Kaperschiffen zu fahnden als auch französische Blockadebrecher abzufangen. Hundert Meilen von hier hatte sie ihn und seine Prisenbesatzung auf die MARIE GALANTE übergesetzt. Und doch, so sagte er sich mit der Resignation des Verzweifelten vor, standen die Aussichten tausend zu eins dagegen, daß ein hier aufkommendes Schiff wirklich die INDEFATIGABLE war. Dann aber regte sich trotz allem wieder die Hoffnung. Jenes Schiff kam ja offenbar vor dem Wind heran, um festzustellen, wen es hier vor sich hatte, dadurch verbesserten sich die Chancen sicherlich auf zehn, wenn nicht noch weniger als zehn zu eins.

Er faßte von weitem Neuville ins Auge und versuchte seine Gedanken nachzudenken. Die PIQUE war ein schnelles und handiges Schiff, es stand ihm also frei, einfach abzudrehen und nach Lee zu entkommen. Die Tatsache, daß das fremde Schiff auf die PIQUE abhielt, mußte auf jeden Fall seinen Argwohn wecken. Allerdings wußte man von den Indienfahrern, jenen wertvollsten aller Prisen, daß sie sich zuweilen ihre Ähnlichkeit mit einem schweren Linienschiff zunutze machten, um einen gefährlichen Gegner zu verscheuchen, indem sie wie zum Angriff herangebraust kamen. Für einen Mann, der darauf brannte, eine gute Prise zu machen, lag darin bestimmt eine Versuchung. Auf Neuvilles Befehl wurden alle Segel gesetzt, damit er in der Lage war, im gegebenen Augenblick, sei es zu fliehen, sei es die Verfolgung aufzunehmen. Dann steuerte die PIQUE mit dicht geholten Schoten dem anderen Schiff entgegen. Nicht lange danach entdeckte Hornblower vom Oberdeck aus an der Kimm einen winzigen weißen Fleck, nicht größer als ein Reiskorn, als sich die PIQUE wieder einmal über eine See hinweghob. Jetzt kam Matthews ganz rot vor Aufregung achteraus gerannt und trat an Hornblowers Seite.

»Das ist die alte INDEFATIGABLE, Sir«, sagte er, »ich möchte es beschwören!« Er sprang auf die Reling, hielt sich an den Wanten fest und starrte unter der schützenden Hand hervor nach der Kimm.

»Ja, sie ist's, Sir! Jetzt machen sie die Royals los, Sir! Wir kommen gerade noch recht zur Schnapsausgabe!«

Ein französischer Maat langte in die Höhe, zerrte Matthews am Hosenboden von seinem Ausguck herunter und jagte ihn mit Hieben und Stößen nach vorn. Einen Augenblick später gab Neuville den Befehl aufzubrassen und hieß den Rudergänger so weit abfallen, daß das Schiff der INDEFATIGABLE das Heck zeigte. Dann winkte er Hornblower heran.

»Wie ich höre, ist das Ihr früheres Schiff?«

»Ja, es ist die INDEFATIGABLE.«

»Mit welchem Wind läuft sie am besten?«

Hornblower maß Neuville mit einem stummen Blick.

»Schauen Sie mich nicht so hochnäsig an«, sagte Neuville und verzog seine schmalen Lippen zu einem Lächeln. »Ich könnte Sie ohne weiteres dazu bringen, mir zu sagen, was ich wissen will, dazu gibt es ein probates Mittel. Ihr Glück, daß ich es nicht anzuwenden brauche, denn auf der ganzen Welt gibt es kein Schiff – vor allem keine der schwerfälligen Fregatten Seiner Britischen Majestät –, das meine PIQUE vor dem Wind aussegeln könnte. Sie werden sich bald selbst davon überzeugen können.«

Er schlenderte an die Heckreling und blickte lange und mit gespannter Miene durch seinen Kieker achteraus. Hornblower tat es ihm mit bloßem Auge nach und sah dabei womöglich noch gespannter drein.

»Nun, habe ich recht oder nicht?« sagte Neuville und reichte ihm das Glas. Hornblower nahm es, aber nicht so sehr, um seine Beobachtung bestätigt zu sehen, als um einen Blick auf sein altes Schiff zu erhaschen. Dabei überkam ihn wieder einmal bitteres, verzweifeltes Heimweh nach seiner INDEFATIGABLE, die nun offensichtlich immer weiter zurücksackte. Ihre Bramsegel waren schon hinter der Kimm verschwunden, nur die Royals waren noch zu sehen.

»In zwei Stunden ist sie ganz aus Sicht«, sagte Neuville, nahm das Glas zurück und schob es mit einem lauten Klick zusammen.

Dann ließ er den verzweifelten Hornblower kurzerhand stehen und eilte zum Rudergänger, um ihn heftig anzulassen, weil er nicht genau genug Kurs hielt. Hornblower hörte zwar sein tobendes Geschimpfe, aber die Worte drangen ihm nicht ins Bewußtsein. Der Wind blies ihm ins Gesicht und wehte ihm die Haare um die Ohren, unter ihm kochte und brodelte das Kielwasser, das die PIQUE bei ihrer rauschenden Fahrt hinter sich ließ. Mit ähnlichen Gefühlen mochte schon Adam nach dem verlorenen Paradies zurückgeblickt haben. Hornblower dachte an die luft- und lichtlose Fähnrichsmesse, an all die seltsamen Gerüche und die knarrenden Verbände, an so manche bitterkalte Nacht, in die er hinaus mußte, wenn ihn der Ruf »Alle Mann!« aus seiner warmen Hängematte schreckte. Er dachte an das madige Hartbrot und das knochendürre Salzfleisch – und sehnte sich doch so brennend nach jenem Leben zurück, daß sich sein Herz zusammenkrampfte. Mußte er sich doch zugleich sagen, daß es für diese Sehnsucht keine Erfüllung mehr gab. Die Freiheit verschwand für immer hinter dem Horizont. Und doch waren es nicht diese persönlichen Gefühle, die ihn jetzt unter Deck gehen ließen, um dort irgend etwas zu unternehmen. Sie beflügelten vielleicht seinen Verstand, was ihn jedoch zum Handeln aufrief, war einzig und allein sein Pflichtbewußtsein.

Das Sklavendeck war, wie immer bei Allemannmanövern, verlassen und menschenleer. Hinter dem Schott stand seine Koje mit den Büchern und der schwingenden Tranlampe, die ihm Licht gab. Was sollte man hier schon unternehmen? Es fiel ihm beim besten Willen nichts ein. Weiter achteraus war ein zweites Schott mit einer verschlossenen Tür, die in eine Art Bootsmannshellegatt führte. Zweimal hatte er schon gesehen, wie man Farben und Ähnliches von dort holte. Farbe! Halt, das war es – und schon in der nächsten Sekunde war sein Plan fix und fertig. Sein Blick wanderte von der Tür zur Tranlampe und wieder zurück, dann zog er sein Bordmesser und begann damit die Tür zu bearbeiten. Aber er gab es bald wieder auf und mußte über seine eigene Torheit lächeln. Die Tür hatte nämlich keine Füllung, sie bestand vielmehr aus zwei festen Bohlen, die durch Querriegel an der Innenseite zusammengehalten wurden. Auch am Schlüsselloch ließ sich das Messer nicht ansetzen. Er hätte Stunden und Stunden gebraucht, um ein Loch in diese Tür zu schneiden, jetzt aber war jede Minute kostbar.

Sein Herz pochte wie im Fieber, noch fieberhafter arbeiteten seine Gedanken. Er sah sich noch einmal suchend um. Ein kurzer Griff an die Lampe: sie war fast voll. Eine Sekunde lang rang er noch mit dem Entschluß, dann riß er sich zusammen und machte sich in rasender Eile ans Werk.

Mit roher Hand fetzte er die Seiten aus Grandjeans *Grundlagen der Navigation,* ballte sie einzeln zu losen Knäueln und häufte sie an der Schwelle der Tür. Er zog seine Uniformjacke aus und zerrte sich seinen blauen Jumper über den Kopf. Den riß er mit seinen schlanken kräftigen Händen kurzerhand der Länge nach auf und begann in aller Hast ihn auseinanderzurupfen. Als er ein paar Fäden herausgezogen hatte, verlor er jedoch die Geduld und warf das Ding, so wie es war, auf den Papierhaufen. Noch ein suchender Blick. Richtig, die Kojenmatratze! Sie war mit Stroh gestopft, ein Schnitt mit dem Messer schlitzte sie auf, so daß er den Inhalt bündelweise herauszerren konnte. Der dauernde Druck seines Körpergewichts hatte das Stroh fest zusammengepreßt, aber es ließ sich leicht so weit auflockern, daß ihm der Haufen bis zu den Hüften reichte. Das gab ein kräftiges Feuer, so wie er es brauchte. Er hielt einen Augenblick inne und zwang sich, klar und logisch zu denken; weil er in seinem Ungestüm immer das Denken vergaß, war ihm die MARIE GALANTE untergegangen, und jetzt hatte er aus dem gleichen Grund schon wieder kostbare Zeit mit seinem Jumper vergeudet. Darum war es vor allem wichtig, genau zu überlegen, was der Reihe nach zu geschehen hatte. Er riß eine Seite aus dem *Manuel de Matelotage,* faltete sie zu einem langen Fidibus und entzündete diesen an der Lampe. Dann goß er Tran – er war in der heißen Lampe schön flüssig – auf die Papierknäuel, über das Deck und über die Schwelle der Tür. Eine kurze Berührung mit dem Fidibus setzte eines der Knäuel in Brand, und das Feuer fraß sich augenblicklich weiter. Jetzt gab es kein Zurück mehr. Er warf das Stroh in die Flammen, riß mit der Kraft eines Wahnsinnigen seine ganze Koje von der Wand, so daß sie dabei in Trümmer ging, und häufte auch ihre Bretter und Pfosten auf das Stroh. Zuletzt nahm er die Lampe vom Haken und feuerte sie oben auf den Haufen. Dann griff er rasch nach seinem Rock und ging. Als er schon im Begriff war, die Tür hinter sich zuzuziehen, fiel ihm ein, daß sie besser offenblieb – je mehr Luft das Feuer bekam, desto besser brannte es. Er fuhr in seinen Rock und eilte den Niedergang hinauf.

An Deck gab er sich alle Mühe, den lässigen Müßiggänger zu spielen. Er lehnte sich gelangweilt an die Reling und verbarg seine zitternden Hände in den Hosentaschen. Die Aufregung raubte ihm alle Kraft und wurde während dieses qualvollen Wartens eher größer als geringer. Jede Minute, die der Brand unentdeckt blieb, war kostbar.

Ein französischer Offizier sprach ihn mit stolzem Triumph in den Augen an und deutete dabei über das Heck nach achtern, wahrscheinlich ließ er sich darüber aus, wie rasch die INDEFATIGABLE zurückblieb. Hornblower reagierte darauf nur mit einem müden Lächeln, weil ihm zunächst nichts anderes einfiel, dann aber überlegte er, daß Lächeln in diesem Fall durchaus nicht am Platz war, und versuchte, recht düster und verdrossen dreinzuschauen. Der Wind hatte so stark aufgefrischt, daß die PIQUE kaum noch alle ihre Segel tragen konnte, und Hornblower fühlte, wie er um seine brennenden Wangen strich. An Deck herrschte ein ganz ungewohntes Getriebe, jeder Mann der Besatzung schien vollauf beschäftigt zu sein. Neuville überwachte den Rudergänger und warf dabei ab und zu einen Blick nach oben, um sicherzugehen, daß jedes Segel richtig zog, die Männer machten die Geschütze los, ein Maat und zwei Matrosen holten eben die Logleine ein. Mein Gott, wie lange ging das noch so weiter!

Da endlich! Das Süll des achteren Niedergangs schien plötzlich kleine Wellen zu schlagen, es flimmerte sichtbar im hellen Sonnenschein. Das konnte nur daher kommen, daß heiße Luft aus der Öffnung aufstieg. Wie? Zeigte sich nicht sogar eine Spur von Rauch? Ja, es stimmte! Im gleichen Augenblick kam auch schon der Alarm. Ein erster lauter Ruf, Getrappel eiliger Füße, allgemeines Durcheinander, ratternde Trommelschläge und dazwischen helle Schreie: »Au feu! Au feu!«

Alle vier Elemente des Aristoteles – so schoß es Hornblower ausgerechnet in dieser Sekunde durch den Kopf –, die Erde, die Luft, das Wasser und das Feuer, waren dem Seemann feindlich gesinnt, aber keines davon, ob die Leeküste, den Sturm oder die tobende See hatte er auf seinen hölzernen Schiffen mehr zu fürchten als das Feuer. Was hätte sich auch so leicht entzündet und so lichterloh gebrannt wie diese alten Hölzer unter ihrem dicken Kleid von Ölfarbe? Und gar die Segel und das geteerte Tauwerk der Riggen! Das flammte doch alles auf wie ein Feuerwerk! Dazu lagerten im Rumpf des Schiffes Tonnen und aber Tonnen an Schießpulver und lauerten darauf, Schiff und Mannschaft in die Luft zu jagen.

Hornblower sah zu, wie sich die Löschgruppen ins Zeug legten, Pumpen über Deck heranschleppten und Schläuche auslegten. Ein Mann kam mit einer Meldung für Neuville achteraus gestürzt, wahrscheinlich erfuhr dieser jetzt, wo der Brandherd lag. Neuville hörte sich die Meldung an und warf einen durchbohrenden Blick auf Hornblower, der noch immer an der Reling lehnte, ehe er den Boten mit neuen, hastig hervorgesprudelten Befehlen zurückschickte. Der Rauch quoll jetzt in dicken Schwaden aus dem achteren Niedergang, auf Neuvilles Befehl stürzte sich die achtere Löschmannschaft dennoch mitten hinein und verschwand unter Deck. Aber die Männer richteten offenbar nichts gegen das Feuer aus, denn der Qualm aus dem Niedergang wurde zusehends dichter. Der achterliche Wind trieb die Schwaden über das ganze Schiff nach vorn, sogar aus den Nähten in der Wasserlinie schien es bereits zu qualmen.

Neuville wollte eben mit wutverzerrtem Gesicht auf Hornblower losstürzen, aber ein Schrei des Rudergängers ließ ihn innehalten. Da der Mann das Rad nicht loslassen konnte, deutete er mit dem Fuß auf das Skylight der Kajüte. Durch das Fenster konnte man sehen, daß es unten lichterloh brannte. Während Neuville noch wie gebannt nach unten sah, zersprang eine Scheibe des Skylights und fiel klirrend in die Kajüte. Einen Augenblick später schoß eine mächtige Stichflamme durch die entstandene Öffnung. Das Farbenschapp, sagte sich Hornblower – er war jetzt viel ruhiger als vorher, so ruhig, daß er sich später in der Erinnerung selbst darüber wunderte – mußte unmittelbar unter der Kajüte liegen und stand jetzt offenbar in hellen Flammen. Neuville warf einen verzweifelten Blick in die Runde, nach der Kimm und zum Himmel hinauf und faßte sich mit rasender Gebärde an den Kopf. Bei dieser Gelegenheit sah Hornblower zum erstenmal im Leben, wie sich ein Mensch buchstäblich die Haare ausraufte. Aber Neuville behielt dabei doch die Nerven. Auf seinen Befehl erschien eine weitere tragbare Pumpe, vier Mann besetzten ihre Hebel, und bald vermischte sich ihr Klick-Klack, Klick-Klack mit dem Prasseln des Feuers. Ein dünner Wasserstrahl ergoß sich durch das klaffende Skylight auf den Brand. Viele Hände bildeten eine Eimerkette, der erste Mann schlug das Wasser pützenweise von außenbords auf, dann wanderten die Pützen von Hand zu Hand und wurden vom letzten in das Skylight entleert. Aber diese ganze Schöpfarbeit wirkte sogar noch weniger als der stetige Strom aus der Pumpe. Jetzt hörte man von unten den dumpfen Knall einer Explosion, und Hornblower hielt erschrocken den Atem an, weil er schon meinte, das Schiff flöge im nächsten Augenblick in die Luft. Aber dem ersten Knall folgte kein zweiter. Entweder hatte sich in der herrschenden Hitze ein Geschütz von selbst gelöst, oder es war unten in der Last ein Faß explodiert. Und dann löste sich die Eimerkette plötzlich auf, als unter einem der Männer eine Decksnaht weit und rot auseinanderklaffte und eine Flamme aus dem Riß in die Höhe züngelte. Hornblower war Zeuge, wie einer der Offiziere Neuville am Arm packte und so lange heftig auf ihn einredete, bis jener offenbar verzweifelt nachgab. Auf seinen Befehl eilten Leute die Wanten hoch, um das Vormarssegel und die Fock zu bergen, andere besetzten die Großbrasse. Schließlich wurde das Ruder gelegt, und die Pique drehte gehorsam in den Wind.

Der Wandel der Szene war geradezu dramatisch, obwohl sich die Lage zunächst mehr dem Anschein nach als in Wirklichkeit änderte. Da der Wind jetzt aus entgegengesetzter Richtung kam, schienen die Flammen nicht mehr so laut zu prasseln und zu brüllen, wenn man sich vor dem Brandherd aufhielt. Aber dennoch war mit dem Aufdrehen unschätzbar viel gewonnen.

Der Brand, der ganz achtern im Zwischendeck ausgebrochen war, konnte sich jetzt nicht mehr weiter nach vorn ausbreiten, da die Flammen nun nach achtern zurückgetrieben wurden, wo sie nur noch halbverbranntes Holz als Nahrung fanden. Dessenungeachtet brannte nun schon das halbe Achterdeck lichterloh, der Rudergänger mußte sein Rad im Stich lassen, und im nächsten Augenblick hatte das Feuer auch den Besan erfaßt und verzehrte ihn mit unglaublicher Geschwindigkeit. Eben hatte das Segel noch gestanden, ein paar Sekunden später hingen nur noch ein paar verkohlte Fetzen an der Gaffel. Da das Schiff im Wind lag, blieben die anderen Segel verschont. In aller Eile wurde am Kreuzmast ein Trysegel gesetzt, das das Schiff auch weiterhin am Abfallen hinderte.

Als das eben geschah, entdeckte Hornblower, der ständig nach vorn Ausschau hielt, daß die INDEFATIGABLE rasch aufkam und unter allen Segeln heranbrauste. Wenn sich die PIQUE im Seegang hob, konnte er sogar schon die schäumende Bugwelle sehen, die sie vor sich herschob. Damit war das Spiel für die PIQUE verloren, da es selbst für ein völlig intaktes Schiff ihrer Größe und Kampfkraft aussichtslos gewesen wäre, sich gegen die drohenden Geschützreihen einer Fregatte zur Wehr zu setzen. Eine Kabellänge zu Luv drehte die INDEFATIGABLE bei, und ehe sie noch ganz herum war, kamen bereits ihre Boote zu Wasser. Pellew hatte natürlich längst den Qualm gesehen, der dem Achterschiff der PIQUE entquoll, und konnte daher leicht erraten, warum sie beigedreht hatte. So hatte er denn alle Vorkehrungen schon treffen können, während er aufkam. Barkaß und Kutter trugen beide im Bug eine Feuerlöschpumpe, dort wo sie sonst zuweilen eine Karronade fuhren. Beide Boote liefen unter das Heck der PIQUE und gingen ohne langes Hin und Her dem Brand mit kräftigen Wasserstrahlen zu Leibe. Zwei Gigs brachten eine Menge Leute herüber, die sofort achteraus gerannt kamen, um sich an dem Kampf gegen das Feuer zu beteiligen. Nur Bolton, der dritte Leutnant, verhielt einen Augenblick, als er Hornblowers ansichtig wurde.

»Mein Gott, Sie!« rief er. »Was machen Sie denn hier?«

Aber er wartete die Antwort nicht mehr ab, weil er in Neuville den Kapitän des Schiffes herausgefunden hatte. Ohne Verzug ging er zu ihm achteraus und nahm die förmliche Übergabe entgegen, dann leitete er die planmäßige Bekämpfung des Brandes ein. Die Flammen fielen allmählich in sich zusammen, und zwar in erster Linie wohl deshalb, weil sie alles Brennbare verzehrt hatten, das sich in ihrer Reichweite befand. Die PIQUE war von der Heckreling an auf ein beträchtliches Stück nach vorn buchstäblich bis zur Wasserlinie niedergebrannt und bot vom Deck der INDEFATIGABLE aus einen seltsamen Anblick. Aber darum schwebte sie noch keineswegs in unmittelbarer Gefahr, nur ein klein wenig Wetterglück und dazu harte Arbeit, dann gelangte sie wohlbehalten nach England in die Werft und war bald wieder klar zu neuen Fahrten.

Dabei war es nicht einmal so wichtig, daß das Schiff vor dem Untergang bewahrt blieb, als daß es nicht mehr in französischer Hand war und die britische Schiffahrt bedrohen konnte. Zu dieser Auffassung bekannte sich Sir Edward Pellew auch Hornblower gegenüber, als dieser an Bord gekommen war, um sich bei ihm zu melden. Auf Pellews Wunsch hatte Hornblower von Anfang an berichten müssen, was sich ereignet hatte, seit er als Prisenkommandant an Bord der MARIE GALANTE gekommen war. Wie Hornblower voraussah – oder vielleicht sogar befürchtete –, machte Pellew von dem Verlust der Brigg überhaupt kein Wesens. Sie war durch Geschützfeuer arg in Mitleidenschaft gezogen, als sie sich ergab, und niemand konnte auf Anhieb sagen, ob ihre Schäden harmlos oder gefährlich waren. Pellew ließ also den Fall auf sich beruhen, ohne noch ein Wort darüber zu verlieren. Hornblower hatte in seinen Augen alles Erdenkliche getan, um das Schiff zu retten; wenn ihm der Erfolg versagt blieb, dann lag das in der Hauptsache an seiner allzu schwachen Besatzung – aber die INDEFATIGABLE hatte eben damals leider nicht mehr Leute für ihn übrig. Es kam ihm überhaupt nicht in den Sinn, Hornblower eine Schuld an diesem Mißerfolg zuzuschreiben. Auch in diesem Fall war es nach Pellews Meinung wichtiger, daß Frankreich auf die Ladung der MARIE GALANTE verzichten mußte, als daß sie England zugute kam. Insofern lagen also die Dinge damals ganz ähnlich wie heute bei der Bergung der gekaperten PIQUE.

»Es war ein Riesenglück für uns, daß dieser Brand ausbrach«, bemerkte Pellew und warf dabei einen Blick zur PIQUE hinüber, die noch immer beigedreht zwischen den Booten der INDEFATIGABLE lag. Aus dem ausgebrannten Heck trieb eine hauchdünne Rauchfahne wie ein Schleier achteraus. »Der Kerl lief uns glatt davon. Noch eine Stunde, und er war verschwunden. Haben Sie keine Ahnung, wie das Feuer entstehen konnte?«

Hornblower hatte diese Frage natürlich erwartet und war darum mit der Antwort sofort bereit. Eigentlich wäre es nun an der Zeit gewesen, der Wahrheit gemäß und bescheiden zu berichten, das Lob zu ernten, das er verdient hatte, und dazu eine Erwähnung in der Gazette, vielleicht sogar die Beförderung zum diensttuenden Leutnant zu erreichen. Aber Pellew wußte eben nicht genau Bescheid, wie es zum Verlust der Brigg gekommen war, und hätte sein Verhalten wahrscheinlich auch dann noch falsch beurteilt.

»Nein, Sir«, sagte Hornblower, »wahrscheinlich durch Selbstentzündung im Farbenschapp. Eine andere Erklärung habe ich nicht dafür.«

Er allein wußte um seine Pflichtversäumnis beim Dichten jenes Schußlochs, er allein konnte daher beurteilen, welche Strafe ihm dafür gebührte. Darum hatte er sich dies als Sühne auferlegt, wußte er doch, daß er nur so jene Achtung vor sich selbst zurückgewinnen konnte, ohne die er nicht hätte leben können. Er fühlte sich wie von einer schweren Last befreit, als die Worte heraus waren, und dachte keinen Augenblick daran, sie etwa zu bereuen.

»Nun, uns kam dieser Brand jedenfalls sehr gelegen«, meinte Pellew nachdenklich.

4

Diesmal strich der Wolf außen um den Schafpferch. Seiner Majestät Fregatte INDEFATIGABLE hatte die französische Korvette PAPILLON bis in die Girondemündung verfolgt und suchte jetzt nach einer Möglichkeit, sie dort anzugreifen, obwohl sie unter dem Schutz der Küstenbatterien im Strom vor Anker lag. Kapitän Pellew war in die flachen Küstengewässer vorgestoßen, bis die Landbatterien Warnungsschüsse feuerten, um sie fernzuhalten. Immer wieder hob er sein Glas ans Auge und musterte die Korvette lange und gründlich. Dann schob er den Kieker zusammen, drehte sich auf dem Absatz herum und gab Befehl, kehrtzumachen. Die INDEFATIGABLE kreuzte sich von der gefährlichen Leeküste frei und lief dann so weit nach See hinaus, daß das Land ganz aus Sicht kam. Ihr Verschwinden mochte die Franzosen in Sicherheit wiegen, aber gerade darin sollten sie sich, wie er hoffte, gründlich irren. Er hatte nämlich durchaus nicht die Absicht, sie ungeschoren zu lassen. Konnte er die Korvette kapern oder versenken, dann fiel sie nicht nur im Handelskrieg gegen die Engländer aus, sondern die Franzosen wurden darüber hinaus gezwungen, ihre Küstenverteidigung an dieser Stelle zu verstärken und dafür anderswo ihre Kriegsmaßnahmen einzuschränken. Im Krieg ging es nur darum, dem Gegner so hart wie möglich zuzusetzen, und selbst eine kleine Fregatte von vierzig Kanonen konnte ihm empfindliche Schläge versetzen, wenn sie mit kluger Berechnung geführt wurde.

Fähnrich Hornblower ging am Nachmittag auf der Leeseite des Achterdecks auf und ab, wie es sich für seine untergeordnete Stellung als Fähnrich der Wache geziemte, als sein Kamerad, Fähnrich Kennedy, auf ihn zutrat. Kennedy zog mit Schwung seinen Hut und machte eine tiefe Verbeugung, wie sie ihm sein Tanzlehrer beigebracht hatte: linken Fuß vor, Hut zurück bis ans rechte Knie. Hornblower ging sofort auf den Spaß ein, nahm seinen Hut quer vor den Leib und zelebrierte seinerseits in rascher Folge drei tiefe Bücklinge. Dank seiner Gewandtheit war es ihm ein leichtes, das gespreizte Zeremoniell seiner Zeitgenossen aus dem Stegreif zu parodieren.

»Eure Exzellenz«, sagte Kennedy, »es gereicht mir zur Ehre, Ihnen die untertänigsten Empfehlungen Sir Edward Pellews übermitteln zu dürfen, der Eure Exzellenz in aller Bescheidenheit bitten läßt, um acht Glasen auf der Nachmittagswache sein Gast zum Dinner zu sein.«

»Meine Empfehlung an Sir Edward«, gab Hornblower zur Antwort und beugte bei der Nennung des Namens sein Knie, »und versichern Sie ihm, es würde mir eine Freude sein, mich auf ein paar Minuten bei ihm zu zeigen.«

»Ich bin überzeugt, daß der Kommandant von Ihrer schmeichelhaften Antwort entzückt sein und sich hochgeehrt fühlen wird. Ich werde nicht verfehlen, ihn zu seinem Erfolg zu beglückwünschen.«

Wieder schwangen sie ihre Hüte nach allen Regeln des feinen Anstands, aber das Spiel nahm plötzlich ein Ende, als sie merkten, daß ihnen Mr. Bolton, der Wachhabende Offizier, von Luv her zusah. Da klappten beide ihre Hüte rasch auf den Kopf und besannen sich wieder auf ein Benehmen, wie es Offizieren König Georgs zu Gesicht stand.

»Was hat das zu bedeuten?« fragte Hornblower.

Kennedy legte einen Finger an die Nase. »Wenn ich das wüßte«, meinte er, »aber es liegt bestimmt etwas in der Luft. Ich wette, wir werden bald erfahren, was.«

Als das Dinner in der geräumigen Kajüte der INDEFATIGABLE serviert wurde, merkte man noch recht wenig davon, daß ein besonderes Ereignis bevorstand. Pellew saß als liebenswürdiger Gastgeber zu Häupten der Tafel, zwischen den anwesenden älteren Offizieren – es waren die Leutnants Eccles und Chadd und der Steuermann Soames – entspann sich eine zwanglose Unterhaltung, bei der alles mögliche zur Sprache kam. Hornblower und der zweite der eingeladenen Fähnriche, Mallory, der schon über zwei Dienstjahre hinter sich hatte, verhielten sich schweigsam, wie es sich für Fähnriche gehörte, und konnten darum ihre ganze Aufmerksamkeit dem Essen widmen, das alles weit in den Schatten stellte, was sie in ihrer Fähnrichsmesse vorgesetzt bekamen.

»Auf Ihr Wohl, Mr. Hornblower«, sagte Pellew und hob sein Glas.

Hornblower hob seinerseits das Glas und versuchte, sich im Sitzen möglichst formvollendet zu verbeugen. Er nippte aber nur ein paar Tropfen von seinem Wein, da er längst herausgefunden hatte, daß er nicht viel vertrug, und nichts mehr verabscheute als das Gefühl, nicht mehr nüchtern zu sein.

Der Tisch wurde abgeräumt, und nun bemächtigte sich der ganzen Tafelrunde eine unverkennbare Spannung. Alle warteten darauf zu hören, was ihnen Pellew eröffnen wollte. »Nun, Mr. Soames«, sagte Pellew, »lassen Sie uns einmal einen Blick auf die Karte werfen.«

Die Karte zeigte die Girondemündung, sie enthielt Angaben über die Wassertiefen, und außerdem war von unbekannter Hand mit Bleistift die Lage der Küstenbatterien hineingezeichnet.

»Die PAPILLON«, sagte Sir Edward (sie hieß bei ihm Päpillon, weil es ihm nicht einfiel, sich um die französische Aussprache des Namens zu bemühen), »liegt genau hier. Mr. Soames hat sie eingepeilt.«

Dabei deutete er auf ein Bleistiftkreuz an einer ziemlich weit stromaufwärts gelegenen Stelle.

»Sie, meine Herren«, fuhr Pellew fort, »werden mit Booten dorthin vorstoßen, um das Schiff herauszuholen.«

Nun wußten sie es. Pellew plante einen Überfall.

»Mr. Eccles übernimmt die Leitung des Unternehmens und wird Ihnen jetzt seinen Plan im einzelnen entwickeln. Bitte, Mr. Eccles.«

Der grauhaarige Erste Offizier wandte sich mit einem Blick aus seinen erstaunlich jungen blauen Augen an die anderen:

»Ich selbst nehme die Barkaß«, sagte er, »Mr. Soames den Kutter. Mr. Chadd und Mr. Mallory übernehmen die erste und zweite Gig, Mr. Hornblower führt die Jolle. Jedes der Boote mit Ausnahme der Jolle bekommt noch einen Fähnrich als zweiten Bootsoffizier zugeteilt.«

Für die Jolle mit ihren sieben Mann Besatzung war das auch überflüssig. Barkaß und Kutter nahmen je dreißig bis vierzig, die beiden Gigs je zwanzig Mann auf. Die entsandte Streitmacht war also recht erheblich, sie machte fast die Hälfte der ganzen Besatzung aus.

»Die PAPILLON ist ein Kriegsschiff«, erklärte Eccles, der wohl ihre Gedanken las, »kein gewöhnlicher Kauffahrer. Sie fährt auf jeder Seite zehn Geschütze und hat natürlich eine entsprechend starke Besatzung.«

Mit annähernd zweihundert Mann mußte man also rechnen, das war für die hundertzwanzig britischen Matrosen sicherlich eine harte Nuß.

»Aber wir greifen natürlich bei Nacht an, so daß wir den Gegner überraschen«, fuhr Eccles fort und las damit wiederum ihre Gedanken.

»Ja«, warf Pellew ein, »eine geglückte Überraschung bedeutet bekanntlich den halben Erfolg und noch mehr. Bitte entschuldigen Sie meine Unterbrechung, Mr. Eccles.«

»Im Augenblick«, erklärte Eccles weiter, »befinden wir uns außer Sicht vom Land, sind aber im Begriff näher heranzulaufen. Vor diesem Küstenstrich haben wir uns noch nie länger aufgehalten, um so eher werden die Froschfresser annehmen, wir seien endgültig verschwunden. Um nicht gesehen zu werden, gehen wir erst nach Dunkelwerden auf Sichtweite heran und laufen dann gleich so dicht wie möglich unter Land. Von dort aus stoßen die Boote weiter vor. Hochwasser ist morgen früh um vier Uhr fünfzig, die Dämmerung beginnt um fünf Uhr dreißig. Als Zeitpunkt für den Angriff ist vier Uhr dreißig vorgesehen, weil die abgelöste Wache der PAPILLON bis dahin schon schlafen wird. Die Barkaß geht Steuerbord achtern längsseits, der Kutter Backbord achtern. Mr. Mallory wird mit seiner Gig Backbord vorn angreifen, Mr. Chadd Steuerbord vorn. Mr. Chadd hat die Aufgabe, die Ankertroß der Korvette zu kappen, sobald er auf deren Back Fuß gefaßt hat und die anderen Bootsbesatzungen mindestens den Widerstand auf dem Achterdeck gebrochen haben.«

Eccles blickte die Führer der drei anderen größeren Boote prüfend an, diese antworteten ihm mit einem Nicken, um zu zeigen, daß sie verstanden hatten. Dann fuhr er fort:

»Mr. Hornblower bleibt mit seiner Jolle so lange in Wartestellung, bis die Angreifer an Deck Fuß gefaßt haben. Dann geht er mit seinen Leuten über die Großrüsten ebenfalls an Bord. Es bleibt ihm überlassen, ob er an Steuerbord oder Backbord anlegen will. Er entert dann sofort in den Großtopp, ohne sich durch etwaige Kämpfe an Oberdeck beirren zu lassen. Dort hat er die Aufgabe, das Großmarssegel loszumachen und es auf weiteren Befehl schnellstens vorzuschoten. Ich selbst – oder, wenn ich ausfalle, Mr. Soames – werde dafür Sorge tragen, daß zwei Mann das Ruder besetzen und die Schiffsführung übernehmen, sobald die Ankertroß gekappt ist. Die Ebbe wird uns rasch stromabwärts setzen, und draußen, außer Schußweite der Küstenbatterien, erwartet uns die INDEFATIGABLE.«

»Sind dazu noch Fragen, meine Herren?« fragte Pellew.

Jetzt hätte sich Hornblower melden müssen, das war der gegebene Augenblick dazu. Eccles' Befehl für ihn hatte nämlich die Wirkung, daß ihm schon in der Vorstellung beinahe übel wurde. Hornblower war kein guter Toppsgast und war sich über dieses Manko auch durchaus im klaren. Er haßte die schwindelnde Höhe der Riggen, und das Entern war ihm ein Greuel, weil er weder die affenartige Geschicklichkeit noch das bedenkenlose Selbstvertrauen eines guten Segelschiffsmannes besaß. Er fühlte sich schon auf der INDEFATIGABLE recht unsicher, wenn er nachts einmal nach oben mußte, darum schauderte ihn bei dem Gedanken an das fremde Schiff und die ungewohnte Takelage, in der er sich in aller Eile zurechtfinden sollte. Nein, das war nichts für ihn, er fühlte sich einer solchen Aufgabe in keiner Weise gewachsen und hätte das jetzt in aller Offenheit aussprechen müssen. Aber er ließ die Gelegenheit ungenutzt verstreichen, weil es ihm das Wort verschlug, als er sehen mußte, wie selbstverständlich die anderen Offiziere ihre Pflichten auf sich nahmen. Er blickte um sich und sah nur gleichmütige Mienen, niemand achtete auf ihn. Sollte er sich bemerkbar machen? Er schluckte, er öffnete schon den Mund – immer noch nahm kein Mensch von ihm Notiz. Da erstarb sein Einwand, ehe er ihn noch über die Lippen brachte.

»Damit wären wir also im reinen, meine Herren«, sagte Pellew, »und nun bitte die Einzelheiten, Mr. Eccles.«

Also war für Hornblower der Augenblick verpaßt. Eccles zeigte an Hand der Karte die Kurse auf, die durch die Untiefen und Schlickbänke der Girondemündung gesteuert werden mußten, und verbreitete sich noch besonders über die Lage der Küstenbatterien. Hornblower hörte aufmerksam zu und versuchte, trotz seiner quälenden Nöte die Gedanken zusammenzuhalten. Endlich war Eccles mit seinen Ausführungen zu Ende, und Pellew hob die Sitzung auf:

»Meine Herren, Sie wissen nun alle genau über Ihre Aufgaben Bescheid. Es scheint mir das Gegebene, daß Sie sofort mit den Vorbereitungen für das Unternehmen beginnen, denn die Sonne geht bereits unter, und Sie wissen wohl selbst, daß noch eine Menge zu tun ist.«

In erster Linie mußten die Bootsbesatzungen eingeteilt werden, dann war dafür zu sorgen, daß die Männer Waffen bekamen und daß die Boote für den Notfall mit Proviant ausgerüstet wurden. Jedem einzelnen Mann mußte erklärt werden, was er zu tun und wie er sich zu verhalten hatte. Hornblower probte für seine persönliche Aufgabe, indem er über die Großwanten enterte und auf der Großmarsrah auslegte. Zweimal legte er diese Reise durch die Takelage zurück und kämpfte dabei verbissen gegen das ungute Gefühl im Magen, das ihn bei dem Gedanken an die hundert Fuß Luftraum unter seinen Füßen befiel. Zuletzt schwang er sich mit einem Würgen im Hals an die Brass und glitt trotz aller Angst daran hinunter – das war der schnellste Weg auf seinen Posten an Deck, wenn es Zeit war, das Marssegel vorzuschoten. Obwohl er glücklich unten ankam, war er darum noch keineswegs mit sich zufrieden, er wurde die quälende Vorstellung nicht los, daß er dennoch daneben griff und auf das Deck hinunterstürzte, wenn er nachher auf der PAPILLON sein Kunststück wiederholen sollte. Dann sauste er ein paar grauenvolle Sekunden lang durch die Luft – ein Krach, und alles war aus. Dabei hing der Erfolg des Überfalls ebensosehr von ihm ab wie von allen anderen. Wenn das Marssegel nicht sofort zum Stehen kam und der Korvette so viel Fahrt verlieh, daß sie dem Ruder gehorchte, dann geriet sie unweigerlich auf einer der unzähligen Untiefen in der Flußmündung auf Grund. Die Folge davon war, daß die schon gewonnene kostbare Beute dem Gegner auf schmachvolle Weise wieder in die Hände fiel und daß dabei die Hälfte der Besatzung der INDEFATIGABLE ums Leben kam oder in Gefangenschaft geriet.

Auf dem Mitteldeck war die Besatzung der Jolle zur Musterung angetreten. Hornblower kümmerte sich darum, daß die Riemen gehörig umwickelt waren, damit sie kein Geräusch verursachten, und daß jeder Mann mit Pistole und Entermesser ausgerüstet war. Er überzeugte sich davon, daß die Pistolen nur halb gespannt waren, damit man nicht zu befürchten brauchte, daß ein vorzeitig losgegangener Schuß womöglich das ganze Unternehmen verriet. Endlich wies er jedem einzelnen Mann seine Aufgabe beim Losmachen des Marssegels zu, vergaß dabei aber nicht zu betonen, daß unvorhergesehene Zwischenfälle diesen Plan leicht über den Haufen werfen und zu sinngemäßem Handeln zwingen konnten.

»Ich entere als erster«, sagte Hornblower.

Das war unerläßlich. Er mußte führen, das wurde von ihm erwartet. Mehr noch: hätte er etwas anderes angeordnet, so hätte man bestimmt darüber geredet – und die Achseln gezuckt.

»Jackson«, wandte sich Hornblower an den Bootssteurer, »Sie verlassen das Boot als letzter und übernehmen das Kommando, wenn ich fallen sollte.«

»Aye, aye, Sir.«

Es war üblich, statt »umkommen« den gehobenen Ausdruck »fallen« zu gebrauchen. Auch Hornblower sprach das Wort leichthin aus, aber hinterher kam ihm doch zum Bewußtsein, daß es unter den gegebenen Umständen ein furchtbares Geschehen in sich beschloß.

»Ist auch alles verstanden?« fragte Hornblower barsch. Seine innere Erregung trug die Schuld, daß seine Stimme so heiser und tonlos klang.

Alles nickte, nur einer hatte noch etwas auf dem Herzen:

»Verzeihung, Sir«, sagte Hales, der junge Bursche, der Schlagriemen pullte, »ich fühle mich nicht ganz wohl.« Hales war ein schlanker junger Mann von auffallend dunklem Teint. Er faßte sich beim Sprechen an die Stirn, als ob er Kopfschmerzen hätte.

»Ach was, glauben Sie, daß es den anderen besser geht?« fuhr ihn Hornblower an.

Alles lachte. Der Gedanke an das bevorstehende Spießrutenlaufen zwischen Landbatterien und dann den Angriff auf die schwerbewaffnete Korvette konnte einem Hasenfuß wohl allerlei zu schaffen machen. Sicher war den meisten Teilnehmern an dieser Unternehmung nicht ganz wohl in ihrer Haut.

»Nein, Sir«, meinte Hales ganz entrüstet, »so meine ich das nicht, bestimmt nicht.«

Aber Hornblower und die anderen kümmerten sich nicht mehr weiter um ihn.

»Du hältst jetzt gefälligst den Schnabel«, knurrte Jackson. Ein Mann, der sich krank meldete, wenn es eine gefährliche Aufgabe zu übernehmen galt, war für ihn ein verächtliches Subjekt. Hornblower fühlte neben Verachtung wohl auch ein bißchen Mitleid mit dem Jungen. War er selbst nicht eben sogar zu feige gewesen, etwas von seiner Angst verlauten zu lassen, nur weil er die bösen Zungen fürchtete?

»Weggetreten«, befahl Hornblower, »ihr bekommt Befehl, wenn es soweit ist.«

Jetzt galt es, noch einige Stunden zu warten, während sich die INDEFATIGABLE unter ständigem Loten langsam der Küste näherte. Pellew hatte die nautische Führung seines Schiffes persönlich in die Hand genommen, und Hornblower fand trotz seiner Aufregung und Angst noch Zeit, die hohe Seemannskunst dieses Mannes zu bewundern, der hier seine schwere Fregatte in schwarzer Nacht durch eines der schwierigsten Gewässer führte. Sein Interesse wurde durch diesen Vorgang so gefesselt, daß er den Druck, der auf ihm lastete, darüber ganz vergaß. So war eben seine Art, er hätte noch auf dem eigenen Totenbett weiter gelernt und beobachtet. Bis die INDEFATIGABLE den Punkt vor der Mündung erreichte, wo die Boote ausgesetzt werden mußten, hatte Hornblower ein gut Teil von der Anwendung der Theorie der Küstennavigation in der Praxis gelernt und allerlei Wissen über die Organisation überraschender Bootsangriffe erworben – am meisten aber hatte er dank seiner Selbstanalyse über die seelische Verfassung eines Landungskommandos in Erfahrung gebracht.

Als es Zeit war, die Jolle zu besteigen, die längsseit auf dem tintenschwarzen Wasser tanzte, hatte er sich wenigstens nach außen hin völlig in der Gewalt und gab mit ruhiger, sicherer Stimme das Kommando zum Absetzen. Er nahm die Pinne – es wirkte irgendwie beruhigend, den festen Holzknüppel in der Hand zu halten –, und alles war wie immer, als er, Hand und Ellbogen auf das Setzbord gestützt, in der Achterpiek saß, während seine Leute langsam hinter den schattenhaften Umrissen der vier anderen Boote herpullten. Noch war eine Menge Zeit, und die Flut trug sie ohnehin rasch in die Mündung hinein. Das war ein großer Vorteil, denn an ihrer einen Seite lagen die Batterien von St. Dye und weiter innerhalb an der anderen das Fort Blaye. Vierzig Geschütze waren so gerichtet, daß sie das Fahrwasser bestreichen konnten, und keines der fünf Boote – am wenigsten die Jolle – hätten auch nur einem einzigen Treffer standgehalten.

Hornblower ließ den Kutter vor ihm keinen Augenblick aus den Augen. Soames trug die schwere Verantwortung, die Boote durch das schwierige Fahrwasser an ihr Ziel zu bringen, er brauchte ihm nur im Kielwasser zu folgen, das war seine ganze Aufgabe – ja, und dann war eben noch dieses Marssegel zu setzen. Er merkte, wie ihn schon wieder das dumme Zittern befiel.

Hales, der Mann, der gemeldet hatte, er fühle sich nicht wohl, pullte am Schlagriemen, Hornblower konnte eben noch erkennen, wie sein dunkler Schatten im Takt der langsamen Schläge vor- und zurückschwang. Nach einem ersten kurzen Blick gab er nicht weiter auf den Mann acht, weil er vor allem den Kutter im Auge behalten mußte, bis ihn plötzlich eine Unruhe im Boot aufmerken ließ. Einer der Bootsgäste war aus dem Schlag gekommen und hatte alle sechs Riemen in Verwirrung gebracht, man hörte sogar, wie die Blätter klappernd aneinanderschlugen.

»Hales, so passen Sie gefälligst auf, verdammt noch mal!« zischte Jackson, der Bootssteurer. Statt einer Antwort schrie Hales plötzlich auf, laut genug, doch glücklicherweise nicht allzu durchdringend, dann kippte er vornüber gegen Hornblowers und Jacksons Beine, wand sich in Krämpfen und stieß wie ein Wilder um sich.

»Der Kerl hat einen Anfall«, knurrte Jackson.

Das Zappeln und Stoßen wollte kein Ende nehmen. Aus dem Dunkel drang eine zornige Flüsterstimme herüber.

»Mr. Hornblower«, sagte die Stimme – sie gehörte Eccles und verriet in einer einzigen, sottovoce gestellten Frage einen wahren Abgrund von Entrüstung –, »ist es Ihnen denn nicht möglich, in Ihrem Boot Ruhe zu halten?«

Eccles war mit seiner Barkaß fast bei der Jolle längsseit gekommen, um ihm das zu sagen. Dabei unterließ er sogar die üblichen Flüche, der beste Beweis, wieviel jetzt von strengem Schweigen abhing. Hornblower konnte sich schon jetzt ausdenken, was er morgen auf dem Achterdeck in aller Öffentlichkeit zu hören bekam. Er öffnete bereits den Mund, um den Fall klarzustellen, aber glücklicherweise fiel ihm noch rechtzeitig ein, daß derartige Erklärungen fehl am Platze waren, wenn man in offenen Booten unter den Geschützen des Forts Blaye entlangfuhr, um ein feindliches Schiff zu überfallen.

»Aye, aye, Sir«, flüsterte er schließlich zurück, und die Barkaß entfernte sich, um der ganzen Bootsflottille weiter hinter dem Kutter her den Weg zu weisen.

»Nehmen Sie den Schlagriemen, Jackson«, zischte er wütend dem Bootssteurer zu und zerrte den immer noch um sich schlagenden Hales näher zu sich heran, damit er nicht störte.

»Schütten Sie ihm Wasser über den Kopf, Sir«, schlug Jackson leise vor, während er sich auf die achtere Ducht setzte, »das Ösfaß ist zur Hand.«

Seewasser galt dem Seemann als Allheilmittel, es half nach seiner Meinung gegen jede Krankheit. Dachte man allerdings daran, wie oft der Seemann nicht nur in nassem Zeug, sondern in einer nassen Koje stak, dann hätte man sich bei dieser Einstellung eigentlich wundern müssen, daß er überhaupt noch einen Tag krank werden konnte. Hornblower ließ den Kranken in Ruhe. Sein Gezapple ließ allmählich nach, außerdem wollte er mit dem Ösfaß nicht neuen Lärm verursachen. Das Leben von mehr als hundert Mann hing davon ab, daß jetzt alles lautlos ruhig blieb. Sie waren inzwischen schon ziemlich weit flußaufwärts gelangt und befanden sich daher in bequemer Schußweite der Küste – wurde man dort aufmerksam und löste nur ein einziges Geschütz, dann war auch die Besatzung der PAPILLON alarmiert, und man konnte gefaßt sein, daß die Männer dort schon hinter der Reling auf der Lauer lagen, um den Angriff abzuwehren, daß sie Kanonenkugeln von oben in die Boote schmetterten, ja, daß sie die Boote schon von weitem mit einem Hagel von gehacktem Blei empfingen.

Lautlos glitt die Flottille weiter stromauf. Soames vorn im Kutter nahm sich so viel Zeit, daß sie nur gelegentlich einen Schlag mit den Riemen zu tun brauchten, um Steuer im Boot zu haben. Sicherlich wußte er genau, was er wollte, Er hatte nicht das Hauptfahrwasser gewählt, sondern benutzte einen schmalen, sonst unbefahrenen Seitenarm, der wegen seiner geringen Tiefe nur für kleine Boote befahrbar war. Eine zwanzig Fuß lange Stange diente ihm zum Peilen der Wassertiefe – das ging viel rascher und verursachte weniger Geräusch als die Benutzung eines richtigen Lots. Die Minuten vergingen im Fluge, aber es war immer noch stockfinster, kein Anzeichen verriet das Nahen der Dämmerung. Hornblower mochte noch so angestrengt Ausschau halten, es war ihm unmöglich, mit Sicherheit zu sagen, daß er die flachen Ufer zu beiden Seiten unterschied. Da brauchten die Leute an Land erst recht scharfe Augen, wenn sie die kleinen Boote ausmachen wollten, die von der Flut stromauf getragen wurden.

Hales, der dicht vor Hornblowers Füßen lag, begann jetzt wieder unruhig zu werden, er tastete mit einer Hand suchend im Dunkeln herum und fand schließlich Hornblowers Knöchel, den er anscheinend voll Neugier betastete. Dazu murmelte er unverständliches Zeug und endete mit einem langgezogenen Stöhnen.

»Scht!« zischte Hornblower und bemühte sich, wie jener Heilige in alten Tagen ganz Zunge zu sein, um allen nur denkbaren Nachdruck in seine Mahnung zu legen, die doch nicht lauter sein durfte als ein Flüstern. Plötzlich stützte sich Hales mit dem Ellbogen auf Hornblowers Knie und setzte sich auf, dann stemmte er sich weiter hoch, bis er schließlich aufrecht im Boot stand. Er wankte in den Knien und suchte an Hornblower Halt.

»Hinsetzen, verdammt noch mal!« flüsterte Hornblower. Er flog vor Zorn und Angst am ganzen Körper.

»Wo ist Mary?« fragte Hales im Gesprächston.

»Halt's Maul!«

»Mary!« sagte Hales und taumelte gegen ihn. »Mary!«

Er sprach den Namen von Mal zu Mal lauter. Hornblower wußte genau, daß der Mann über kurz oder lang laut losreden, ja sogar schreien würde. Dunkel tauchte wieder in seiner Erinnerung auf, was ihm sein Vater, der Arzt, vor langer Zeit über diese armen Teufel erzählt hatte. Epileptiker, so hatte er damals gehört, die aus ihren Anfällen wieder zu sich kommen, sind sich ihrer Handlung nicht bewußt und nicht selten sogar gefährlich.

»Mary!« sagte Hales schon wieder.

Der Sieg und das Leben von hundert Mann hingen davon ab, daß er Hales zum Schweigen brachte, und das mußte jetzt sofort geschehen.

Hornblower dachte an die Pistole in seinem Koppel, ihr Knauf war keine schlechte Hiebwaffe, aber dann fiel ihm sofort etwas viel Besseres ein. Er riß einfach die Pinne aus dem Ruder und schwang den drei Fuß langen, schweren Eichenknüppel mit der rasenden Wut der Verzweiflung. Die Pinne traf Hales krachend auf den Kopf, so daß er lautlos auf die Bodenbretter niedersank. Die Bootsbesatzung verhielt sich mäuschenstill, nur Jackson stieß einen Laut aus, der wie ein Seufzer klang. Hornblower wußte nicht und wollte nicht wissen, ob er damit sein Einverständnis oder seine Mißbilligung kundtat. Er hatte jedenfalls seine Pflicht getan, soviel wußte er genau, er hatte einen hilflosen Narren niedergeschlagen, vielleicht sogar totgeschlagen und damit auf alle Fälle verhindert, daß die Überrumpelung des Gegners mißlang, von der der Erfolg des ganzen Unternehmens abhing. Jetzt steckte er die Pinne wieder in den Ruderschaft und folgte schweigend und aufmerksam dem Kielwasser der beiden Gigs.

Weit voraus – es war bei dieser Finsternis ausgeschlossen, die Entfernung zu schätzen – tauchte jetzt dicht über der Wasseroberfläche ein kleiner Kernschatten von noch dichterer Schwärze auf. Das konnte die Korvette sein. Noch ein Dutzend leiser Riemenschläge, und Hornblower war seiner Sache sicher. Soames hatte also das Ziel auf Anhieb gefunden und damit seine nautische Aufgabe in glänzender Weise gelöst. Jetzt trennten sich der Kutter und die Barkaß von den beiden Gigs. Die vier Boote nahmen ihre befohlenen Ausgangsstellungen ein, um nachher gleichzeitig aus verschiedenen Richtungen zum Angriff vorzustoßen.

»Auf Riemen!« befahl Hornblower flüsternd, und seine Bootsbesatzung hörte auf zu pullen.

Hornblower wußte, was er zu tun hatte. Er mußte warten, bis die Angreifer an Deck Fuß gefaßt hatten. Die Korvette war deutlich zu unterscheiden, aber die Boote waren ihm alsbald aus Sicht gekommen, die Dunkelheit hatte sie verschluckt. Die PAPILLON lag vor Anker, ihre Spieren hoben sich schwach gegen den nächtlichen Himmel ab – dort hinauf führte nachher sein Weg. Wie hoch diese Masten waren! Sie schienen ihm bis in den Himmel zu ragen. In Richtung der Korvette hörte man das Wasser aufklatschen, die Boote näherten sich offenbar schon dem Ziel, und irgendwer hatte wahrscheinlich beim Pullen nicht aufgepaßt. Im gleichen Augenblick wurde vom Deck der Korvette aus angerufen, und als sich der Anruf wiederholte, antwortete ein hundertfaches Echo aus den längsseit gehenden Booten.

Das Geschrei wurde immer wilder und wollte kein Ende nehmen. So war es nämlich angeordnet, weil dieser Lärm beim schlafenden Gegner Verwirrung stiftete und weil jede Bootsbesatzung aus seinem Vorrücken entnehmen konnte, wie weit der Angriff der anderen drei gediehen war. Die britischen Matrosen brüllten wie die Irrsinnigen. Ein Blitz und ein Knall vom Deck der Korvette gab Kunde, daß der erste Schuß gefallen war, und bald krachten und blitzten auch an vielen anderen Stellen die Flinten und Pistolen.

»Ruder an!« rief Hornblower. Er stieß den Befehl aus, als wäre er ihm auf der Folter abgepreßt worden.

Während die Jolle vorwärts schoß, gab sich Hornblower alle Mühe, seine Ängste zu bannen, und versuchte gleichzeitig auszumachen, was an Deck der Korvette vor sich ging. Er sah keinen Grund, der einen oder anderen Seite des Schiffs den Vorzug zu geben, die Backbordseite war ihm zugewandt, also steuerte er auf die Backbord-Großrüsten zu. Seine Aufgabe nahm ihn so in Anspruch, daß ihm erst im letzten Augenblick einfiel, »Riemen ein« zu kommandieren. Er legte das Ruder, das Boot schlug einen Bogen, und der Bugmann hakte ein. Von Deck vernahm man ein metallisches Klirren, es klang genau, als ob ein Kesselflicker auf einen Kochtopf hämmerte – Hornblower hörte, wie es einsetzte, als er sich eben von seinem Platz in der Achterpiek erhob. Er fühlte noch einmal nach dem Entermesser an seiner Hüfte und der Pistole im Koppel, dann sprang er mit einem verzweifelten Satz in die Rüsten. Schon hatte er sie zu fassen und holte sich daran hoch. Seine Hände griffen die Wanten, die Füße suchten und fanden die Webeleinen, und er begann zu entern. Als er mit dem Kopf über die Reling gelangte und das Deck übersehen konnte, tauchte ein Pistolenschuß die Szene vor ihm für den Bruchteil einer Sekunde in helles Licht, so daß er einen statischen, bildhaften Eindruck von dem nächtlichen Kampfgetümmel empfing. Vor und unter ihm gingen ein britischer Matrose und ein französischer Offizier wie rasend mit Entermessern aufeinander los. Was ihm wie das Hämmern eines Kesselflickers geklungen hatte, war also in Wirklichkeit nichts anderes als das Geklirr aufeinanderschlagender Klingen, von dem die Dichter so begeistert zu singen pflegten. Romantik und Wirklichkeit waren eben doch zweierlei Dinge.

Über dieser Feststellung war er ziemlich weit nach oben gelangt. Jetzt stieß er mit dem Ellbogen gegen die Püttingswanten, das übelste Stück der ganzen Klettertour. Er hing dabei hintenüber, krallte sich mit den Zehen in die Webeleinen und packte mit den Händen zu, als ob er die dicken Wanten zerquetschen wollte. Nach drei oder vier bangen Sekunden war das überstanden, er bekam die Toppwanten über dem Mars zu fassen und holte sich daran in die Höhe. Nun kam das letzte Stück, er keuchte vor Anstrengung, als ob ihm die Lunge bersten wollte. Gottlob, da war die Marsrah! Hornblower warf sich bäuchlings darauf und angelte mit den Füßen nach dem Pferd. Barmherziger Gott! Das Pferd war nicht da – er suchte in der Dunkelheit verzweifelt unter der Rah herum, aber seine Füße fanden nirgends Halt, sie pendelten nur im Leeren. So hing er hundert Fuß über Deck und strampelte dabei mit den Beinen wie ein kleiner Junge, den sein Vater mit gestreckten Armen in die Höhe schwingt. Es half alles nichts, das Fußpferd war einfach nicht da, vielleicht hatten es die Franzosen sogar mit Absicht weggenommen, um genau das zu verhindern, was er eben unternehmen wollte. Wie sollte er ohne Pferd, ohne Halt für die Füße, auf die Rah hinausgelangen? Es war ausgeschlossen. Aber die Zeisings mußte losgeworfen werden, damit das Segel gesetzt werden konnte. Alles hing davon ab. Unter den Seeleuten gab es Tollköpfe, die sich stehend freihändig auf den Rahen produzierten und wie Seiltänzer bis zur Nock hinausliefen. Hornblower hatte solche Kunststücke zuweilen mit angesehen, und jetzt fielen sie ihm wieder ein, weil er offenbar nur auf diese Art an die Nock der Rah gelangen konnte. Im ersten Augenblick stockte ihm der Atem, so sehr sträubte sich sein schwaches Fleisch bei dem bloßen Gedanken an diesen Gang über dem finsteren Abgrund. Das war Angst, nackte Angst, die den Mann seiner Mannheit beraubte und eine lächerliche Vogelscheuche aus ihm machte. Dennoch arbeitete sein rastloser Geist wie im Fieber. Ha, mit Hales war er fertig geworden, dazu war er Manns genug gewesen. Offenbar war er nur ein mutiger Mann, wenn es nicht um seine eigene Haut ging. Den armen Epileptiker da, mit dem hatte er kurzen Prozeß gemacht. Diese Art von Mut war mehr als armselig! Wenn er dagegen einmal simplen körperlichen Schneid aufbringen sollte, dann versagte er kläglich. War er ein Feigling? Gehörte er auch zu jenen Leuten, über die man unter Männern mit vorgehaltener Hand und nur im Flüsterton zu tuscheln pflegte? Das war nicht auszudenken, das war schlimmer, weit schlimmer als ein Sturz durch die Finsternis, und wenn ihn noch so sehr davor graute. Keuchend hob er sein Knie auf die Rah und richtete sich auf, bis er stand. Er fühlte das segeltuchbedeckte Rundholz unter seinen Füßen, sein Instinkt sagte ihm, daß er jetzt keine Sekunde mehr zögern durfte.

»Mir nach, Leute!« rief er und rannte los.

Die Rah maß zwanzig Fuß bis zur Nock, er legte diese Strecke mit wenigen, traumwandlerischen Schritten zurück. Jetzt kannte seine Tollkühnheit keine Grenzen mehr, er beugte sich nieder, stützte sich mit den Händen auf die Rah und legte sich wieder quer darüber. Dann tastete er sofort nach den Beschlagzeisings. Ein Ruck, der durch die Rah ging, sagte ihm, daß ihm Oldroyd nachgekommen war – er war als zweiter Mann nach ihm eingeteilt und hatte sechs Fuß weniger zu gehen. Zweifellos hatten sich inzwischen auch die anderen Bootsgäste der Jolle richtig auf der Rah verteilt, vor allem konnte er sicher sein, daß Clough als erster drüben die Steuerbordnock erreicht hatte. Das ging allein aus der Schnelligkeit hervor, mit der das festgemachte Segel loskam. Dicht neben ihm lief die Brass nach unten. Im Rausch der Erregung und des Triumphs vergaß er jede Gefahr, packte mit beiden Händen zu und schwang sich über dem Abgrund von der Rah. Seine baumelnden Beine hatten das Ende bald gefunden und klammerten sich daran fest. Dann ließ er sich in sausender Fahrt in die Tiefe gleiten.

Tor, der er war! Kam er denn nie mehr zur Vernunft? Mußte er immer wieder alle Vorsicht und Bedachtsamkeit in den Wind schlagen? Kurzum, er ließ sich so rasch niedergleiten, daß ihn das grobe Tau in die Hände schnitt. Als er das merkte und fester zugreifen wollte, um die Fahrt zu mindern, da verursachte ihm das solche Schmerzen, daß er den Griff sofort wieder lockern mußte. Es ging also mit unverminderter Geschwindigkeit weiter, und die Brass schälte ihm dabei die Haut von den Händen wie einen Handschuh. Endlich stieß er mit den Füßen auf und war an Deck. Der Anblick, der sich ihm dort bot, ließ ihn seine Schmerzen vergessen.

Das erst Grau am Himmel kündete den nahenden Morgen, und aller Lärm des Kampfes war verstummt. Der Überfall war glänzend geglückt, hundert Mann hatten das Deck der Korvette urplötzlich von allen Seiten gestürmt, die Ankerwache überwältigt und von dem Schiff Besitz ergriffen, ehe die Freiwache nach oben gelangen und an irgendeine Abwehr denken konnte. Chadd meldete mit seiner Stentorstimme von der Back:

»Ankertroß ist gekappt, Sir!«

Gleich darauf brüllte Eccles von achtern: »Mr. Hornblower!«

»Sir!« schrie Hornblower zurück.

»An die Fallen!«

Eine Menge Leute rannte herbei, um zu helfen – nicht nur seine Bootsgäste, sondern alle, die sich durch Tatendrang und Begeisterung dazu getrieben fühlten. Fallen, Schoten und Brassen wurden geholt, die Rahen schwenkten herum, bis die leichte südliche Brise das Segel füllte. Die PAPILLON gewann Fahrt und drehte den Bug stromabwärts, um, von der einsetzenden Ebbe unterstützt, nach See zu gelangen. Die Helligkeit nahm rasch zu, über dem Wasser lag ein dünner Morgendunst.

Von Steuerbord achtern her brüllte es donnernd auf, und gleich darauf schnitt ein vielfaches, infernalisch lautes Geheul durch die diesige Luft. Hornblower empfing seine Feuertaufe, er hörte zum erstenmal im Leben Kugeln fliegen.

»Mr. Chadd! Setzen Sie die Vorsegel! Vormarssegel los! Und ihr hier? Habt ihr nichts zu tun? Los, ein paar Mann hoch, Kreuzmarssegel klar zum Setzen!«

Die zweite Salve kam von Backbord vorn – Blaye beschoß sie also von der einen, St. Dye von der anderen Seite. Offenbar hatte man dort inzwischen erraten, was sich auf der PAPILLON ereignet hatte. Aber die Korvette machte jetzt mit Wind und Strom eine gute Fahrt, so daß es bestimmt nicht einfach war, sie in dem immer noch herrschenden Zwielicht durch Treffer in die Takelage manövrierunfähig zu machen. Aber der Erfolg hing immer noch an einem Haar, sie hätten keine Sekunde später kommen dürfen, wenn sie dem Verhängnis entgehen wollten. Von der nächsten Salve flog nur noch eine Kugel in Hörweite über das Schiff. Als sie darüber hinwegsauste, gab es oben in der Takelage einen heftigen Ruck.

»Mr. Mallory, lassen Sie sofort das Vorstag spleißen!«

»Aye, aye, Sir.«

Inzwischen war es hell genug geworden, so daß sich Hornblower genauer an Deck umsehen konnte. Eccles stand an der Vorkante des Achterdecks und leitete die seemännischen Manöver, Soames stand neben dem Ruder und navigierte das Schiff durch das schwierige Fahrwasser. Zwei Gruppen von Seesoldaten in roten Röcken bewachten mit aufgepflanztem Bajonett die Niedergänge. Über das Deck verstreut lagen vier oder fünf seltsam verrenkte Gestalten. Das waren Tote. Hornblower konnte sie mit der Härte der Jugend ohne jede Regung des Gefühls betrachten. Aber dort hockte auch noch ein Verwundeter und beugte sich stöhnend über seinen zerschmetterten Oberschenkel. Der ließ Hornblower nicht so kalt, und er war, wenn auch nur um seines eigenen inneren Gleichgewichts willen, froh, als im selben Augenblick ein Matrose von Mallory die Erlaubnis erbat und auch erhielt, seine dienstliche Tätigkeit zu unterbrechen, um ihm in seiner Not Beistand zu leisten.

»Klar zum Wenden!« rief Eccles vom Achterdeck. Die Korvette hatte das Ende der Mittelgrund-Bank erreicht und konnte nun auf den neuen Kurs gehen, der sie in die offene See hinausführte.

Die Männer rannten an die Brassen, Hornblower reihte sich ein und faßte mit zu. Aber die erste Berührung mit dem rauhen Hanfende verursachte ihm solche Schmerzen, daß er beinahe laut aufgeschrien hätte. Seine Hände waren wie rohes Fleisch und noch dazu von einem frisch geschlachteten Tier, denn sie trieften noch von Blut. Jetzt, da er wieder daran dachte, taten sie ihm plötzlich höllisch weh.

Die Vorsegel wurden übergenommen, und die Korvette kam glatt und schnell durch den Wind.

»Dort liegt die alte INDY!« ließ sich ein Mann von vorn vernehmen.

Die INDEFATIGABLE war jetzt schon deutlich auszumachen. Sie hatte eben außerhalb des Schußbereichs der Küstenbatterien beigedreht und erwartete ihre Prise. Irgendwer rief hurra, und sofort fiel alles begeistert ein, während noch die letzten, auf größte Entfernung gefeuerten Schüsse von St. Dye hinter dem Schiff ins Wasser schlugen. Hornblower zog sein Taschentuch und versuchte, wenigstens eine Hand damit einzubinden.

»Kann ich Ihnen dabei helfen, Sir?« fragte Jackson.

Jackson schüttelte den Kopf, als er das rohe Fleisch in der Handfläche sah.

»Das war aber leichtsinnig, Sir. Sie hätten Hand über Hand herunterkommen sollen«, meinte er, nachdem ihm Hornblower erklärt hatte, wie er zu dieser Verletzung gekommen war. »Das war sehr leichtsinnig, nichts für ungut, Sir, wenn ich das offen sage. Aber so sind sie eben, die jungen Herren, riskieren bei jeder Gelegenheit ihre Knochen samt der Haut.«

Hornblower warf einen Blick zur Großmarsrah hinauf, die jetzt hoch über ihm hing, und mußte wieder daran denken, wie er im Dunkel der Nacht auf dieser schlanken Spier freihändig bis zur Nock hinausgelaufen war. Noch in der Erinnerung an jene Sekunden überlief es ihn eiskalt, obwohl er das sichere Deck unter den Füßen hatte.

»Verzeihung, Sir, ich wollte Ihnen nicht zu nahe treten«, sagte Jackson und knotete das Taschentuch fest. »So, hoffentlich hält das, Sir, ich habe getan, was ich konnte.«

»Danke, Jackson«, sagte Hornblower.

»Wir müssen noch melden, daß wir die Jolle verloren haben, Sir«, fuhr Jackson fort.

»Was, verloren?«

»Sie ist nicht mehr längsseit, Sir. Wir haben keinen Bootsgast darin gelassen. Wells hätte zurückbleiben sollen, Sie wissen wohl noch, Sir, aber den habe ich noch mit in die Riggen geschickt, weil Hales ja nicht mehr dabei war. Wir waren ohnehin nicht zuviel Leute für das, was uns aufgetragen war. Die Jolle wird beim Wenden auf Drift gegangen sein.«

»Und was ist aus Hales geworden?« fragte Hornblower.

»Der war noch im Boot, Sir.«

Hornblower warf einen Blick nach achtern in die breite Mündung der Gironde. Dort irgendwo trieb jetzt seine Jolle, und in ihr lag Hales, wahrscheinlich tot, vielleicht aber noch am Leben. So oder so, die Franzosen fanden ihn auf jeden Fall. Und während er an Hales dachte, der dort trieb, verwandelte sich die heiße Freude, die ihn eben noch durchströmte, in frostiges Leid. Wäre Hales nicht gewesen, dann hätte er sich niemals dazu aufgerafft, freihändig über die Rah zu laufen (so meinte er wenigstens), dann wäre jetzt sein Leben verpfuscht, und er stünde als elender Feigling da, statt sich im Bewußtsein wohlerfüllter Pflicht zu sonnen.

Jackson sah seine niedergeschlagene Miene.

»Nehmen Sie sich das nicht zu Herzen, Sir«, sagte er, »kein Mensch wird Ihnen wegen der Jolle einen Vorwurf machen, der Kommandant nicht und Mr. Eccles auch nicht, die denken nicht daran.«

»Ach, die Jolle, an die dachte ich nicht«, sagte Hornblower, »ich dachte an Hales.«

»Der?« meinte Jackson. »Den können Sie sich ruhig aus dem Kopf schlagen, Sir. Der hätte nie im Leben einen ordentlichen Seemann abgegeben, soviel steht fest.«

5

Die alte Indefatigable lag in der Bucht von Cadiz vor Anker, als Spanien mit Frankreich Frieden schloß. Hornblower war gerade

Fähnrich der Wache, so traf es ihn, Leutnant Chadd darauf aufmerksam zu machen, daß sich eine achtriemige Pinnaß näherte, an deren Heck die rot-goldene Flagge Spaniens wehte. Chadd entdeckte durch sein Glas ein paar goldene Epauletten und einen reichbestickten Dreispitz. Sofort gellte sein Befehl über Deck, der die Fallreepsgäste und die Seesoldatenwache ans Fallreep rief, um einem Kapitän in alliierten Diensten die von der Tradition geheiligte Ehrenbezeigung zu erweisen. Auch Pellew erhielt eiligst Meldung und erschien rechtzeitig am Fallreep, um seinen Besucher zu empfangen. Dort am Fallreep fand denn auch die ganze folgende Unterredung statt. Der Spanier nahm den gezogenen Hut vor den Leib und grüßte mit einer tiefen, förmlichen Verbeugung, dann reichte er dem Engländer einen versiegelten Umschlag.

»Mr. Hornblower, Sie sprechen doch französisch«, sagte Pellew, ohne das Schreiben zu öffnen, »reden Sie einmal mit dem Herrn. Ich lasse ihn bitten, mit mir zu einem Glas Wein unter Deck zu kommen.«

Aber der Spanier lehnte die Erfrischung unter neuen Verbeugungen höflich ab und bat Pellew, den Umschlag an Ort und Stelle zu öffnen. Pellew erbrach also das Siegel und versuchte, den französischen Text zu entziffern. Obwohl er kein Wort Französisch sprach, konnte er Geschriebenes zur Not lesen. Nach einer Weile gab er das Blatt an Hornblower weiter.

»Das heißt doch, daß die Degos Frieden geschlossen haben, nicht wahr?« Hornblower quälte sich mühsam durch die ersten zwölf Zeilen. Sie enthielten nichts als die langatmigen Floskeln, mit denen der Absender, Seine Exzellenz der Herzog von Belchite, Grande Erster Klasse (es folgten noch achtzehn weitere Titel, endend mit dem eines Generalkapitäns von Andalusien), dem hochverdienten Schiffskommandanten und Ritter des Bathordens, Sir Edward Pellew, seine Grüße entbot.

Der zweite Absatz war ganz kurz und gab in wenigen Worten Kunde von dem Friedensschluß mit Frankreich.

Der dritte war wieder so lang wie der erste und bediente sich auch fast Wort für Wort der gleichen Phrasen, um mit einem feierlichen Abschiedsgruß zu enden.

»Jawohl, Sir, das ist der ganze Inhalt«, sagte Hornblower.

Aber der spanische Kapitän hatte zur Ergänzung seines Schreibens noch eine mündliche Botschaft zu überbringen.

»Bitte sagen Sie Ihrem Kommandanten«, sagte er in seinem lispelnden Spanisch-Französisch, »daß Spanien fortan seine Rechte als neutrale Macht wahrnehmen muß. Sie liegen hier schon seit vierundzwanzig Stunden vor Anker. Sollten Sie sich von diesem Augenblick an gerechnet« – er zog seine goldene Uhr aus der Tasche und warf einen Blick darauf – »in sechs Stunden noch im Schußbereich der Batterien von Puntales befinden, so sehen wir uns zu unserem Bedauern gezwungen, das Feuer auf Sie zu eröffnen.«

Hornblower blieb keine Wahl, er mußte diese brutale Eröffnung in ihrer ganzen rücksichtslosen Schärfe wiedergeben. Pellew hörte ihm aufmerksam zu und wurde unter seiner Sonnenbräune blaß vor Wut.

»Sagen Sie ihm ...«, brauste er auf, dann aber zwang er seine Erregung gewaltsam nieder. »Ich werde den Teufel tun und den Kerl merken lassen, daß er mich ärgern konnte.«

Er nahm den Hut vor den Leib, wie es ihm der Spanier vorgemacht hatte, und ahmte seine höfliche Verbeugung nach, so gut es ihm gelingen wollte. Erst dann wandte er sich wieder an Hornblower.

»Sagen Sie ihm, ich hätte von seiner Mitteilung mit bestem Dank Kenntnis genommen und bedauerte nur, daß sich unsere Wege infolge der obwaltenden Umstände von nun an trennen müßten. Ich hoffte jedoch sehr, daß mir seine persönliche Freundschaft erhalten bliebe, wie immer sich die Beziehungen zwischen unseren Staaten auch gestalten würden. Sagen Sie ihm – ach was, erzählen Sie ihm, was Sie wollen, Sie wissen ja, worauf es mir ankommt, nicht wahr, Hornblower? Wir wollen ihm einen würdigen Abgang verschaffen. Fallreepsgäste! Bootsmannsmaaten! Tamboure!«

Jetzt erging sich Hornblower aus dem Stegreif in den liebenswürdigsten Redensarten und Komplimenten, die ihm gerade einfallen wollten. Nach jedem Satz, den er sprach, tauschten die beiden Kapitäne eine höfliche Verbeugung aus, der Spanier zog sich dabei jedesmal um einen Schritt zurück, und Pellew rückte ihm im gleichen Augenblick nach, damit ihm der andere auf keinen Fall im Benehmen den Rang ablief. Die Trommeln schlugen einen Wirbel, die Seesoldaten präsentierten, die Pfeifen schrillten und zwitscherten, bis der Spanier mit dem Kopf hinter der Bordwand verschwunden war. Dann straffte sich Pellews Haltung, er stülpte sich den Hut auf den Kopf und wandte sich an den Ersten Offizier:

»Mr. Eccles, ich möchte binnen einer Stunde Anker auf sein, bitte machen Sie das Schiff sofort seeklar.«

Dann stapfte er unter Deck, um in der Stille der Kajüte sein inneres Gleichgewicht wiederzufinden. Die Toppgäste machten die Segel los und klar zum Setzen, von der Back her verriet das Klicken des Spills, daß man dort schon die Ankertroß kurzstag hievte. Hornblower stand mit Mr. Wales, dem Zimmermann, an der Backbord-Fallreepspforte. Die beiden genossen den Anblick der weißen Häusermassen der Stadt, die in dem Ruf stand, die schönste von ganz Europa zu sein.

»Ich war hier zweimal an Land«, sagte Wales. »Der Wein ist gut – vino nennen sie ihn hier –, sofern man an diesem Zeug überhaupt etwas findet. Aber ich rate Ihnen eins, Mr. Hornblower, rühren Sie hier nie einen Schnaps an. Der ist Gift, schieres Gift, sage ich Ihnen. Hallo, was ist denn das? Anscheinend will man uns das Geleit geben.«

Zwei lange, scharf gebaute Schiffe kamen aus der inneren Bucht zum Vorschein und nahmen Kurs auf die INDEFATIGABLE. Hornblower stieß unwillkürlich einen Schrei der Überraschung aus, als er Wales mit dem Blick folgte. Die näher kommenden Fahrzeuge waren Galeeren. Die Riemen, die aus ihren Bordwänden ragten, bewegten sich im exaktesten Gleichmaß auf und ab und blitzten hell in der Sonne, sooft sie federnd das Wasser schlugen. Diese hundert Riemen, die sich wie ein einziger bewegten, boten ein Bild von vollendeter Schönheit. Hornblower erinnerte sich an eine Verszeile bei einem lateinischen Dichter, die er als Schuljunge übersetzen mußte. Damals hatte er zu seiner Verwunderung erfahren, daß der Römer unter den »weißen Schwingen« eines Kriegsschiffs seine Riemen verstand. Jetzt konnte er sich überzeugen, wie treffend dieser Vergleich war. Selbst eine Möwe im Flug, für Hornblower stets der Inbegriff vollendeter Bewegung, konnte nicht schöner sein als diese Galeeren. Sie lagen tief im Wasser und waren, gemessen an ihrer Breite, ungeheuer lang, die kurzen Masten hatten starken Fall nach achtern und trugen weder Segel noch die üblichen lateinischen Rahen. Die Wellen der Bucht schäumten hoch um ihre mit schimmernden Goldornamenten verzierten Steven, als sie gegen die leichte Brise angerudert kamen, und von ihren Toppen wehten die rot-goldenen Flaggen Spaniens. Auf – vorwärts – ab bewegten sich die Riemen in unwandelbarem Rhythmus, und ihre Blätter blieben dabei ständig haargenau ausgerichtet. Im Bug führte jedes der beiden merkwürdigen Fahrzeuge zwei lange, in Fahrtrichtung zeigende Geschütze.

»Das sind Vierundzwanzigpfünder«, sagte Wales, »damit schießen sie einen glatt in Stücke, wenn man das Pech hat, in einer Flaute mit ihnen aneinanderzugeraten. Dann kommen sie nämlich vier Strich von achtern angerudert, so daß man keine Kanone zum Tragen bringen kann, und bestreichen einen der Länge nach, bis man genug hat und die Flagge streicht. Und dann sei Gott den Armen gnädig – ich sage Ihnen, ein türkisches Gefängnis ist mir noch tausendmal lieber als ein spanisches.«

In Kiellinie, so genau ausgerichtet, als hätten sie Lineal und Meßkette dazu verwandt, passierten die Galeeren, von achtern kommend, dicht an der Bordseite der INDEFATIGABLE. Trommelrasseln und Pfeifentrillern rief die Besatzung der Fregatte zur Ehrenbezeigung vor Flagge und Kommandowimpel der vorübereilenden Schiffe, ihr Gruß wurde von den Offizieren der Galeeren augenblicklich erwidert.

»Eigentlich könnte man allerlei dagegen sagen«, murmelte Wales in seinen Bart, »daß man vor diesen Burschen salutiert, als ob sie ausgewachsene Fregatten wären.«

Als die erste Galeere frei vom Bugspriet der INDEFATIGABLE war, ließ sie die Steuerbordriemen streichen und wirbelte dadurch trotz ihrer Länge und geringen Breite flink wie ein Kreisel um den Bug der Fregatte herum. Die leichte Brise stand von vorn und wehte in diesem Augenblick von der ersten und etwas später auch von der nachfolgenden zweiten Galeere her über das Schiff. Sie trug einen fauligen Gestank herüber, der alsbald auch an Hornblowers Nase drang. Allgemeine Pfuirufe an Deck bewiesen ihm, daß er nicht der einzige war, der diesen ekelhaften Dunst verspürte.

»Die stinken alle so«, erklärte Wales. »An jedem Riemen sitzen vier Mann, und fünfzig Riemen haben sie, das macht zweihundert Galeerensklaven, und die sind alle an ihre Duchten gekettet. Wer als Sklave an Bord kommt, wird ein für alle Male an seinen Platz gekettet und kommt von dort erst wieder los, wenn man ihn tot über Bord wirft. Zuweilen, wenn es nichts anderes zu tun gibt, wird die Bilge auch einmal von der Besatzung ausgewaschen, aber das kommt nicht allzuoft vor. Bei den Degos ist es nun einmal so, zumal nur recht wenige an Bord sind.«

Hornblower wollte wie immer alles genau wissen.

»Wie viele sind es denn, Mr. Wales?«

»Höchstens an die dreißig Mann«, erklärte ihm Wales in seiner lehrhaften Art, »gerade genug, um die Segel zu bedienen, wenn sie über See fahren, oder um die Kanonen zu besetzen, wenn es ins Gefecht geht – in diesem Fall nehmen sie nämlich ihre Rahen und Segel an Deck, wie sie es auch heute getan haben. Sie sehen also, Mr. Hornblower, wie das Verhältnis ist: Auf ganze dreißig Mann Besatzung kommen zweihundert Sklaven. Da kann es natürlich niemand wagen, die armen Teufel auch nur eine Sekunde loszulassen.«

Die Galeeren hatten kehrtgemacht und kamen nun vor dem Wind an der Steuerbordseite der INDEFATIGABLE entlang. Das Tempo der Ruderschläge hatte sich merklich verlangsamt, so daß Hornblower genügend Zeit fand, die seltsamen Schiffe genauer zu betrachten. Sie hatten eine auffallend niedrige Back und ein hochragendes Achterdeck, die über die ganze Länge des Fahrzeugs durch eine Laufbrücke miteinander verbunden waren. Auf dieser Laufbrücke wanderte ein Mann mit einer Peitsche auf und ab. Die Ruderer saßen unsichtbar hinter der Verschanzung, ihre Riemen drehten sich in runden Öffnungen, die in die Bordwand geschnitten waren. Soweit Hornblower sehen konnte, waren diese Öffnungen durch Lederscheiben abgedichtet, die auf den Schäften der Riemen saßen, damit bei Seegang kein Wasser ins Schiff dringen konnte. Auf dem Achterdeck bedienten zwei Mann die Ruderpinne, neben ihnen stand eine Gruppe von Offizieren, deren goldbestickte Uniformen in der Sonne glitzerten. Wenn man von diesen goldenen Litzen und den beiden Vierundzwanzigpfünder-Buggeschützen absah, hatte Hornblower hier einen Schiffstyp vor Augen, mit dem schon die Alten ihre Seeschlachten ausgefochten hatten. Von Polybius und Thukydides gab es Beschreibungen damaliger Galeeren, denen diese hier fast wie ein Haar dem anderen glichen. Im übrigen waren ja noch kaum zweihundert Jahre vergangen, seit sich die Galeeren in der Türkenschlacht bei Lepanto ihr letztes großes Treffen lieferten. In jenen Schlachten der Vergangenheit hatten beide kämpfenden Parteien allerdings Hunderte solcher Schiffe ins Gefecht geführt.

»Wie viele Galeeren mögen die Spanier noch im Dienst haben?«

»Nun, vielleicht ein Dutzend – ich weiß es nicht genau. Sie liegen gewöhnlich in Cartagena, hinter der Enge.«

Hornblower wußte, daß Wales mit diesem Ausdruck das Mittelmeer jenseits der Straße von Gibraltar meinte.

»Für den Atlantik sind sie wohl auch zu schwach«, bemerkte Hornblower.

Es fiel ihm schwer, sich über die Gründe Rechenschaft zu geben, die die Spanier dazu bestimmt haben mochten, diese kleine, altertümliche Flottille immer noch in Dienst zu halten. Die Hauptrolle spielte dabei wohl das altererbte konservative Denken des Spaniers. Dazu kam, daß durch Verurteilung zur Galeere eine Menge Sträflinge untergebracht werden konnten, die sonst die Gefängnisse belastet hätten.

Schließlich und endlich konnten Galeeren bei Windstille auch heute noch nützliche Arbeit leisten. Handelsschiffe, die beim Passieren der Straße von Gibraltar bekalmt wurden und hilflos in der Flaute trieben, fielen ihnen nur zu leicht zum Opfer, wenn sie von Cadiz oder Cartagena aus in See vorstießen. Und wenn es wirklich keine bessere Verwendung gab, dann taugten sie immer noch dazu, andere Schiffe in den Hafen oder nach See zu schleppen, wenn der Wind ungünstig stand.

»Mr. Hornblower«, sagte Eccles, »melden Sie dem Kommandanten das Schiff klar zum Inseegehen.«

Hornblower eilte mit seiner Meldung unter Deck.

Pellew hob den Kopf von seiner Arbeit am Schreibtisch: »Melden Sie Mr. Eccles, ich käme sofort an Deck.«

Die südliche Brise war gerade stark genug, daß die INDEFATIGABLE die Huk der Einfahrt ohne Gefahr runden konnte. Während der Anker gekattet wurde, braßte sie die Rahen herum und steuerte in schleichender Fahrt nach See hinaus. In der Stille, die dank der Manneszucht an Bord herrschte, vernahm man deutlich das Plätschern der Bugwelle – jene harmlos kindliche Melodie, die so gar nichts von der Wildheit und den Gefahren der See verriet, denen das Schiff entgegensteuerte. Unter ihren Marssegeln machte die INDEFATIGABLE nicht mehr als drei Seemeilen Fahrt, und jetzt stürmten die Galeeren wiederum mit ihren schnellsten Riemenschlägen an ihr vorbei, als trügen sie ihre Unabhängigkeit von den Elementen stolz zur Schau. Ihre goldenen Zierate blitzten in der Sonne, als sie in Luv überholten, und wieder strich infernalischer Gestank den Männern auf der INDEFATIGABLE um die Nasen. »Ich wäre froh, wenn sie wenigstens in Lee blieben«, brummte Pellew, »aber so weit wird sich die spanische Höflichkeit wohl nicht versteigen. Mr. Cutler!«

»Sir?« sagte der Stückmeister.

»Sie können mit dem Salut beginnen.«

»Aye, aye, Sir.«

Die vordere Karronade der Leeseite sandte den ersten donnernden Gruß, und das Fort Puntales begann alsbald mit der Antwort. Eine Nation ehrte hier die andere in einer Sprache, deren rollender Widerhall das ganze Rund der herrlichen Bucht erfüllte.

»Wenn wir diese Geschütze das nächstemal hören, werden sie wohl scharf geladen sein«, sagte Pellew mit einem scharfen Blick auf das Fort Puntales und die dort wehende Flagge Spaniens.

Es schien in der Tat, als hätte sich das Schicksal endgültig gegen England gewandt. Eine Nation um die andere war aus dem Bündnis gegen Frankreich ausgeschieden, einige unter dem Zwang der Niederlage, andere dank der erfolgreichen Diplomatie der kraftgeladenen jungen Republik. War nun einmal der erste Schritt, der vom Krieg zur Neutralität, getan, dann folgte allzuleicht der zweite von der Neutralität zum Krieg auf der anderen Seite, das lag für jeden denkenden Menschen auf der Hand. Auch Hornblower sah es kommen, daß ganz Europa vielleicht schon in naher Zukunft vereint gegen England stand. Dann begann für dieses alte England ein Kampf auf Leben und Tod nicht nur gegen ein zu neuer Jugend erblühtes Frankreich, sondern gegen die ganze in Feindseligkeit vereinte Welt.

»Setzen Sie bitte mehr Segel, Mr. Eccles«, sagte Pellew.

Zweihundert geübte Beine eilten nach oben, zweihundert geübte Arme lösten die weißen Segel. Sofort verdoppelte die INDEFATIGABLE ihre Fahrt und legte sich unter dem Druck der leichten Brise sogar etwas auf die Seite. Jetzt spürte sie schon die atlantische Dünung unter dem Kiel, und den Galeeren erging es natürlich ebenso. Als die INDEFATIGABLE an ihnen vorüberzog, konnte Hornblower beobachten, wie ihr Führerschiff die Nase tief in einen Roller steckte, so daß das ganze Vorschiff in einer Wolke von Gischt verschwand. Das war zuviel für diese gebrechlichen Dinger, sie begannen sofort mit einer Seite zu streichen und drehten auf der Stelle ab. Dabei schlingerten sie eine Weile entsetzlich, als sie quer in der Dünung lagen, dann waren sie endlich auf Gegenkurs und strebten eiligst den sicheren Gewässern der Bucht von Cadiz zu. Auf der Back der INDEFATIGABLE rief jemand ein lautes Pfui hinter ihnen her, und dieser Ruf pflanzte sich mit Windeseile über das ganze Schiff hin fort. Ein wahrer Sturm von Pfuirufen, Pfeifen und Miauen verfolgte die beiden Galeeren, die Männer schienen völlig außer Rand und Band. Pellew rannte wutschnaubend auf dem Achterdeck herum, und die Unteroffiziere versuchten vergebens, die Namen der Sünder festzustellen. Dieser Abschied von Spanien war ganz dazu angetan, die schlimmsten Ahnungen zu wecken.

Es erwies sich nur zu bald, daß solche Ahnungen durchaus berechtigt waren. Schon ganz kurze Zeit nach dem geschilderten Vorfall mußte Kapitän Pellew seiner Besatzung bekanntgeben, daß Spanien seinen Verwandlungsakt beendet hatte und in die Reihen der Gegner eingetreten war. Kaum war der Konvoi mit dem Goldschatz glücklich binnen, hatte es England den Krieg erklärt. Damit hatte die revolutionäre

Republik die zerrüttetste Monarchie ganz Europas zum Bundesgenossen gewonnen.

In der Straße von Gibraltar war kein Windhauch zu spüren, die See lag glatt wie ein polierter Silberschild, und der Himmel wölbte sich darüber wie eine Schale aus Saphir. Die afrikanischen Berge im Süden, die spanischen im Norden ragten in dunklen Zackenlinien über den Horizont. Die INDEFATIGABLE war in keiner beneidenswerten Lage, nicht wegen der brennenden Hitze, die das Pech in den Nähten erweichte, sondern aus einem ganz anderen Grund. Durch die Straße von Gibraltar setzt meistens eine leichte Strömung vom Atlantik ins Mittelmeer, und die vorherrschenden Winde wehen in der gleichen Richtung. Wenn es längere Zeit so flau war, kam es darum nicht selten vor, daß ein Schiff ganz durch die Straße hindurch und an Gibraltar vorbeigetrieben wurde, so daß es hinterher tage-, ja wochenlang zurückzukreuzen hatte, um die Gibraltarbucht zu erreichen. Daher war heute auch Pellew in sehr berechtigter Sorge um den ihm anvertrauten Geleitzug von Getreideschiffen, der von Oran kam. Gibraltar mußte unbedingt verproviantiert werden – Spanien war schon zu seiner Belagerung aufmarschiert –, darum wollte er jetzt nicht Gefahr laufen, daß die Schiffe mit ihrer wichtigen Ladung womöglich am Ziel vorbeitrieben. Er hatte seinen Befehl den wenig begeisterten Kapitänen des Konvois durch Flaggensignal und Warnschüsse einhämmern müssen, kein schwach bemanntes Handelsschiff ging nämlich gern an die Sklavenarbeit heran, die ihm Pellew zumutete. Die INDEFATIGABLE ging den anderen mit gutem Beispiel voran. Sie hatte wie alle Schiffe Boote als Vorspann zu Wasser gebracht, und jetzt waren die hilflosen Schiffe glücklich alle in Schlepp. Für die armen Bootsgäste war das eine qualvolle Schinderei, die ihnen das letzte Quentchen Kraft abforderte. Sie rissen an ihren Riemen wie die Irren und zerrten sie mühsam durchs Wasser, bei jedem ihrer Schläge kamen die Schlepptrossen ruckartig steif, um sogleich mit unglaublichem Eigensinn wieder zurückzufedern, und zu allem Überfluß schoren die geschleppten Schiffe bald nach Steuerbord, bald nach Backbord aus, wie es ihnen gerade in den Sinn kam. Eine Meile Fahrt in der Stunde war alles, was um den Preis völliger Erschöpfung aller beteiligten Bootsbesatzungen mit dieser Methode zu erzielen war. Aber man trieb dadurch eben doch um ebensoviel langsamer an Gibraltar vorüber und durfte entsprechend länger hoffen, daß der ersehnte Südwind ein Einsehen hatte und den ganzen Schiffsverband doch noch hinter die Mole von Gibraltar wehte. Zwei Stunden Südwind war alles, was sie sich dazu wünschten, sie hätten vollkommen ausgereicht.

Unten im Kutter und in der Barkaß der INDEFATIGABLE rissen die Männer an ihren Riemen und waren von der Anstrengung so benommen, daß sie von der plötzlichen Aufregung an Bord ihres Schiffes überhaupt keine Notiz nahmen. Bei dieser Plackerei unter einer erbarmungslos herabstechenden Sonne verlor man jedes Interesse für seine Umgebung und sehnte nur noch das Ende des grausamen, zwei volle Stunden währenden Törns herbei. Nun aber wurden sie doch wach, als sie der Kommandant in eigener Person von der Back her anrief.

»Mr. Bolton! Mr. Chadd! Loswerfen! Kommen Sie sofort längsseit und rüsten Sie Ihre Leute mit Handwaffen aus. Unsere Freunde aus Cadiz wollen uns anscheinend besuchen.«

Als Pellew wieder auf dem Achterdeck angelangt war, nahm er sein Glas zur Hand und richtete es auf die diesige Kimm. Er konnte jetzt schon hier unten ausmachen, was vorher vom Topp aus gemeldet worden war.

»Sie halten genau auf uns zu«, sagte er.

Die beiden Galeeren kamen von Cadiz, wahrscheinlich hatte sie ein reitender Bote von dem Ausguckposten Tarifa aus davon in Kenntnis gesetzt, daß hier ein Konvoi aufgelöst in der Flaute umhertrieb und goldene Beute versprach. Das war für die Galeeren der gegebene Augenblick, zu beweisen, daß ihr Dasein immer noch einen Zweck besaß. Zwar blieb es ihnen verwehrt, die armen Handelsschiffe als Prisen einzubringen, aber sie konnten sie immerhin wegnehmen und brandschatzen, während die INDEFATIGABLE dazu verurteilt war, tatenlos zuzusehen, da sich das ganze Drama außerhalb der Reichweite ihrer Geschütze abspielte. Pellew faßte seine Schützlinge der Reihe nach ins Auge, es waren zwei Vollschiffe und drei Briggs. Eine der Briggs lag nur eine halbe Meile von ihm entfernt, sie konnte er zur Not durch sein Feuer decken, die anderen waren alle eineinhalb bis zwei Meilen ab, ihnen war beim besten Willen nicht zu helfen.

»Pistolen und Entermesser, Jungs!« rief er den Männern entgegen, als sie sich über die Reling schwangen. »Mr. Cutler, schlagen Sie sofort die Stagtakel an, los, die Karronaden in die Boote!«

Die INDEFATIGABLE hatte schon so viele Unternehmungen hinter sich, bei denen sich jede Minute als kostbar erwiesen hatte, daß auch diesmal mit den Vorbereitungen keine Zeit vertan wurde. Die Bootsbesatzungen legten ihre Waffen an, die Sechspfünder-Karronaden wurden im Bug des Kutters und der Barkaß untergebracht, und bald pullten die beiden Boote, vollbesetzt mit Bewaffneten und für den Notfall sogar verproviantiert, den rasch näher kommenden Galeeren entgegen.

»Sagen Sie, Mr. Hornblower, sind Sie denn nicht ganz bei Trost? Was wollen Sie denn mit der Jolle?«

Pellew hatte eben gesehen, wie Hornblower die Jolle ausschwingen ließ, die ihm im besonderen anvertraut war.

Bildete sich dieser Fähnrich etwa ein, er könne mit dem zwölf Fuß langen Boot und seinen sechs Mann Besatzung etwas gegen diese riesigen Kriegsgaleeren ausrichten?

»Wir können zu einem Schiff des Konvois pullen und seine Besatzung verstärken, Sir«, sagte Hornblower.

»Na schön, dann fahren Sie mit Gott. Ich verlasse mich auf Ihren gesunden Menschenverstand, obwohl der noch ein recht zartes Pflänzchen ist.«

»Großartig, Sir!« rief Jackson begeistert, als die Jolle vom Schiff ablegte. »Ganz großartig! Ein anderer wäre niemals auf diese Idee gekommen.«

Jackson, der Bootssteurer der Jolle, war offenbar der Überzeugung, daß sich Hornblower keineswegs darauf beschränken wollte, die Besatzung eines der Handelsschiffe zu verstärken.

»Diese stinkenden Dagos«, stieß der Mann am Schlagriemen zwischen den Zähnen hervor.

Hornblower war sich darüber klar, daß seine Bootsbesatzung diese spanischen Galeeren mindestens ebenso grimmig haßte wie er selbst. Bis dahin hatte er solche persönlichen Haßgefühle noch nie an sich erfahren. Wenn er sonst kämpfte, dann tat er das im Dienste seines Königs und ohne die geringsten feindseligen Regungen gegen die Person des Gegners. Hier aber war es ganz anders. Seine Hand krampfte sich um die Pinne, er beugte sich ungeduldig vor und spürte nichts mehr von der sengenden Sonnenglut, weil er es nicht erwarten konnte, mit diesen verhaßten Burschen handgemein zu werden.

Barkaß und Kutter waren ihnen ein gutes Stück voraus. Obwohl die Leute an ihren Riemen schon einen ganzen Törn Schleppdienst hinter sich hatten, schossen die Boote mit solcher Fahrt durchs Wasser, daß ihnen die Jolle trotz der ölig glatten See nur langsam aufkam. Das Wasser, in dem sie schwamm, war von tiefstem, dunkelstem Blau, wo ihre Riemen ein- und austauchten, schlugen sie es zu schneeweißem

Schaum. Vor ihnen lagen die Fahrzeuge des Konvois noch immer so verstreut, wie sie von der plötzlichen Flaute überrascht worden waren, und dicht hinter ihnen entdeckte Hornblower jetzt auch die Galeeren. Ihre Riemen blitzten bei jedem Schlag hell in der Sonne, während sie Raubvögeln gleich mit höchster Fahrt auf ihre Beute niederstießen. Barkaß und Kutter steuerten auseinanderlaufende Kurse, um möglichst viele Handelsschiffe zu decken; die Gig lag noch weit achteraus. Hätte Hornblower wirklich vorgehabt, an Bord eines der Handelsschiffe zu gehen, so wäre ihm jetzt ohnehin keine Zeit mehr dazu geblieben. Er legte Ruder, um dem Kutter zu folgen; in diesem Augenblick kam die eine der Galeeren in der Lücke zwischen zwei Handelsschiffen zum Vorschein. Hornblower sah, wie der Kutter hart drehte, um seine Karronade gegen den heranbrausenden Feind zum Tragen zu bringen.

»Pullt aus! Kerls, pullt!« schrie er ganz außer sich vor Erregung.

Er war sich durchaus nicht klar, wie sich diese Affäre weiter entwickeln würde, aber er wollte so oder so mit dabeisein. Diese Sechspfünder-Schmeißbüchse, die der Kutter an Bord hatte, schoß auf Entfernungen über Flintenschußweite äußerst ungenau. Das Ding mochte gut sein, wenn man sich mit einer Ladung gehackten Bleis Enterer vom Leibe halten wollte, aber gegen den kräftigen Bug einer Kriegsgaleere war mit der winzigen Kugel dieses Kanönchens nichts auszurichten.

»Pull aus!« schrie Hornblower wieder. Er hatte den Kutter jetzt beinahe eingeholt und stand etwas Backbord achteraus von ihm.

Die Karronade krachte los. Hornblower glaubte zwar, er hätte am Bug der Galeere Splitter fliegen sehen, aber diese ließ sich durch den Schuß so wenig irremachen wie ein angreifender Stier durch einen Jungen mit einer Erbsenschleuder. Die Galeere änderte um ein weniges ihren Kurs und zeigte sich jetzt recht von vorn, zugleich begannen ihre Riemen schneller zu schlagen. Offenbar setzte sie eben zum Rammstoß an, sie bediente sich also der gleichen Taktik, die schon die alten Griechen bei Salamis angewandt hatten.

»Pull aus!« brüllte Hornblower und steuerte die Jolle instinktiv etwas zur Seite, so daß sie in eine flankierende Stellung kam.

»Auf Riemen!«

Die Riemen der Jolle kamen zum Stillstand, als sie eben an dem Kutter vorüberzog. Hornblower sah, wie Soames von seinem Platz in der Achterpiek aufgesprungen war und entsetzt dem messerscharfen Steven entgegenstarrte, der Tod und Verderben bringend auf ihn zugerauscht kam. Bug gegen Bug hätte der Kutter noch Aussicht gehabt davonzukommen, aber Soames versuchte allzuspät, dem Stoß auf diese Art auszuweichen. Hornblower sah noch, wie das Boot drehte und der Galeere die verletzliche Breitseite bot. Was weiter geschah, war nicht mehr zu erkennen, der Rumpf der Galeere schob sich davor und verbarg den letzten Akt des Dramas vor seinem Blick.

Jetzt schor die Jolle auf Gegenkurs so hart an der Galeere vorbei, daß die Steuerbordriemen der beiden Fahrzeuge eben voneinander klarkamen. Hornblower hörte einen Aufschrei und ein lautes Krachen, zugleich bemerkte er, daß die Galeere durch den Stoß der Kollision fast alle Fahrt verloren hatte. Er raste jetzt förmlich vor Kampfbegierde, alle Hemmungen fielen, und sein Geist arbeitete mit jener blitzschnellen Präzision, die für manische Zustände bezeichnend ist.

»Ruder an Backbord!« schrie er mit überschnappender Stimme, und die Jolle drehte unter dem Heck der Galeere auf. »Überall!«

Jetzt jagte das Boot hinter der Galeere her wie ein Terrier hinter einem Stier.

»Hak ein, zum Teufel noch mal, Jackson, los, hak ein!«

Jackson antwortete mit einem Fluch und sauste auch schon nach vorn. Es sah aus, als setzte er einfach über die pullenden Männer hinweg, um sie auf keinen Fall aus dem Schlag zu bringen. Vorn angelangt, riß er mit einem Griff den Bootsdraggen an seiner langen Leine heraus und schleuderte ihn mit aller Kraft nach der Galeere. Getroffen! Der Draggen verfing sich irgendwo in der reich vergoldeten Reling ihrer Heckgalerie. Jackson holte die Draggenleine steif, und die Bootsgäste rissen wie närrisch an den Riemen, um die Jolle noch näher an das Heck der Galeere heranzubringen, während diese schon wieder vorausschoß. »Ich kann nicht mehr halten!« rief Jackson.

»Nimm Törn um die Ducht, du Idiot!«

Die Jolle war jetzt richtig im Schlepp der Galeere, sie hing an einer zwanzig Fuß langen Leine dicht unter ihrem Heck und eben frei von ihrem Ruderblatt. Das aufgewühlte Wasser schäumte und gurgelte um das Boot, und die rauschende Fahrt bewirkte, daß sich sein Bug immer höher bäumte, kurz, es herrschte plötzlich ein Zustand, als hätten sie eben einen Wal harpuniert. Auf dem Achterdeck des Spaniers erschien plötzlich ein Kerl mit einem Messer, um die Leine zu kappen.

»Niederschießen, Jackson!« brüllte Hornblower.

Jacksons Pistole krachte, der Spanier stürzte rücklings an Deck und war nicht mehr zu sehen – das war ein guter Schuß. Trotz aller Kampfbesessenheit, trotz rauschenden Wassers und glühender Sonne versuchte sich Hornblower zurechtzulegen, was nun als nächstes zu geschehen hatte. Temperament wie gesunder Menschenverstand legten ihm gleichermaßen nahe, dem Feind allen Bedenken zum Trotz immer näher auf den Leib zu rücken.

»Hol ran das Boot!« rief er – und die ganze Besatzung brüllte begeistert mit. Die Männer an den Bugriemen drehten sich um, griffen nach der Draggenleine und begannen sie einzuholen, aber bei der hohen Fahrt des Bootes mußte jeder Zentimeter schwer erkämpft werden. So kamen mühsam drei Fuß Leine herein, dann war es endgültig aus. Der Draggen hatte ja zehn bis zwölf Fuß über Wasser in die Reling gehakt, und die Leine zeigte um so mehr nach oben, je näher die Jolle dem Achtersteven der Galeere kam. Auch der Bug des Bootes ragte jetzt ein gutes Stück höher aus dem Wasser als zuvor.

»Fest holen! Belege die Leine!« sagte Hornblower, und dann mit erhobener Stimme: »Pistolen raus!«

Vier oder fünf dunkle Gesichter waren am Heck der Galeere aufgetaucht. Sie zielten mit Flinten in die Jolle, es gab einen kurzen, aber wütenden Schußwechsel, ein Mann sank stöhnend von seiner Ducht, aber die Gesichter waren plötzlich weg. Hornblower stellte sich in dem schwankenden Boot mühsam auf die Beine, um die Vorgänge auf dem Achterdeck besser verfolgen zu können, aber er entdeckte dort nichts als zwei über die Kante ragende Köpfe, die augenscheinlich den beiden Rudergängern gehörten.

»Nachladen!« befahl er seinen Männern. Wie durch ein Wunder war ihm dieser Befehl gerade noch rechtzeitig eingefallen. Die Ladestöcke fuhren klappernd in die Pistolenläufe. »Macht das ja sorgfältig«, meinte Hornblower, »wenn euch euer Leben lieb ist.«

Plötzlich hörte man das Splittern von Glas. Auf der Galeere hatte einer der Kerle den Lauf einer Flinte kurzerhand durch das große Heckfenster der Kommandantenkajüte gestoßen. Es war ein Glück, daß sich der Mann erst noch etwas Zeit nahm, um zu zielen. So fiel die regellose Salve aus den Pistolen fast mit dem Musketenschuß zusammen. Die Kugel des Spaniers verfehlte ihr Ziel, er selbst aber brach hinter seinem Fenster in die Knie und war verschwunden.

»Ha! Da müssen wir durch!« schrie Hornblower. Dann riß er sich zusammen und ließ seine Männer noch einmal nachladen.

Während sie noch frische Kugeln in die Läufe rammten, erhob er sich von seinem Platz. Seine Pistolen staken noch unbenutzt im Koppel, das Entermesser hing ihm an der Seite.

»Komm hier achteraus«, sagte er zum Schlagmann, weil er fühlte, daß die Jolle vorn keine zusätzliche Belastung mehr vertrug, »und noch einer dazu.«

Hornblower turnte über die Duchten zum Bug und maß dabei die Entfernung der Draggenleine vom Kajütenfenster.

»Einzeln nachkommen, Jackson«, sagte er.

Dann nahm er alle Kraft zusammen und sprang an die Draggenleine. Seine Füße tauchten ins Wasser, als die Leine unter seinem Gewicht durchsackte, aber er holte sich sofort klimmziehend in die Höhe. Jetzt hing er schon vor dem zertrümmerten Fenster. Er stieß mit dem Fuß den Rest der zerbrochenen Scheibe aus dem Rahmen, dann gab er sich Schwung, schoß mit den Beinen voran durch die Öffnung hinein und landete recht unsanft auf dem Fußboden der Kajüte. Nach der blendenden Helle draußen kam es ihm hier zunächst so dunkel vor, daß er sich kaum zurechtfand. Als er sich aufraffen wollte, trat er auf etwas Weiches, das einen Schmerzensschrei von sich gab – das war natürlich der Spanier von vorhin, er war also verwundet –, und die Hand, mit der er sein Entermesser aus der Scheide zog, war rot von Blut, von spanischem Blut. Im nächsten Augenblick krachte er mit dem Kopf gegen einen Decksbalken, daß er bunte Sterne vor Augen sah, er hatte nicht geahnt, wie niedrig die kleine Kajüte war, sie maß wohl kaum fünf Fuß lichte Höhe. Der Stoß war so heftig gewesen, daß ihm im ersten Augenblick die Sinne schwinden wollten. Ach was, dort war der Ausgang, er taumelte durch und hinaus, das Entermesser angriffsbereit in der Faust. Über seinem Kopf hörte er Füße stampfen, hinter und über ihm krachten Schüsse – wahrscheinlich war zwischen Heckreling und Jolle eine neue Schießerei im Gang. Die Kajütentür führte in ein niederes Halbdeck, Hornblower wankte weiter nach vorn, dorthin, wo die helle Sonne hereinfiel. Zuletzt fand er sich auf dem schmalen Streifen Hauptdeck wieder, das sich an die Vorkante des Achterdecks anschloß. Vor ihm mündete die schmale Laufbrücke, die über den Reihen der Ruderer nach vorn führte. Er konnte sie sitzen sehen – ein Meer bärtiger Gesichter, wilder Haarschöpfe und hagerer, sonnenbrauner Körper, die im Takt ihrer Riemenschläge vor- und zurückschwangen.

Das war der erste Eindruck, den er in Sekundenschnelle von ihnen gewann. Am entgegengesetzten Ende der Laufbrücke, dort, wo sie in den vorderen Aufbau mündete, stand der Aufseher mit seiner Peitsche und traktierte die Sklaven mit kurzen, rhythmischen Zurufen – wahrscheinlich zählte er ihnen auf spanisch vor, um das Tempo der Schläge anzugeben. Vorn auf der Back standen drei bis vier Mann. Das Schott an der Achterkante der Back hatte Türen, die offen eingehakt waren. Hornblower konnte dahinter die Rohre der beiden schweren Buggeschütze erkennen. Im Augenblick waren sie beide ausgerannt und ragten durch ihre erstaunlich niedrig über Wasser liegenden Stückpforten ins Freie. Die einfallende Sonne spielte blinkend auf ihrem polierten Metall. Die Geschützbedienungen standen neben den Geschützen, aber es waren viel weniger an der Zahl, als zwei Vierundzwanzigpfünder unbedingt verlangt hätten. Hornblower erinnerte sich daran, daß Wales die Besatzung einer Galeere mit dreißig Mann beziffert hatte. Er konnte sich denken, daß eine Geschützbedienung bereits achteraus geholt worden war, um das Achterdeck gegen den Angriff der Jolle zu verteidigen.

Das Geräusch eines Schrittes in seinem Rücken ließ ihn vor Schreck zusammenzucken, er fuhr mit gezücktem Entermesser blitzschnell herum, da sah er, daß es Jackson war, der eben mit gezogenem Entermesser aus dem Halbdeck herausgetaumelt kam.

»Ich hätte mir beinahe die Birne eingerannt«, sagte Jackson.

Er lallte wie ein Betrunkener, seine Worte waren von weiteren Schüssen begleitet, die auf dem Achterdeck, in Höhe ihrer Köpfe abgefeuert wurden.

»Oldroyd kommt als nächster«, sagte Jackson, »Franklin ist tot.«

Zu beiden Seiten von ihrem Standort führte eine Treppe auf das Achterdeck. Es schien vom logischen und mathematischen Standpunkt aus das Gegebene zu sein, daß jeder von ihnen eine der beiden Steigleitern wählte. Aber Hornblower hatte etwas anderes im Sinn.

»Mir nach!« rief er und stürmte die Steuerbordtreppe hinauf. Da Oldroyd in diesem Augenblick dazukam, rief er ihm noch kurz zu, ebenfalls zu folgen.

Die Strecktaue an den Niedergängen waren kunstvoll aus roten und gelben Schnüren geflochten – das fiel ihm sogar auf, als er jetzt mit der Pistole in der einen und dem Entermesser in der anderen Hand die Stufen hinaufstürmte. Schon nach dem ersten Schritt konnte er das Achterdeck überblicken. Auf winzigem Raum drängte sich dort ein rundes Dutzend Männer. Zwei lagen tot an Deck, einer saß an die Reling gelehnt und stöhnte, zwei standen an der Pinne. Hornblower war immer noch wie von Sinnen. Er nahm die drei letzten Stufen der Treppe mit einem einzigen Satz und drang mit dem Gebrüll eines Tobsüchtigen auf die Spanier ein. Seine Pistole entlud sich anscheinend ganz unfreiwillig, aber das Gesicht des Menschen, der ihm im Weg stand, verwandelte sich plötzlich in eine unkenntliche, blutige Masse. Hornblower warf die Waffe weg und griff nach der zweiten. Mit dem Daumen der Linken spannte er ihren Hahn, während die Rechte blitzschnell das Entermesser führte und mit klirrendem Hieb den Säbel beiseite schlug, den ein Spanier fast schüchtern zur Deckung heben wollte. Seine Hiebe hagelten nur so auf die Gegner nieder, er hatte die unerschöpfliche Kraft eines Besessenen. Jetzt war Jackson neben ihm und teilte mit heiserem Geschrei nach rechts und links seine Hiebe aus.

»Nieder mit ihnen! Nieder mit ihnen!« brüllte Jackson.

Hornblower sah, wie Jacksons Entermesser auf einen der wehrlosen Rudergänger niedersauste. Während er mit dem nächsten Gegner die Klingen kreuzte, wurde er eben noch im letzten Augenblick gewahr, wie ein dritter von der Seite her den Säbel gegen ihn schwang. Wieder rettete ihn seine Pistole, die sich wie unversehens gegen den neuen Angreifer löste. Dicht neben ihm fiel noch ein weiterer Pistolenschuß – der kam wahrscheinlich von Oldroyd –, und dann war der Kampf auf dem Achterdeck vorbei. Die Spanier mußten mit Blindheit geschlagen sein, daß sie sich auf diese primitive Art hatten überrumpeln lassen. Hornblower konnte sich beim besten Willen nicht denken, wie es zu diesem groben Versager gekommen war. Vielleicht wußten sie nichts davon, daß der Mann in der Kajüte verwundet war, und hatten sich darauf verlassen, daß er diesen Zugang zum Schiff verteidigte, vielleicht konnten sie sich überhaupt nicht vorstellen, daß drei Mann die Tollkühnheit aufbrachten, ein ganzes Dutzend Gegner anzugreifen. Wahrscheinlich war es ihnen sogar überhaupt entgangen, daß diese drei Mann auf dem gefährlichen Weg über die Draggenleine ins Schiff gelangt waren. Am ehesten war das Ganze noch zu begreifen, wenn man annahm, daß sie einfach den Kopf verloren hatten. Das Gefecht hatte ja kaum fünf Minuten gedauert von dem Moment an gerechnet, da die Jolle einhakte, bis das Achterdeck in Besitz genommen war. Ein paar Spanier rannten den Niedergang zum Hauptdeck hinunter und dann die Laufbrücke über den Rudersklaven entlang nach vorn. Ein weiterer wurde gegen die Reling gedrängt, ehe er entkommen konnte, und zeigte schon durch Heben der Hände, daß er sich ergeben wollte, aber Jackson hatte ihn schon an der Gurgel. Jackson hatte Riesenkräfte, er bog den Spanier ganz einfach rückwärts über die

Reling, weiter und immer weiter, dann packte er ihn mit der anderen Hand am Schenkel und kippte ihn über Bord. Als er im Sturz aufschrie, war es für Hornblower zu spät, sich ins Mittel zu legen. Auf dem Achterdeck lagen überall Verwundete umher und wanden sich in ihren Schmerzen, so daß man bei ihrem Anblick unwillkürlich an Fische auf dem Trockenen denken mußte. Einer wollte sich auf die Knie erheben, da griffen ihn Jackson und Oldroyd und schwangen ihn hoch, um ihn über die Reling zu werfen.

»Halt, laßt den Unfug«, sagte Hornblower. Darauf ließen sie ihn unbarmherzig fallen, so daß er krachend auf den blutbespritzten Planken landete.

Jackson und Oldroyd waren wie betrunken, sie standen unsicher auf ihren Beinen, sie hatten ganz glasige Augen, und ihr Atem ging keuchend. Hornblower war eben so weit, daß er aus seinem Blutrausch wieder zu sich fand. Er trat an die Vorkante des Achterdecks, wischte sich den Schweiß aus den Augen und hoffte, damit auch den roten Nebel loszuwerden, der ihm immer noch die Sicht verhängte. Der Rest der Spanier hatte sich vorn unter der Back versammelt, sie bildeten noch eine starke Gruppe, und als Hornblower vortrat, feuerte einer seine Flinte auf ihn ab, aber der Schuß ging weit daneben. Unter ihm schwangen sich die Rudersklaven immer noch vor und zurück, vor und zurück, ihre behaarten Köpfe und nackten Körper bewegten sich im Takt der Riemenschläge, der von dem Aufseher angegeben wurde. Dieser Mann stand nämlich immer noch auf der Laufbrücke – der Rest der Spanier drängte sich dicht hinter ihm – und gab das Tempo an: »– Seis – Siete – Ocho.«

»Stopp!« schrie Hornblower.

Er ging zur Steuerbordseite hinüber, damit ihn die Rudersklaven gut sehen konnten, hob die Hand und stieß wieder den gleichen Ruf aus. Nur einer oder zwei der Ärmsten hoben ihre bärtigen Gesichter, aber die Riemen arbeiteten unentwegt weiter: »Uno – Dos – Tres«, kommandierte der Aufseher, als ob er nicht merkte, was um ihn vorging. Jetzt erschien Jackson neben Hornblower und hob seine Pistole, um den nächsten Ruderer niederzuschießen.

»Laß das!« fuhr Hornblower zornig dazwischen. Er hatte das Blutvergießen gründlich satt. »Sucht lieber meine Pistole und ladet sie wieder.«

Er stand am Niedergang wie ein Träumender in einem Alptraum. Die Galeerensklaven pendelten nach wie vor hinter ihren Riemen, dreißig Meter vor ihm, unter der Back, drängte sich die Handvoll Gegner, die noch übrig war, und hinter ihm stöhnten sich die verwundeten Spanier die Seele aus dem Leib. Eine weitere Aufforderung an die Ruderer blieb ebenso wirkungslos wie die vorangegangene. Oldroyd besaß offenbar noch den klarsten Kopf oder hatte seinen gesunden Verstand am raschesten wiedergewonnen.

»Ich möchte die Flagge niederholen, Sir, darf ich?« fragte er.

Hornblower erwachte aus seinem Traum. An einem Flaggenstock am Heck flatterte das gelb-rote Tuch.

»Ja, natürlich, herunter damit!« sagte er.

Jetzt war sein Kopf wieder klar, jetzt sah er endlich wieder weiter, als diese verfluchte Galeere reichte, sein Blick schweifte zum ersten Male wieder hinaus über die blaue, blaue See. Dort lagen die Kauffahrer, da drüben die INDEFATIGABLE. Hinter ihm brodelte das weiße Kielwasser der Galeere – es beschrieb einen Bogen. Erst als er darauf aufmerksam wurde, kam ihm zum Bewußtsein, daß er das Ruder besetzen konnte und daß die Galeere die ganzen letzten drei Minuten steuerlos über die blaue See dahingerauscht war.

»Nehmen Sie die Pinne, Oldroyd!« befahl er.

Verschwand etwa dort die andere Galeere in der diesigen Ferne? Ja, sie mußte es sein, und weit in ihrem Kielwasser folgte die Barkaß. Dort an Backbord voraus lag die Gig auf Riemen, er konnte achtern und am Bug kleine winkende Gestalten unterscheiden. Erst allmählich kam ihm der Gedanke, daß sie damit ihrer Freude über das Verschwinden der spanischen Flagge Ausdruck geben wollten. Schon wieder knallte von der Back her ein Flintenschuß. Er schlug dicht neben seiner Hüfte krachend in die Reling, daß die vergoldeten Splitter durch den Sonnenglast wirbelten. Aber er hatte seine fünf Sinne jetzt wieder ganz in der Gewalt und rannte über die Sterbenden hinweg rasch nach achtern bis an das Ende des Achterdecks. Dort konnte man ihn von der Laufbrücke aus nicht mehr sehen und daher auch nicht mehr auf ihn schießen. Die Gig lag immer noch Backbord voraus.

»Backbordruder, Oldroyd«, befahl er.

Die Galeere drehte sehr langsam – ihr langer, schmaler Rumpf machte sie unhandig, wenn das Ruder nicht durch die Riemen unterstützt wurde, aber der Bug verbarg die Gig doch schon bald dem Blick.

»Mittschiffs!« Mein Gott, da hinten, im Kielwasser, das unter dem Heck der Galeere hervorbrodelte, tanzte ja noch immer die Jolle mit einem Lebenden und zwei Toten an Bord.

»Wo sind denn die anderen, Bromley?« schrie Jackson hinunter.

Bromley deutete über Bord. Die Schüsse von der Reling hatten sie getroffen, als Hornblower mit seinen beiden Männern eben zum Angriff auf das Achterdeck ansetzte.

»Warum kommst du denn nicht an Bord?«

Bromley faßte seinen linken Arm und hob ihn hoch. Man sah sofort, daß er das Glied nicht mehr gebrauchen konnte. Von dort war also keine Verstärkung zu erwarten, und doch war es höchste Zeit, daß er die Galeere vollständig in Besitz bekam. Sonst war es nicht einmal ausgeschlossen, daß man sie am Ende noch nach Algeciras entführte. Ob sie das Ruder in der Gewalt hatten oder nicht, den Kurs bestimmte immer der Mann, der die Riemen kommandierte. Hornblower wurde sich darüber klar, daß es nur einen Ausweg aus dieser Lage gab.

Nun, da der Kampfrausch verflogen war, hatte sich seine Stimmung gründlich verdüstert. Es war ihm schon gleichgültig, was ihm weiter widerfuhr, zugleich mit der Begeisterung von vorhin hatte ihn auch Furcht und Hoffnung im Stich gelassen, was übrig blieb, war müde Resignation. Die unerbittliche Logik seines Verstandes war dadurch jedoch keineswegs lahmgelegt. Wenn der Sieg nur noch auf eine Weise zu erringen ist, so folgerte er, dann muß ich es in Gottes Namen damit versuchen. Die stumpfe Gleichgültigkeit, die ihn beherrschte, setzte ihn in den Stand, das gefährliche Vorhaben gefühllos wie ein Automat und in maskenhaft starrer Haltung durchzuführen. Er schritt wieder nach vorn zur Querreling des Achterdecks. Die Spanier drängten sich nach wie vor am vorderen Ende der Laufbrücke, und der Aufseher schlug immer noch seinen Takt für das Tempo der schwingenden Riemen. Sie sahen jetzt alle zu ihm herüber. Mit aller Sorgfalt und Umständlichkeit schob er sein Entermesser, das er bis dahin in der Hand gehalten hatte, in die Scheide. Dabei bemerkte er, daß sein Rock und seine Hand ganz mit Blut verschmiert waren. In aller Ruhe rückte er sodann die eingesteckte Waffe an seiner Hüfte zurecht.

»Meine Pistolen, Jackson«, befahl er.

Jackson überreichte ihm die Pistolen, er nahm sie und steckte sie mit der gleichen kalten Ruhe in sein Koppel. Nun wandte er sich nach achtern an Oldroyd, die Spanier folgten gespannt jeder seiner Bewegungen.

»Bleiben Sie am Ruder, Oldroyd. Jackson, folgen Sie mir. Tun Sie aber nichts ohne meinen Befehl.«

Die Sonne schien ihm ins Gesicht, als er den Niedergang hinunterstieg, die Laufbrücke betrat und auf die Spanier zuging. Zu seinen beiden Seiten bewegten sich die Haarschöpfe und die nackten Leiber der Sklaven immer noch im Takt der Riemenschläge. Immer näher rückte er den Spaniern, die nervös mit Säbeln, Musketen und Pistolen zu hantieren begannen, ohne daß sie ihn dabei aus dem Auge gelassen hätten. Er hörte, wie Jackson hinter ihm hustete. Hornblower trat bis auf zwei Meter an die Gruppe heran und maß die Gesellschaft mit einem gebietenden Blick. Mit einer einzigen Geste umfaßte er die ganze Gruppe, ausgenommen den Aufseher, und deutete dann auf den Raum unter der Back.

»Marsch, dort hinein mit euch!« befahl er.

Sie starrten ihn mit verständnislosem Ausdruck an, obwohl sie begriffen haben mußten, was er wollte.

»Wird's bald, macht, daß ihr nach vorn kommt!« wiederholte Hornblower mit einer befehlenden Handbewegung und stampfte ungeduldig mit dem Fuß.

Ein einziger schien sich widersetzen zu wollen, und Hornblower hatte gute Lust, eine Pistole aus dem Koppel zu reißen und den Mann auf der Stelle niederzuknallen. Aber die Pistole konnte versagen, außerdem war es leicht möglich, daß ein Schuß die Spanier aus ihrer Verzauberung riß. Er starrte den Mann so lange an, bis er klein beigab.

»Nach vorn, habe ich gesagt!«

Endlich kam Bewegung in die Gruppe, einer nach dem anderen schlenderte wie von ungefähr davon. Hornblower verfolgte jede ihrer Bewegungen. Jetzt wich auf einmal die Gleichgültigkeit von ihm, und sein Herz begann so wild zu klopfen, daß er sich kaum mehr in der Gewalt hatte. Dennoch durfte er um Gottes willen nichts überstürzen. Er mußte warten, bis diese Leute nicht mehr gefährlich werden konnten, dann erst konnte er sich mit dem Aufseher befassen.

»Lassen Sie die Leute aufhören«, sagte er. Dabei deutete er auf die Ruderer, während sein Blick den Mann förmlich verzehrte. Der Aufseher bewegte wohl seine Lippen, brachte aber kein vernünftiges Wort heraus.

»Lassen Sie aufhören!« sagte Hornblower nochmals und legte diesmal die Hand an den Pistolengriff.

Das genügte. Der Aufseher erhob seine Stimme zu einem im Fistelton gegebenen Befehl, und die Riemen hörten augenblicklich auf zu schlagen. Seltsam, welche Stille plötzlich an Bord einkehrte, als das Knirschen der Riemen in ihren Öffnungen ein Ende genommen hatte.

Jetzt vernahm man sogar das Plätschern des Wassers an der Bordwand, als die Galeere, getrieben von ihrem Fahrtmoment, noch eine Weile weiterlief.

Hornblower wandte sich um und rief Oldroyd.

»Oldroyd! Wo liegt die Gig?«

»Voraus, etwas an Steuerbord, Sir.«

»Wie weit entfernt?«

»Zwei Kabellängen, Sir, sie pullt uns entgegen.«

»Steuern Sie sie an, solange Sie Ruder im Schiff haben.«

»Aye, aye, Sir.«

Wie lange brauchte die Gig, um unter Riemen eine Strecke von einer Viertelmeile zurückzulegen? Hornblower zitterte vor einem plötzlichen Umschlag, er war von der Angst gejagt, daß die Spanier noch im letzten Augenblick auf dumme Gedanken kommen könnten. Untätiges Warten war das beste Mittel, eine gefährliche Wendung der Dinge heraufzubeschwören, er durfte also auf keinen Fall länger müßig herumstehen. Noch immer hörte er, wie die Galeere durchs Wasser rauschte, und wandte sich nun an Jackson.

»Das Schiff hat ein mächtiges Fahrtmoment, nicht wahr, Jackson?« sagte er und zwang sich, dabei auch noch zu lachen, als wäre alles auf der Welt in schönster Ordnung.

»Aye, Sir, das kommt mir auch so vor, Sir«, meinte Jackson verblüfft und fingerte verlegen an seinen Pistolen herum.

»Schau nur einmal den Kerl dort an«, fuhr Hornblower fort, »hast du im Leben schon einmal so einen Bart gesehen?«

»N–nein, Sir.«

»So sprich doch mit mir, du Nachttopf, rede wie dir der Schnabel gewachsen ist!«

»Ich – mir fällt nichts ein, Sir.«

»Du hast eben keinen Funken Hirn im Kopf. Schau, was der Kerl dort für eine Narbe auf der Schulter hat. Die stammt sicher von der Peitsche des Aufsehers.«

»Das könnte stimmen, Sir.«

Hornblower unterdrückte seinen Unmut und suchte eben krampfhaft nach einem neuen Thema, als er von außenbords ein Scheuern Holz gegen Holz vernahm. Einen Augenblick später schwangen sich die Bootsgäste der Gig über die Reling. Hornblower durchströmte ein Gefühl unsagbarer Erleichterung. Am liebsten wäre er in hemmungslosen Jubel ausgebrochen, aber er besann sich gerade noch darauf, daß er auch jetzt die Haltung wahren mußte, und riß sich wieder zusammen.

»Ich freue mich, Sie an Bord begrüßen zu können, Sir«, sagte er, als Leutnant Chadd die Beine über die Reling schwang und das schmale Deck hinter der Back betrat.

»Und ich freue mich noch viel mehr, *Sie* wiederzusehen«, sagte Chadd und sah sich neugierig um.

»Die Leute dort vorn sind Gefangene, Sir«, sagte Hornblower. »Es wäre vielleicht angebracht, sie besser in Gewahrsam zu nehmen. Sonst bleibt, glaube ich, nichts weiter zu veranlassen.«

Jetzt hätte er endlich jubeln und sich gehen lassen können, aber seltsam, es wollte ihm nicht gelingen. Er hatte das Gefühl, als würde er die Spannung der letzten Minuten sein Leben lang nicht mehr los. Starr und benommen nahm er die Hurrahs entgegen, mit denen ihn die Besatzung der INDEFATIGABLE begrüßte, als er mit der Galeere längsseit kam, steif und benommen stammelte er nachher vor Pellew seine Meldung herunter und vergaß dabei doch nicht, Jacksons und Oldroyds Tapferkeit mit besonders warmen Worten zu erwähnen.

»Der Admiral wird sich freuen«, sagte Pellew und musterte Hornblower mit einem durchdringenden Blick.

»Darüber schätze ich mich besonders glücklich, Sir«, hörte sich Hornblower sagen.

»Wir haben ja nun den armen Soames verloren«, fuhr Pellew fort, »und brauchen darum einen neuen Wachoffizier. Diesen Posten sollen Sie bekommen, ich ernenne Sie hiermit zum diensttuenden Leutnant.«

»Danke, Sir«, sagte Hornblower immer noch ganz benommen.

Soames war ein grauhaariger, sehr erfahrener Seeoffizier gewesen, er hatte alle Meere der Welt befahren und in einem Dutzend Schlachten seinen Mann gestanden. Dennoch hatte er diesmal versagt. Er hatte ganz einfach nicht rasch genug reagiert, darum war sein Boot dem Rammstoß der Galeere zum Opfer gefallen.

Nun war er tot, und der diensttuende Leutnant Hornblower trat an seine freigewordene Stelle.

Rücksichtsloser Kampfgeist, um nicht zu sagen heller Wahnsinn hatte ihm diese sichere Aussicht auf Beförderung eingetragen. Bis zur Stunde hatte Hornblower nicht geahnt, welche unheimlichen Möglichkeiten in der Tiefe seines Wesens schlummerten. Genau wie Soames und die übrige Besatzung der INDEFATIGABLE hatte er sich vom blinden Haß gegen diese Galeeren fortreißen lassen, und daraus hatte sich dann alles Weitere ergeben. Diesmal war es gut gegangen, aber das dankte er am Ende doch nur seinem Glück. So und nicht anders war es gewesen, und es war gut, sich das für die Zukunft genau zu merken.

6

Seiner Majestät Schiff INDEFATIGABLE glitt in die Bucht von Gibraltar hinein. Der diensttuende Leutnant Horatio Hornblower stand steif und selbstbewußt neben Kapitän Pellew auf dem Achterdeck und musterte durch seinen Kieker die Stadt Algeciras. Wie seltsam, daß sich hier zwei große Flottenstützpunkte gegnerischer Mächte auf knappe sechs Meilen Entfernung gegenüberlagen. Da war es natürlich angezeigt, Algeciras ständig gut im Auge zu behalten, während man sich dem Hafen näherte, da man immerhin gewärtigen mußte, daß dort unversehens ein spanisches Geschwader auslief, um sich auf die einlaufende Fregatte zu stürzen.

»Acht Schiffe – neun Schiffe mit gekreuzten Rahen, Sir«, meldete Hornblower.

»Danke«, gab ihm Pellew zur Antwort. »Klar zum Wenden!«

Die INDEFATIGABLE ging auf den anderen Bug und lag jetzt den Molenkopf an. Der Hafen von Gibraltar lag wie immer voller Schiffe, war er doch der gegebene Stützpunkt für alle englischen Flottenunternehmungen im Mittelmeer. Pellew ließ die Marssegel aufgeien und das Ruder legen. Dann rauschte die Ankertroß polternd durch die Klüse, und die INDEFATIGABLE lag vor Anker.

»Lassen Sie meine Gig klarmachen«, befahl Pellew.

Er schätzte besonders Dunkelblau und Weiß als Farbenzusammenstellung für sein Boot und dessen Besatzung – dunkelblaue Hemden und weiße Hosen, dazu weiße Hüte mit blauen Bändern als Anzug für die Bootsgäste, dunkelblau, weiß abgesetzt für das Boot. Sogar die Riemen hatten weiße Schäfte und blaue Blätter. Es sah entschieden gut aus, wenn diese Gig unter dem kräftigen Schlag der Riemen schäumend durchs Wasser schoß, um Pellew zur Meldung beim Hafenadmiral an Land zu bringen. Kurz nach seiner Rückkehr kam ein Läufer zu Hornblower. »Herr Fähnrich möchten zum Kommandanten in die Kajüte kommen.«

»Erforsche einmal rasch dein Gewissen«, grinste Fähnrich Bracegirdle, »was hast du denn verbrochen?«

»Das möchte ich selbst wissen«, meinte Hornblower ehrlich.

Es war immer ein banger Augenblick, wenn man aus heiterem Himmel zum Kommandanten befohlen wurde. Hornblower mußte schlukken, als er die Tür zur Kajüte erreichte, dann riß er sich zusammen und klopfte an. Offenbar bestand kein Grund zur Aufregung, denn Pellew hob den Blick lächelnd von seinem Schreibtisch.

»Ach, Mr. Hornblower«, sagte er, »ich glaube, ich habe eine gute Nachricht für Sie. Morgen soll hier auf der SANTA BARBARA eine Leutnantsprüfung stattfinden. Ich nehme an, Sie sind genügend vorbereitet.«

Hornblower wollte schon sagen: ›Das hoffe ich, Sir‹, besann sich aber rechtzeitig eines Besseren: »Jawohl, Sir«, erwiderte er. Pellew konnte Ausflüchte nicht leiden.

»Also schön, dann melden Sie sich dort um drei Uhr nachmittags mit Ihren Zeugnissen und Logbüchern.«

»Aye, aye, Sir.«

Für eine so wichtige Angelegenheit war das Gespräch reichlich kurz gewesen. Hornblower war nun nach Pellews Befehl seit zwei Monaten diensttuender Leutnant. Morgen sollte er in die Prüfung steigen. Bestand er sie, dann bestätigte der Admiral am folgenden Tag diese Bestallung und beförderte ihn damit zum Leutnant mit einem Dienstalter von zwei Monaten. Wie aber, wenn er durchfiel? Das hieß nichts anderes, als daß er noch nicht zum Leutnant taugte. Man machte ihn also wieder zum gewöhnlichen Fähnrich, die zwei Monate Dienstalter waren damit verloren, und er mußte sechs Monate warten, ehe er sich von neuem zur Prüfung melden konnte. Acht Monate Dienstalter mehr oder weniger – davon hing ungeheuer viel ab, das konnte entscheidend für seine ganze weitere Laufbahn sein.

»Sagen Sie Mr. Bolton, daß Sie morgen mit meiner Erlaubnis von Bord gehen dürfen. Ich stelle Ihnen dazu ein Boot zur Verfügung.«

»Danke, Sir.«

»Hals und Beinbruch, Hornblower.«

In den nächsten vierundzwanzig Stunden mußte Hornblower nicht nur versuchen, Nories *Abriß der Navigation* und Clarkes *Handbuch der Seemannschaft* noch einmal rasch zu überfliegen, sondern auch dafür sorgen, daß seine beste Uniform in Schuß kam. Es kostete ihn seine Rumration, daß der Deckoffizierskoch dem Fähnrichssteward erlaubte, ein Bügeleisen in der Kombüse heiß zu machen, um seine Halsbinde zu bügeln. Bracegirdle lieh ihm ein reines Hemd, aber dann mußte er zu seiner größten Aufregung entdecken, daß der Messevorrat an Stiefelwichse völlig eingetrocknet war. Zwei Fähnriche mußten das Zeug mit Speck wieder weich machen, aber Hornblowers Schnallenschuhe wollten durchaus keinen Glanz annehmen, als man sie damit bearbeitete. Nur unermüdliche Behandlung mit der gemeinsamen Schuhbürste, deren Borsten immer weniger wurden, und kräftiges Nachreiben mit einem weichen Tuch gaben diesen Schuhen noch so viel Glanz, daß man sich bei einer Leutnantsprüfung damit sehen lassen konnte. Und nun gar der Dreispitz! Ein Dreispitz hat in einer Fähnrichsmesse nichts zu lachen, die schlimmsten Beulen ließen sich beim besten Willen nicht mehr unsichtbar machen. »Nimm ihn ab, sobald du kannst, und halte ihn nach Möglichkeit unter dem Arm«, riet Bracegirdle. »Vielleicht sieht man dich gar nicht an Bord kommen.«

Die Kameraden waren alle an Deck, als Hornblower, den Säbel umgeschnallt, in schneeweißer Hose und Schnallenschuhen von Bord ging. Sein Bündel Logbücher trug er unter dem Arm und sein Zeugnis über Nüchternheit und gute Führung wohlverwahrt in der Tasche. Der winterliche Nachmittag war schon weit vorgeschritten, als er zur SANTA BARBARA gerudert wurde und dort an Bord stieg, um sich beim Wachhabenden Offizier zu melden.

Die SANTA BARBARA war eine der Prisen, die Rodney im Jahre 1780 vor Cadiz aufgebracht hatte. Seitdem verrottete sie hier ohne Masten an ihrer Mooring und diente im Frieden als Vorratslager, im Kriege als Gefangenenhulk. Soldaten in roten Röcken mit geladenen Musketen und aufgepflanzten Bajonetten bewachten die Fallreeps. Die Karronaden auf Back und Achterdeck waren binnenbords und abwärts gerichtet, so daß sie das Mitteldeck bestreichen konnten, wo eben ein paar unglückliche, in Lumpen gehüllte Gefangene Luft schnappten. Als Hornblower das Oberdeck betrat, wehte ihm aus den unteren Räumen ein übler Gestank entgegen, wo zweitausend Gefangene zusammengepfercht leben mußten. Hornblower meldete sich beim Wachhabenden Offizier an Bord und unterrichtete ihn über den Zweck seines Kommens.

»Wer hätte das gedacht?« sagte der Wachhabende Offizier, ein älterer Leutnant mit weißen Haaren, die ihm bis auf die Schultern herabfielen, und musterte Hornblower, der in makelloser Uniform, die Aktentasche unter dem Arm, vor ihm stand. »Fünfzehn Ihrer Sorte sind schon an Bord und – ach, du lieber Himmel, schauen Sie nur!«

Eine ganze Flottille kleiner Boote strebte auf die SANTA BARBARA zu, und in jedem Boot saß mindestens ein Fähnrich in Dreispitz und weißer Hose, manche brachten sogar vier bis fünf.

»Jedem besseren jungen Herrn in der Mittelmeerflotte steht eben der Sinn nach den Epauletten«, meinte der Leutnant. »Was wird die Prüfungskommission sagen, wenn sie sieht, wie viele sich da bewerben wollen? Weiß Gott, ich möchte nicht in eurer Haut stecken, nicht um viel. Aber gehen Sie einstweilen achteraus, und warten Sie dort in der Kammer an Backbord.«

In dem angegebenen Raum herrschte bereits eine drangvolle Enge. Als Hornblower eintrat, blickten ihm fünfzehn Augenpaare neugierig entgegen. Die Anwärter gehörten den verschiedensten Altersstufen von fünfzehn bis vierzig Jahren an, alle trugen ihre beste Uniform, und alle waren aufgeregt, ein paar hatten sogar Nories Handbuch aufgeschlagen auf den Knien und überlasen noch einmal rasch, was sie nicht genau im Kopf hatten. Eine kleine Gruppe ließ eine Flasche von Hand zu Hand wandern und trank sich damit Mut an.

Hornblower war kaum eingetreten, als ihm ein ganzer Strom von Neuankömmlingen folgte. Die Kammer füllte sich immer mehr und war bald gedrängt voll Menschen. Nur die Hälfte der vierzig Prüflinge fand noch einen Sitzplatz, die übrigen mußten stehen.

»Vor vierzig Jahren«, meldete sich eine entrüstete Stimme aus dem Hintergrund, »marschierte mein Großvater mit Clive, um die Plünderung Kalkuttas zu rächen, er würde sich im Grabe umdrehen, wenn er wüßte, wie man heute mit seinem Enkel umspringt.«

»Da nehmen Sie einen Schluck aus der Pulle«, sagte ein anderer, »und schlagen Sie sich die dummen Gedanken aus dem Kopf!«

»Wir sind unser vierzig«, bemerkte ein langer, klapperdürrer Fähnrich mit kaufmännischem Gehaben, als er mit zählen fertig war, »ich bin nur gespannt, wie viele bestehen werden. Ob wohl fünf zusammenkommen?«

»Ich sage, schlagt euch die Dummheiten aus dem Kopf«, fuhr der Trinker in der Ecke mit weinseliger Stimme dazwischen und stimmte zur Bekräftigung einen Kantus an: »Laßt die Grillen, laßt die Sorgen, denket nicht mehr an das Morgen ...«

»Schluß, Schluß!« unterbrach ein anderer. »Horcht lieber!«

Vom Oberdeck her hörte man das langgezogene Zwitschern der Bootsmannspfeifen, dann ertönte ein lauter Befehl.

»Ein Kapitän kommt an Bord«, bemerkte einer dazu.

Ein anderer peilte durch den Türspalt hinaus: »Dreadnought Foster«, berichtete er.

»Herzlichen Glückwunsch, der quetscht einen aus bis aufs Blut«, meinte ein dicker junger Fähnrich, der bequem mit dem Rücken am Schott saß. Wieder zwitscherten die Pfeifen.

»Das ist Harvey von der Werft«, meldete der Ausguck.

Der dritte Kapitän folgte ihm auf dem Fuße.

»Der schwarze Charlie Hammond«, sagte der Ausguck, »schaut aus, als ob ihm die Felle weggeschwommen wären.«

»Was? Der schwarze Charlie?« rief da einer, sprang auf die Füße und drängte sich in größter Hast zur Tür durch. »Laß sehen! Richtig, er ist's! Dann weiß ich einen, der es gar nicht erst darauf ankommen läßt. Leider weiß ich nur zu genau, wie die Geschichte ausgehen würde. Noch sechs Monate Borddienst, Sir, bekäme ich zu hören und dazu ein paar goldene Worte über meine Unverschämtheit, mich, unwissend wie ich bin, zur Prüfung zu melden. Der schwarze Charlie wird mir nie vergessen, daß mir sein geliebter Pudel in Port of Spain aus dem Kutter gesprungen und ersoffen ist, als er I. O. auf der PEGASUS war. Auf Wiedersehen, meine Herren – und empfehlen Sie mich der hohen Kommission.«

Damit verschwand er. Die anderen konnten noch sehen, wie er dem Wachhabenden Offizier seinen vorzeitigen Abgang erklärte und ein Mietboot herbeirief, um auf sein Schiff zurückzukommen.

»Immerhin, einer weniger«, meinte der junge Mann mit dem sachlichen Gehaben. »Nun, was ist?«

»Die Kommission läßt sagen«, meldete der Seesoldat, der hier Läuferdienste tat, »der erste der jungen Herren möge sich melden.«

Die Prüflinge blickten einander unschlüssig an, keiner wollte gern das erste Opfer sein.

»Wer der Tür am nächsten ist, meine ich, fängt an«, sagte ein älterer Steuermannsmaat. »Wie wäre es, Sir, wenn Sie den ersten machten?«

»Gut, spielen wir den Daniel«, antwortete der Ausguck von vorhin. »Ich bitte euch, betet für mich.«

Er zog seinen Rock glatt, schob die Halsbinde zurecht und verschwand. Die anderen warteten in bedrücktem Schweigen, das nur ab und zu durch das Gluckern der Flasche unterbrochen wurde, wenn sich der durstige Fähnrich in der Ecke einen Schluck zu Gemüte führte. So vergingen volle zehn Minuten, bis der erste Prüfling endlich wieder erschien. Um seine Lippen spielte ein tapferes Lächeln.

»Noch sechs Monate Borddienst, wie?« fragte einer aus der Runde.

»Nein, das nicht«, war die unerwartete Antwort, »nur drei ... ich soll den nächsten hineinschicken, das wären Sie.«

»Was sind Sie denn gefragt worden?«

»Ich mußte als erstes erklären, was eine Loxodrome ist... aber lassen Sie sie um Gottes willen nicht warten.«

Sogleich hatten einige dreißig der Anwesenden ihre Bücher aufgeschlagen, um über die Loxodrome nachzulesen.

»Sie waren volle zehn Minuten drinnen«, bemerkte der ewig rechnende Fähnrich, »und wir sind vierzig Mann – wenn das so weitergeht, dann wird es Mitternacht, bis der letzte darankommt. Darauf lassen die sich niemals ein.«

»Hungrig und durstig werden sie dabei auch«, warf einer ein.

»Jawohl, durstig nach unserem Blut«, meinte ein anderer.

»Vielleicht verfallen sie auf die Idee, uns gruppenweise vorzunehmen«, vermutete ein dritter, »so wie es bei den französischen Tribunalen der Brauch ist.«

Das war richtiger Galgenhumor. Hornblower dachte unwillkürlich an die französischen Aristokraten, die noch am Fuße des Schafotts miteinander scherzten und lachten. Die Prüflinge gingen und kamen einer nach dem anderen, niedergeschlagene oder lächelnde Mienen verrieten, wie es ihnen ergangen war. Die Schar der Wartenden hatte sich schon erheblich gelichtet, so daß nun auch Hornblower Platz zum Sitzen fand. Mit einem Seufzer der Erleichterung streckte er die Beine aus, als ob ihm jetzt die ganze Welt gestohlen bleiben könnte. Aber schon im nächsten Augenblick gab er sich darüber Rechenschaft, daß diese ganze Gleichgültigkeit nichts als ein Theater war, das er sich selbst vorspielte, um seiner maßlosen Aufregung einigermaßen Herr zu bleiben. Der Winterabend brach herein, irgendeine barmherzige Seele sandte ein paar Talgkerzen, die in dem verdämmerten Raum ihr dürftiges Licht ausstrahlten.

»Einer von dreien kommt durch«, stellte der gewiegte Rechenmeister fest, »hoffentlich bin ich dieser eine.«

Als er gegangen war, stand Hornblower auf, denn nun war die Reihe an ihm. Er trat unter dem Halbdeck in die dunkle Nacht hinaus und sog die kalte, frische Luft tief in die Lungen. Vom Süden her wehte eine leichte Brise, die kühl von den schneebedeckten Bergen des Atlas herüberstrich. Mond und Sterne verbargen sich hinter Wolken.

Der Rechenmeister war schon wieder da.

»Machen Sie schnell«, sagte er, »man ist ungeduldig.«

Hornblower ging an dem Posten vorbei und betrat die Kajüte. Dort war es strahlend hell, darum mußte er die Augen zukneifen, als er eintrat, und stolperte dabei über irgendein Hindernis. Erst jetzt fiel ihm ein, daß er weder seine Halsbinde zurechtgezogen noch nachgeprüft hatte, ob der Säbel richtig hing. Er mußte immer noch aufgeregt blinzeln, als er die strengen Gesichter hinter dem Prüfungstisch vor sich sah.

»Darf ich bitten, Sir?« hörte er eine befehlsgewohnte Stimme sagen. »Melden Sie sich doch endlich, wir haben nicht viel Zeit.«

»H-Hornblower, Sir. Horatio Hornblower. F-Fähnrich, das heißt diensttuender Leutnant Seiner Majestät Schiff INDEFATIGABLE.«

»Ihre Zeugnisse bitte«, sagte der Herr zur Rechten.

Hornblower reichte sie hin, und während er noch wartete, bis sie durchgesehen waren, ertönte es plötzlich von links:

»Sie liegen hart am Wind über Steuerbord-Bug, Mr. Hornblower, und kreuzen bei starkem Nordostwind kanaleinwärts. Dover peilt Nord, zwei Meilen ab. Ist das klar?«

»Jawohl, Sir.«

»Jetzt schießt der Wind plötzlich vier Strich aus, Ihre Segel schlagen back. Bitte Entschluß, Sir, was machen Sie?«

Wenn Hornblower in diesem Augenblick überhaupt etwas dachte, dann höchstens an die Loxodrome. Die Frage nahm ihm ebenso den Wind aus den Segeln, wie es dem Schiff geschah, um das sie sich drehte. Er klappte den Mund auf und zu, brachte aber keinen Laut hervor.

»Ihre Masten gehen über Bord«, verkündete der hohe Herr in der Mitte, er hatte eine auffallend dunkle Hautfarbe, woraus Hornblower schloß, daß es der schwarze Charlie Hammond sein müsse. So etwas ging ihm durch den Kopf, aber zu der gestellten Frage fiel ihm beim besten Willen nichts ein.

»Sie haben also keine Masten mehr«, ließ sich jetzt wieder der Herr zur Linken vernehmen und lächelte dazu wie ein Nero bei den letzten Zuckungen eines gemarterten Christen. »In Lee liegen die Klippen von Dover, Sie befinden sich also in einer sehr üblen Lage, nicht wahr, Mr.... richtig, Mr. Hornblower?«

Ja, seine Lage war wirklich übel. Wieder klappte er den Mund wortlos auf und zu. In seiner Benommenheit nahm er keine Notiz davon, daß irgendwo draußen, nicht allzuweit ab, ein Kanonenschuß losgegangen war. Auch die Prüfungskommission schien sich nicht dafür zu interessieren. Erst als einen Augenblick später eine ganze Reihe weiterer Schüsse fiel, sprangen die drei Kapitäne von ihren Stühlen hoch. Jetzt war jede Form vergessen, sie rannten aus der Kajüte und stießen den Posten vor der Tür einfach beiseite. Hornblower lief ihnen nach.

Als sie auf dem Mitteldeck anlangten, stieg eben eine Rakete in den Nachthimmel auf und zerbarst zu einem Schauer roter Sterne. Das war das Signal für allgemeinen Alarm, Trommelgerassel klang von der Reede her und verkündete, daß alle vor Anker liegenden Schiffe Klarschiff anschlugen. Am Backbordfallreep drängte sich der Rest der Prüflinge in aufgeregter Unterhaltung.

»Sehen Sie, dort!« rief jemand aus.

Eine halbe Meile entfernt flammte über dem nachtdunklen Wasser ein gelber Lichtschein auf, das Feuer wuchs und wuchs – ein Schiff, das in hellen Flammen stand. Alle seine Segel waren gesetzt, es steuerte geradewegs auf die von Ankerliegern überfüllte Reede zu.

»Brander!«

»Der Wachhabende Offizier! Rufen Sie meine Gig!« brüllte Foster. Eine Linie von Brandern lief vor dem Wind mitten in die dicht gedrängten Schiffe hinein, die hier vor Anker lagen. Auf der Santa Barbara herrschte bereits wildestes Durcheinander. Matrosen und Seesoldaten strömten an Deck, Kapitäne und Prüflinge schrien nach Booten, die sie auf ihre Schiffe zurückbringen sollten. Eine Reihe rotgelber Blitze flammte über dem Wasser auf, gleich darauf dröhnte der Donner einer Breitseite. Eines der Schiffe feuerte mit seiner Artillerie auf einen Brander, um ihn zum Sinken zu bringen. Wenn nämlich einer dieser lichterloh brennenden Schiffsrümpfe, und wäre es nur für Sekunden Dauer, an ein ankerndes Schiff geriet, dann war es um dieses geschehen. Das trockene, von Farbe getränkte Holz, das geteerte Tauwerk, die leicht entzündlichen Segel fingen so rasch Feuer, daß an Löschen nicht mehr zu denken war. Für die Männer auf diesen wie Zunder brennenden Schiffen, die obendrein eine Menge Sprengstoff mit sich führten, war Feuer die tödlichste und daher am meisten gefürchtete Gefahr auf See.

»Das Mietboot dort!« brüllte Hammond plötzlich. »Das Mietboot! Kommen Sie längsseit! Längsseit kommen, verdammt noch mal!« Er hatte mit raschem Blick die vorbeirudernde zweiriemige Jolle entdeckt.

»Längsseit kommen, oder ich schieße Sie über den Haufen!« ergänzte Foster. »Posten, halten Sie sich klar, dem Kerl eins aufs Fell zu brennen.«

Auf diese Drohung hin drehte die Jolle heran und hielt auf die Kreuzrüsten zu.

»Das wäre geschafft, meine Herren«, sagte Hammond.

Die drei Kapitäne rannten nach den Kreuzrüsten und schwangen sich in das Boot. Hornblower blieb ihnen dicht auf den Fersen, weil er nur zu genau wußte, wie schwer es für einen jungen Fähnrich war, ein Boot zu ergattern, das ihn auf sein Schiff zurückbrachte. Und dorthin mußte er jetzt, das gebot ihm seine Pflicht. Wenn die Kapitäne auf ihren Schiffen waren, dann konnte ihn dieses Boot noch auf die INDEFATIGABLE bringen. Er sprang also noch in die Achterplicht, als es schon absetzen wollte, und fiel dabei so auf Kapitän Harvey, daß es diesem den Atem verschlug. Seine Säbelscheide schlug laut klappernd auf das Dollbord. Die drei Kapitäne schienen sich aus seiner Anwesenheit nichts zu machen, jedenfalls nahmen sie keine Notiz von ihm.

»Zur DREADNOUGHT«, befahl Foster.

»Nein«, sagte Hammond, »ich bin hier der Älteste. Zur CALYPSO.«

»Also zur CALYPSO«, sagte Harvey. Er hatte die Pinne genommen und steuerte das Boot über das nachtschwarze Gewässer.

»Pull aus, pull aus!« rief Foster voll quälender Ungeduld. Sein Schiff in Gefahr zu wissen und nicht an Bord zu sein, das ist für einen Kommandanten wohl die ärgste aller Prüfungen.

»Da kommt einer angesegelt«, sagte Harvey.

Eine kleine Brigg kam unter Marssegeln rechts von vorn auf sie zu. Sie sahen genau, daß das Schiff bereits brannte. Während sie noch beobachteten, loderte das Feuer überall hell und schien das ganze Fahrzeug förmlich einzuhüllen. Es war ein Schauspiel, das fast an ein Feuerwerk gemahnte. Die Flammen züngelten aus allen Öffnungen in der Bordwand, vor allem aber schlugen sie aus den Luken, so daß sogar das Wasser rings um die Brigg mit Glut übergossen schien. Jetzt sah man, wie sie plötzlich Fahrt verlor und langsam herumschwang.

»Sie ist auf die Ankertroß der SANTA BARBARA gelaufen«, sagte Foster.

»Gleich kommt sie wieder frei«, meinte Hammond, »dann gnade Gott denen, die dort an Bord sind. Noch eine Minute, und sie ist längsseit.«

Hornblower dachte an die zweitausend Spanier und Franzosen, die auf der Hulk unter Deck gefangensaßen.

»Ein Mann am Ruder könnte sie klarsteuern«, sagte Foster. »Los, das wird gemacht.«

Dann ging alles sehr schnell. Harvey legte Ruder. »Pull aus!« befahl er den Bootsleuten.

Begreiflicherweise zögerten die, sich dem lichterloh brennenden Rumpf zu nähern.

»Pull!« befahl Harvey nochmals und riß dabei seinen Säbel aus der Scheide. Die Klinge blitzte im Widerschein der Flammen, als er ihre Spitze drohend auf den Hals des Mannes am Schlagriemen richtete. Mit einem Seufzer der Ergebung legte sich der Mann ins Zeug, und das Boot schoß auf das Ziel zu.

»Bringen Sie uns unter das Heck«, sagte Foster, »so nah, daß ich hinüberspringen kann.«

Endlich fand Hornblower die Sprache wieder:

»Lassen Sie mich hinüber, Sir, ich komme schon zurecht.«

»Wenn Sie wollen, kommen Sie mit«, antwortete Foster. »Besser, wir sind zu zweit.«

Sein Spitzname »Fürchtenichts« Foster war natürlich auf den Namen seines Schiffes DREADNOUGHT zurückzuführen, aber er paßte doch zugleich großartig zu diesem Mann. Harvey brachte das Boot unter das Heck des Branders. Der lag jetzt wieder vor dem Wind und nahm gerade Fahrt auf, er lief genau auf die SANTA BARBARA zu.

Für den Bruchteil einer Sekunde war Hornblower von allen Männern im Boot der Brigg am nächsten, und Zeit war nicht mehr zu verlieren. Er sprang auf die Ducht und setzte hinüber, seine Hände fanden Halt, ungeschickt zappelnd zerrte und stemmte er sich hoch und gelangte schließlich an Deck. Da die Brigg vor dem Wind lag, wehten die Flammen nach vorn, hier achtern war es nur fürchterlich heiß, aber das Prasseln des Feuers, das Krachen und Bersten des brennenden Holzes verursachten einen ohrenbetäubenden Lärm. Hornblower trat ans Ruder und griff in die Speichen, aber das Ruder war mit der Bucht einer Leine festgelascht. Erst als er diese losgeworfen hatte und von neuem zu steuern versuchte, fühlte er den Druck des Wassers auf das Ruderblatt. Jetzt warf er sich mit aller Kraft in die Speichen und wirbelte das Rad hart zu Bord. Die Brigg war eben im Begriff gewesen, Steuerbord Bug gegen Steuerbord Bug mit der SANTA BARBARA zu kollidieren. Das Feuer warf seinen gespenstischen Schein bereits auf die Back des bedrohten Schiffes und auf die vielen Menschen, die dort mit angstvollen Gesten das Nahen des Unheils verfolgten.

»Hart Backbord!« schrie Foster Hornblower ins Ohr.

»Liegt hart Backbord«, antwortete Hornblower. In diesem Augenblick gehorchte die Brigg dem Ruder, ihr Bug drehte ab, und damit war der Zusammenstoß vermieden. Aus dem Luk hinter dem Großmast stieg jetzt eine riesige Flammengarbe auf und setzte Mast und

Riggen in Brand, im gleichen Augenblick trieb ein Windstoß eine Feuerwelle achteraus. Von seinem Instink getrieben, nahm Hornblower eine Hand vom Ruder, riß sich die Halsbinde ab und hielt sie sich vor das Gesicht. Die Flammen hüllten ihn eine Sekunde lang züngelnd ein, in der nächsten waren sie wieder verschwunden.

Der Zwischenfall hatte ihn lange genug abgelenkt, um eine neue Gefahr heraufzubeschwören. Die Brigg hatte inzwischen mit Hartruder weitergedreht, so daß jetzt ihr ausschlagendes Heck mit dem Bug der SANTA BARBARA zusammenzustoßen drohte. Hornblower drehte das Ruder mit der Kraft der Verzweiflung den anderen Weg. Die Flammen hatten Foster bis an die Heckreling achteraus getrieben, jetzt kam er wieder zurück.

»Hart Steuerbord das Ruder!«

Die Brigg gehorchte bereits. Sie scheuerte mit ihrem Steuerbord-Achterdeck an der SANTA BARBARA entlang, noch ein Stoß, und die beiden Schiffe waren voneinander klar.

»Ruder mittschiffs!« schrie Foster.

In höchstens drei Meter Entfernung glitt der Brander an der SANTA BARBARA entlang, wo eine Schar Männer besorgt und abwehrbereit längs der Reling mitlief. Auf dem Achterdeck stand eine weitere Gruppe mit einer Spier klar, um den Brander abzusetzen. Hornblower nahm das alles mit einem Seitenblick in sich auf, während sie vorüberglitten. Jetzt waren sie endgültig frei.

»An Backbord voraus liegt die DAUNTLESS. Sehen Sie zu, daß Sie klarscheren.«

»Aye, aye, Sir.«

Der Lärm des Feuers war fürchterlich. Ein wahres Wunder, daß man auf dieser kleinen Ecke des Decks noch atmen und leben konnte. Hornblower spürte den unheimlichen Gluthauch an den Händen und im Gesicht. Beide Masten waren riesige Flammenpyramiden.

»Einen Strich Steuerbord«, befahl Foster. »Wir wollen das Schiff auf der Bank vor der neutralen Zone auf Grund setzen.«

»Einen Strich Steuerbord«, bestätigte Hornblower.

Eine Woge begeisterten Überschwangs hatte ihn gepackt und trug ihn mit sich fort. Das Prasseln der Flammen berauschte ihn, in seiner Beschwingtheit kannte er keine Angst. Plötzlich riß das ganze Deck bis zwei Meter vor dem Ruder flammend auseinander, Feuer züngelte aus den klaffenden Nähten, und die Hitze wurde vollends unerträglich. Offenbar breitete sich der Brand im Achterdeck unheimlich rasch aus, das verrieten die Decksnähte, die sich immer weiter nach achtern zu öffneten. Hornblower tastete nach der Leine, um das Ruder wieder zu laschen, aber ehe er noch so weit kam, fühlte er, wie sich das Rad frei und ohne Gegendruck in seinen Händen drehte. Wahrscheinlich waren die Ruderreeps unter Deck durchgebrannt. Gleichzeitig warfen und hoben sich schon die Decksplanken unter seinen Füßen in der Hitze des Feuers. Er taumelte zurück an die Heckreling. Dort stand auch Foster.

»Ruderreeps durchgebrannt, Sir«, meldete er.

Die Flammen schlugen neben ihnen aus dem Deck. Hornblowers Rockärmel begann zu schwelen.

»Springen!« befahl Foster.

Hornblower fühlte, wie ihn Foster zur Reling zog. Das war doch alles Wahnsinn! Er kletterte außenbords, schnappte ein paarmal entgeistert nach Luft, als er über der Tiefe hing, und fühlte, wie es ihm beim Aufschlag auf das Wasser den Atem verschlug. Das Wasser schlug über ihm zusammen, in einem Anfall panischer Angst arbeitete er sich wieder hoch. Es war schneidend kalt – im Dezember ist auch das Mittelmeer kalt. Einstweilen trug ihn noch die Luft in seinen Kleidern, obwohl ihm der Säbel schwer an der Seite hing, aber er konnte in der Dunkelheit ringsum nichts unterscheiden, zumal er immer noch vom Feuer geblendet war. Neben ihm plätscherte jemand im Wasser.

»Das Boot ist uns gefolgt, um uns wieder aufzunehmen«, hörte er Fosters Stimme. »Können Sie schwimmen?«

»Jawohl, Sir, aber nicht besonders gut.«

»Dann geht es Ihnen ähnlich wie mir«, sagte Foster, dann rief er mit erhobener Stimme: »Ahoi, ahoi! Hammond, Harvey, ahoi!«

Er suchte sich beim Rufen so hoch wie möglich aus dem Wasser zu heben, fiel aber sofort wieder klatschend zurück. So trieb er es patschend und spritzend eine ganze Weile weiter; wenn er etwas sagen wollte, verschloß ihm aber das Wasser oft genug den Mund. Hornblower hielt sich derweilen mühsam an der Oberfläche und hatte mit zunehmender Schwäche zu kämpfen, aber da er nun einmal stets voller Einfälle stak, verweilte er sogar in dieser schlimmen Lage bei der interessanten Feststellung, daß auch die rangältesten Kapitäne am Ende sterbliche Menschen waren. Er versuchte sein Säbelkoppel auszuhaken, aber es wollte ihm nicht gelingen. Der Erfolg war nur, daß er dabei tief unter Wasser geriet und nur mit letzter Anstrengung wieder die Oberfläche gewann. Eine Weile schnappte er nach Luft, dann versuchte er wenigstens den Säbel aus der Scheide zu ziehen. Das brachte er zunächst nur halb zustande, erst nach weiteren Bemühungen glitt die Waffe durch ihr eigenes Gewicht vollends heraus. Dennoch fühlte er sich nachher um kein Gramm leichter.

Jetzt hörte er endlich das Plätschern und Knarren von Riemen und dazu laute Stimmen, dann sah er den Schatten eines näher kommenden Bootes und stieß einen gurgelnden Schrei aus. In wenigen Sekunden hatte das Boot die beiden Schwimmer erreicht. Hornblower griff in panischer Angst nach dem Dollbord und krallte sich daran fest.

Die Bootsgäste holten Foster über den Spiegel an Bord. Hornblower wußte, daß er jetzt noch warten mußte und auf keinen Fall versuchen durfte, von der Seite ins Boot zu klettern. Dennoch kostete es ihn die größte Überwindung, ruhig an der Seite hängenzubleiben und zu warten, bis er an der Reihe war. Er gab sich Rechenschaft über die panische Angst, die ihn soeben befallen hatte. Sie war ohne Zweifel verächtlich, aber doch ernsten Nachdenkens wert. Nochmals mußte er alle Willenskraft bewußt zusammennehmen, um die krampfhaft an das Dollbord gekrallten Hände abwechselnd von ihrem Halt zu lösen, damit ihn die Männer im Boot an den Spiegel bringen konnten. Dann zogen sie ihn endlich binnenbords. Er fiel mit dem Gesicht nach unten auf die Bodenbretter und war nahe daran, das Bewußtsein zu verlieren. Da hörte er jemand sprechen. Ein kalter Schauder lief ihm über den Rücken, und seine schlaffen Muskeln spannten sich. War das nicht Spanisch gewesen? Er mußte es annehmen, da er kein Wort verstanden hatte.

Ein zweiter antwortete in der gleichen Sprache. Hornblower versuchte sich aufzurichten, aber eine Hand legte sich schwer auf seine Schulter. Er rollte sich zur Seite und unterschied jetzt, da sich seine Augen an die Dunkelheit gewöhnt hatten, drei dunkelhäutige Gesichter mit langen schwarzen Schnurrbärten. Diese Männer kamen bestimmt nicht aus Gibraltar. Im nächsten Augenblick wurde ihm klar, wen er da vor sich hatte – es war die Mannschaft eines Branders. Die Leute hatten ihr Schiff an der Mole vorbeigesteuert, es dann in Brand gesteckt und suchten jetzt mit dem Boot zu entkommen. Foster hockte zusammengekauert auf den Bodenbrettern. Jetzt hob er den Kopf von den Knien und starrte um sich.

»Was sind das für Kerle?« fragte er mit matter Stimme – der Kampf gegen das Ertrinken hatte ihn nicht minder mitgenommen als Hornblower.

»Eine spanische Branderbesatzung, vermute ich, Sir,« sagte Hornblower. »Wir sind gefangen.«

»Weiß Gott!«

Diese traurige Erkenntnis weckte ihn genau wie Hornblower aus seiner Lethargie. Er versuchte sofort auf die Beine zu kommen, aber der Spanier am Ruder legte auch ihm gleich eine Hand auf die Schulter und drückte ihn wieder nieder. Foster versuchte, die Hand wegzuschieben, und stieß einen schwachen Schrei aus, aber der Mann am Ruder verstand offenbar keinen Spaß. Blitzschnell zog er ein Messer aus seinem Gürtel, die Klinge blinkte rot im Feuerschein des Branders, der nun harmlos auf der nahen Untiefe verglühte. Da gab Foster seinen Widerstand auf. Man mochte ihn »Fürchtenichts« nennen, dennoch wußte er sehr wohl, wann Klugheit besser am Platze war als Mut.

»Welchen Kurs steuern wir?« fragte er Hornblower so leise, daß die Spanier nicht mißtrauisch wurden.

»Nord, Sir. Vielleicht wollen sie in der neutralen Zone landen und von dort über die Grenze gehen.«

»Das ist das beste für sie«, stimmte ihm Foster bei.

Er renkte sich fast den Hals aus, um einen Blick achteraus über den Hafen zu werfen.

»Dort liegen noch zwei andere brennende Schiffe«, sagte er. »Ich glaube, es waren im ganzen drei, nicht wahr?«

»Ich habe drei gesehen, Sir.«

»Dann haben sie uns keinen Schaden getan. Aber ein schneidiges Unternehmen war es, das muß man den Leuten lassen. Wer hätte den Dons so etwas zugetraut?«

»Über Brander mögen sie manches von uns gelernt haben, Sir«, gab Hornblower zu bedenken.

»Sie meinen, daß wir unseren Gegnern selbst die Waffen lieferten, die sie jetzt gegen uns gebrauchen?«

»Das ist immerhin möglich, Sir.«

Dieser Foster war weiß Gott ein eiskalter Bursche. Wie hätte er sonst mit einem gezückten Messer im Rücken und auf dem Weg in die Gefangenschaft seelenruhig über den Krieg zur See sprechen können? Eiskalt – das galt in diesem Falle nicht nur im übertragenen Sinne. Hornblower wenigstens schauderte es in seinem nassen Zeug, durch das jetzt der kalte Nachtwind bis auf die Haut drang. Nach all den Mühen und Aufregungen dieses Tages fühlte er sich grenzenlos schwach und elend.

»Boot ahoi!« rief es aus der Nacht, und zugleich tauchte in der Finsternis ein schwarzer Kernschatten auf. Der Spanier im Heck des Bootes legte sofort Hartruder und wies dem Rufer das Heck, während sich die Bootsgäste mit verdoppelter Kraft in die Riemen legten.

»Ein Wachboot ...«, sagte Foster. Er wollte noch etwas hinzusetzen, aber eine neue Drohung mit dem gezückten Messer schnitt ihm das Wort ab. Es war zu erwarten, daß am Nordende der Reede ein Wachboot Dienst tat, wahrscheinlich hatten auch die Spanier damit gerechnet.

»Boot ahoi!« wiederholte sich der Ruf. »Auf Riemen oder ich schieße!«

Der Spanier gab keine Antwort, eine Sekunde später blitzte und knallte drüben eine Muskete. Die Kugel war nicht zu hören, aber der Schuß mußte wenigstens die ankernde Flotte alarmieren, auf die sie jetzt wieder zuhielten. Die Spanier ließen es offenbar darauf ankommen, sie ruderten verbissen weiter.

»Boot ahoi!« Diesmal kam der Ruf aus anderer Richtung, anscheinend rechts von vorn. Die Bootsgäste hielten im ersten Augenblick bestürzt mit Rudern inne, aber ein zorniger Ruf des Steurers hieß sie sofort wieder beginnen. Hornblower konnte das Boot jetzt ausmachen, es lag fast in der Kursrichtung mit gekreuzten Riemen und rief alsbald zum zweiten Male an. Der Spanier am Ruder schrie einen Befehl, worauf der Schlagmann strich und dem Boot eine scharfe Drehung gab, noch ein Befehl, und beide Bootsgäste legten sich wieder mit aller Kraft in die Riemen, so daß das Fahrzeug mit einem Satz voranschoß, um den Gegner zu rammen. Gelang es ihnen, das Boot, das ihnen den Weg verlegte, zum Kentern zu bringen, dann hatten sie trotz allem noch Aussicht zu entkommen, weil sich der zweite Verfolger zunächst damit aufhalten mußte, die Kameraden aus dem Wasser zu fischen. Jetzt jagten sich die Ereignisse in Sekundenschnelle, alles schrie mit voller Lungenkraft durcheinander. Ein Krach – das war der Zusammenstoß. Die beiden Boote legten sich hart auf die Seite, als der Spanier den Briten rammte, aber der gewünschte Erfolg blieb aus, das britische Boot war nicht gekentert. Irgendwer schoß mit einer Pistole, im nächsten Augenblick rauschte auch das Wachboot heran, seine Besatzung sprang in wahrer Berserkerwut zu den Spaniern hinüber. Einer stürzte sich mit solcher Wucht auf Hornblower, daß ihm der Atem wegblieb, und hätte ihn ums Haar mit seinen bloßen Händen erwürgt. Hornblower hörte, wie Foster schreiend Einspruch erhob, im nächsten Augenblick lockerte auch sein Gegner den Griff, und er hörte, wie der Fähnrich des Wachboots um Entschuldigung bat, daß ein Kapitän der Royal Navy von seinen Leuten so unziemlich behandelt worden war. Einer dieser Leute nahm die Blende von der Bootslaterne, daß ihr Licht auf den durchnäßten und zerschlagenen Foster und zugleich auf die gefangenen Spanier fiel, die mit verbissenen Mienen ihrem Schicksal entgegensahen.

»Boote ahoi!« rief es wieder aus dem Dunkel, ein viertes Boot tauchte auf und ruderte auf sie zu.

»Kapitän Hammond?« rief Foster. Der rauhe Klang seiner Stimme verhieß nichts Gutes.

»Gott sei Dank«, hörten sie Hammond sagen, als das Boot im schwachen Lichtkreis der Laterne erschien.

»Jetzt sind Sie glücklich da!« erwiderte Foster bitter.

»Als Ihr Brander von der SANTA BARBARA freigekommen war, briste es etwas auf, so daß wir nicht mehr mitkamen«, erklärte Harvey.

»Wir folgten Ihnen wirklich so rasch es ging. Mehr war von den beiden Bollwerkslöwen an den Riemen da nicht zu erreichen«, ergänzte ihn Hammond.

»Leider mußten erst die Spanier kommen, um uns zu retten«, höhnte Foster. Der Gedanke an das überstandene Ringen im Wasser regte ihn offenbar maßlos auf. »Ich hatte gedacht, ich könnte mich auf meine Freunde und Kameraden verlassen.«

»Was soll das heißen?« fragte Hammond bissig.

»Genau das, was ich gesagt habe. Ich spreche hier von Tatsachen, merken Sie sich das.«

»Das ist eine Beleidigung, Sir«, sagte Harvey, »und nicht nur für mich, sondern auch für Kapitän Hammond.«

»Ich beglückwünsche Sie zu dieser scharfsinnigen Feststellung«, entgegnete Foster.

»Ich verstehe«, sagte Harvey. »Es scheint mir auf keinen Fall angebracht, dieses Gespräch in Gegenwart der Mannschaften hier fortzusetzen. Sie werden durch einen Kameraden von mir hören.«

»Er soll mir willkommen sein.«

»Dann wünsche ich Ihnen gute Nacht, Sir.«

»Ich schließe mich dem an«, sagte Hammond. »Ruder an!«

Damit ruderte das Boot wieder aus dem Lichtkreis. Die Zeugen des Vorfalls waren noch immer sprachlos, sie konnten nicht begreifen, wie sich ein Mann so leichtfertig in neue Gefahren stürzen konnte, nachdem er eben dem Tod und der Gefangenschaft entronnen war. Foster blickte dem Boot wortlos einige Sekunden lang nach. Es sah fast aus, als täte ihm sein reichlich hysterisches Benehmen schon wieder leid.

»Ich habe bis morgen früh noch viel zu erledigen«, sagte er schließlich mehr zu sich selbst als zu den anderen und wandte sich dann an den Fähnrich, der das Wachboot führte:

»Sie, Sir, übernehmen die Gefangenen hier und bringen mich auf mein Schiff.«

»Aye, aye, Sir.«

»Kann sich einer der Anwesenden mit ihnen verständigen? Ich möchte ihnen klarmachen, daß ich sie unter Kartell nach Cartagena schicken werde, ohne dort die Herausgabe anderer Gefangener zu fordern. Sie haben uns das Leben gerettet. Das ist das mindeste, was wir ihnen dafür schuldig sind.« Die letzten erklärenden Worte waren an Hornblower gerichtet.

»Das scheint auch mir als billig, Sir.«

»Und nun zu Ihnen, mein junger Freund aus dem Feuerofen. Darf ich Ihnen aufrichtig danken? Sie haben Ihre Sache großartig gemacht. Wenn ich den morgigen Tag überlebe, dann werde ich dafür sorgen, daß Ihre Vorgesetzten von Ihrem Verhalten erfahren.«

»Danke, Sir«, entgegnete Hornblower und dachte schon an die Frage, die ihm noch auf der Seele brannte. Er mußte sich einen Ruck geben, ehe er sie auszusprechen wagte.

»Wie steht es denn um meine Prüfung, Sir, um mein Patent?«

Foster schüttelte den Kopf: »Die Prüfungskommission von heute wird wohl nie mehr zusammentreten. Da müssen Sie eben warten, bis sich eine neue Gelegenheit bietet.«

»Aye, aye, Sir«, sagte Hornblower in einem Ton, der deutlich seine Enttäuschung verriet.

Da rückte Foster näher zu ihm heran und sagte: »Überlegen Sie doch einmal, Mr. Hornblower. Meines Wissens standen Ihre Segel back, dann gingen Ihre Masten über Bord, und dabei lagen die Klippen von Dover dicht in Lee von Ihnen. Noch eine Minute, und Sie waren verloren – das Alarmgeschütz hat Sie buchstäblich im letzten Augenblick gerettet. Stimmt das oder stimmt es nicht?«

»Es stimmt wohl, Sir.«

»Dann vergessen Sie nicht, dankbar zu sein – dankbar für die kleinen Glücksfälle des Lebens und erst recht natürlich für die großen.«

7

Der diensttuende Leutnant Hornblower saß neben Mr. Tapling vom diplomatischen Dienst in der Achterplicht der Barkaß, und seine Füße ruhten zwischen lauter Säcken voll Gold. Ringsum erhoben sich die steilen Küsten des Golfs von Oran, vor ihnen lag, schneeweiß in der Sonne, die Stadt, die aussah, als hätte eine spielende Riesenhand Massen von Marmorblöcken über die Uferhänge ausgestreut. Die Bootsbesatzung pullte die Barkaß im Gleichtakt durch die schwache Dünung, die Blätter ihrer Riemen tauchten jetzt in das reinste Smaragdgrün, nachdem das Boot soeben erst das blaueste Blau des Mittelmeers hinter sich gelassen hatte.

»Ein schönes Bild«, meinte Tapling und blickte nach der Stadt hinüber, der sie allmählich näher kamen. »Aber die Ferne täuscht, in der Nähe sieht alles anders aus. Und dann die arme Nase! Wer die Düfte in den Quartieren der ›Rechtgläubigen‹ noch nicht gerochen hat, der kann sich keine Vorstellung davon machen. Legen Sie bitte dort an der Brücke an, Mr. Hornblower, hinter den beiden Schebecken.«

»Aye, aye, Sir«, sagte der Bootssteurer, als ihm Hornblower den Befehl weitergab.

»Sehen Sie dort den Posten bei der Hafenbatterie?« sagte Tapling, der sich gespannt überall umsah. »Er ist sogar beinahe wach. Und die zwei Kanonen auf den Ecktürmen, das sind bestimmt Zweiunddreißigpfünder, und neben ihnen liegen sauber aufgestapelt die Steinkugeln. Eine solche Steinkugel platzt beim Aufschlag in lauter kleine Stücke und hat daher eine Wirkung, die man bei ihrer Größe nicht erwartet. Die Mauern scheinen mir auch recht fest zu sein. Oran im Handstreich zu nehmen, ist daher wohl nicht ganz einfach. Wenn es also Seiner Hoheit, dem Bey, einfallen sollte, uns den Hals abzuschneiden und unser Gold zu behalten, dann könnte es eine ganze Weile dauern, bis wir gerächt sind.«

»Ich muß sagen, Sir«, meinte Hornblower, »daß es mir ziemlich gleichgültig ist, ob mein Tod gerächt wird oder nicht.«

»Damit mögen Sie recht haben. Im übrigen bin ich überzeugt, daß uns Seine Hoheit wenigstens diesmal verschonen wird. Das Huhn legt immerhin goldene Eier, also wird er es nicht schlachten. In dieser Zeit der bewaffneten Geleitzüge ist eine Bootsladung Gold im Monat für einen Piratenbey ein Geschenk des Himmels.«

»Auf Riemen!« kommandierte der Bootsteurer. »Riemen ein!«

Die Barkaß glitt an die Brücke und machte fest. Einige Kerle, die in der Nähe im Schatten saßen, verdrehten nur die Augen, um sich die britische Bootsbesatzung anzusehen, es war schon viel, wenn einer den Kopf nach ihr wandte. Auf den Schebecken traten ein paar dunkelbraungebrannte Mauren an die Reling und riefen unverständliches Zeug herüber.

»Ich möchte wetten, daß sie jetzt die ganze Ahnenschaft der Ungläubigen mit Verwünschungen bedenken«, sagte Tapling. »Die Burschen können mir mit Steinen und Knüppeln die Knochen zerschlagen, aber ihr Geschimpfe läßt mich kalt, zumal ich kein Wort davon verstehe. Wo bleibt nur unser Mann?«

Er legte die Rechte schützend über die Augen und spähte über den Kai.

»Ich kann niemand entdecken, den man für einen Christen halten könnte«, sagte Hornblower.

»Unser Mittelsmann ist kein Christ. Ein Weißer, ja, aber kein Christ. Und auch ein Weißer nur, wenn man diese französisch-arabisch-levantinische Mischrasse so bezeichnen will. Er ist Konsul pro tempore Seiner Britischen Majestät und aus Nützlichkeitsgründen ein Muselman, obwohl es nicht immer ganz einfach ist, zu den Anhängern des Propheten zu gehören. Wer möchte zum Beispiel ständig vier Frauen um sich haben, besonders wenn er für diesen zweifelhaften Vorzug obendrein auf den Wein verzichten muß?«

Tapling stieg auf die Brücke, und Hornblower folgte ihm. Die schwache Dünung, die in die Bucht hereinstand, brach sich leise plätschernd unter ihnen, die flimmernde Hitze der Mittagssonne strahlte von den Steinblöcken zurück, auf denen sie standen. Weit draußen vor der Bucht lagen die beiden Schiffe vor Anker, das Proviantschiff und H.M.S. INDEFATIGABLE. Sie boten in der blausilbernen Weite ein Bild von unvergleichlicher Schönheit.

»Trotz allem, ein Samstagabend im Drury Lane-Theater wäre mir lieber«, bemerkte Tapling.

Er wandte sich um und betrachtete die Stadtmauer, die Oran gegen einen Angriff von See her schützte. Eine enge Pforte, gedeckt von zwei Bastionen, bildete den Zugang zum Hafen. Posten in langen roten Hemden patrouillierten auf dem Wallgang. Im dunklen Schatten der Pforte entstand jetzt irgendeine Bewegung, aber es fiel dem geblendeten Auge schwer, Genaueres zu erkennen. Endlich tauchte eine kleine Gruppe aus dem Dunkel ins Licht und bewegte sich auf sie zu. Ein halbnackter Neger führte einen Esel, quer auf dem Rücken des Tiers und ganz hinten auf seiner Kruppe saß ein unheimlich dicker Mann in einem blauen Gewand.

»Ob wir dem Konsul Seiner Britannischen Majestät halbwegs entgegengehen?« fragte Tapling. »Ach nein, lassen wir ihn ruhig zu uns kommen.«

Der Neger hielt den Esel an, der Reiter rutschte zu Boden und näherte sich jetzt zu Fuß – er war ein wahres Monstrum an Gestalt und watschelte in seinem weiten Gewand breitbeinig daher, sein massiges Gesicht hatte eine lehmgraue Farbe und war von einem weißen Turban gekrönt. Ein schütterer Bart zierte Lippen und Kinn.

»Ihr Diener, Mr. Duras«, sagte Tapling. »Darf ich Ihnen den diensttuenden Leutnant Horatio Hornblower von Seiner Majestät Fregatte INDEFATIGABLE vorstellen?«

Mr. Duras nickte gnädig und in Schweiß gebadet mit dem Kopf.

»Haben Sie das Geld mit?« fragte er in kehligem Französisch. Hornblower brauchte ein paar Sekunden, um sich auf seine französischen Kenntnisse zu besinnen und die Aussprache dieses Mannes zu verstehen.

»Siebentausend Goldguineen«, antwortete Tapling in recht gutem Französisch.

»Das ist gut«, sagte Duras sichtlich erleichtert. »Ist die Summe hier im Boot?«

»Gewiß, und da bleibt sie vorläufig auch«, gab ihm Tapling zur Antwort. »Sie wissen doch noch, was nach der getroffenen Vereinbarung für das Geld geliefert werden sollte: es waren vierhundert Stück fettes Rindvieh und eintausendfünfhundert Fanegas Gerste vereinbart. Erst wenn das alles in Leichtern verladen ist, und wenn diese Leichter draußen vor der Bucht längsseit unserer Schiffe liegen, bekommen Sie von mir das Geld. Haben Sie die Ware bereit?«

»Bald.«

»Sehen Sie, das dachte ich mir. Wann sind Sie denn soweit?«

»Bald – sehr bald.«

Tapling zuckte resigniert die Achseln:

»Dann werden wir jetzt an Bord zurückkehren. Morgen, vielleicht erst übermorgen kommen wir mit dem Gold wieder hierher.«

Duras zuckte erschrocken zusammen und schwitzte vor Aufregung noch stärker.

»Nein, nein, tun Sie das nicht!« wehrte er hastig ab. »Sie kennen Seine Hoheit, den Bey, nicht. Er ist unberechenbar. Erfährt er, daß das

Gold hier ist, dann wird er das Vieh sofort herbeitreiben lassen. Nehmen Sie das Gold wieder mit, dann rührt er bestimmt keinen Finger. Und – und – ich bekomme seinen Zorn zu fühlen.«

»Ira principis mors est«, sagte Tapling, und als ihn Duras verständnislos ansah, übersetzte er ihm die Worte: »Der Zorn des Fürsten bedeutet den Tod. Sollte das auch in Ihrem Fall zutreffen?«

»Ja, o ja«, stöhnte Duras, dann sagte auch er etwas in einer unbekannten Sprache und stach dazu merkwürdig mit den Fingern in die Luft. Am Ende übersetzte er: »Möge das nicht geschehen.«

»Das hoffen wir natürlich alle«, versicherte ihm Tapling mit entwaffnender Herzlichkeit. »Die Seidenschnur, der Haken, ja schon die Bastonade sind alles andere als angenehm. Es wäre bestimmt das beste, wenn Sie sich jetzt gleich zum Bey begäben und ihn persönlich dazu bestimmten, sofort die nötigen Befehle zur Anlieferung der Gerste und des Viehs zu erteilen. Bis Einbruch der Dunkelheit wollen wir warten, dann aber legen wir auf alle Fälle ab.«

Bei seinen letzten Worten warf Tapling einen Blick zur Sonne hinauf, um die gewährte Frist möglichst sinnfällig zu machen.

»Ich gehe«, sagte Duras und hob mit flehendem Ausdruck die Hände. »Ich gehe, aber ich bitte Sie, ich beschwöre Sie, fahren Sie nicht weg. Vielleicht hält sich Seine Hoheit zur Zeit im Harem auf, dann darf ihn niemand stören. Aber ich werde dennoch einen Versuch wagen. Die Gerste ist schon hier, sie liegt dort in der Kasbah. Nur das Vieh muß noch herangeschafft werden. Ich bitte Sie, ich flehe Sie an, haben Sie Geduld. Seine Hoheit versteht sich wenig auf den Handel, das wissen Sie ja. Und die Handelssitten der Franken sind ihm erst recht nicht geläufig.«

Duras wischte sich mit einem Zipfel seines Rocks den strömenden Schweiß vom Gesicht.

»Und nun entschuldigen Sie mich bitte«, fuhr er fort. »Ich fühle mich nicht wohl, aber ich will Seine Hoheit dennoch sofort aufsuchen, Sie können sich darauf verlassen. Nur bitte ich Sie nochmals, warten Sie auf mich.«

»Bis Sonnenuntergang«, lautete Taplings unerbittliche Antwort.

Duras rief nach seinem Neger, der unter dem Leib des Esels kauerte, weil er da ein wenig Schatten fand. Mühsam wuchtete er seinen schweren Leib auf die Kruppe des geduldigen Tieres, wischte sich abermals den Schweiß ab und warf einen letzten unsicheren Blick nach den beiden Engländern.

»Sie warten doch auf mich, nicht wahr?« bat er nochmals, als sich der Esel nach der Pforte zu in Bewegung setzte.

»Er hat eine schreckliche Angst vor dem Bey«, sagte Tapling, der ihm nachsah, bis er verschwand. »Ich für meine Person hätte es aber lieber mit zwanzig Beys zu tun als mit Admiral Sir John Jervis, wenn ihm die Pferde durchgehen. Und er wird schön toben, wenn er hört, daß sich die Lieferung des Proviants erneut verzögert, nachdem er seine Flotte schon auf gekürzte Rationen setzen mußte. Wenn ich ihm damit unter die Augen trete, dann macht er mich so fertig, daß niemand mehr ein Stück Brot von mir nimmt.«

»Es geht doch nicht an, von diesen Leuten hier Pünktlichkeit zu erwarten«, sagte Hornblower mit der bequemen Logik dessen, der keine Verantwortung trägt. Dann aber wanderten seine Gedanken zur britischen Flotte, die einsam, ohne Freund, ohne Bundesgenossen mit verbissener Ausdauer die Küsten ganz Europas blockierte und dabei nicht nur feindlicher Übermacht, Stürmen und Seuchen, sondern neuestens sogar dem drohenden Hunger Trotz bot.

»Da, sehen Sie!« rief Tapling plötzlich und deutete nach unten. Eine große graue Ratte war aus dem trockenen Ablaufrohr zum Vorschein gekommen, das hier am Ufer mündete. Ohne sich um den hellen Sonnenschein zu kümmern, setzte sie sich auf die Hinterbeine und sah sich in der Welt um. Sie ließ sich nicht einmal ernstlich stören, als Tapling mit dem Fuß aufstampfte. Erst beim zweitenmal wandte sie sich langsam ab, um wieder in ihr Versteck zu kriechen, fiel dabei jedoch auf die Seite und wand sich sekundenlang vor der Mündung der Röhre am Boden. Schließlich raffte sie sich auf und huschte ins Dunkel zurück.

»Das muß eine sehr alte Ratte gewesen sein«, sagte Tapling nachdenklich, »wahrscheinlich schon taperig, vielleicht sogar blind.«

Hornblower machte sich nichts aus Ratten, ob sie nun alt waren oder jung. Er ging die paar Schritte zurück zur Barkaß, und der Beamte schloß sich ihm an.

»Setzen Sie das Großsegel, Maxwell, und trimmen Sie es so, daß es uns etwas Schatten gibt«, befahl er. »Wir werden noch den ganzen Nachmittag hier bleiben müssen.«

»Ein herrliches Vergnügen«, sagte Tapling und setzte sich auf einen Steinpoller dicht beim Boot, »hier unter den Heiden herumzusitzen. Wenigstens brauchen wir nicht zu befürchten, daß uns die Leute weglaufen. Und der Schnaps ist auch kein Problem – nur die Gerste und die Rinder ... und wie ich jetzt einen Funken in den Zunder bekomme.«

Er zog seine Pfeife aus der Tasche und blies sie gründlich durch, ehe er sich ans Stopfen machte. Das Boot lag jetzt im Schatten des Großsegels, ein Teil der Bootsgäste saß leise plaudernd im Bug, andere hatten sich's nach Möglichkeit in der Achterpiek bequem gemacht. Die Barkaß rollte friedlich in der leisen Dünung, bei jeder ihrer Bewegungen knarrten die Fender zwischen Dollbord und Brücke in einschläferndem Rhythmus. Stadt und Hafen lagen wie ausgestorben in der flirrenden Hitze des Nachmittags. Für einen tatendurstigen jungen Mann wie Hornblower war das lange Warten trotz der Hitze schwer zu ertragen. Er kletterte bald wieder auf die Brücke, um sich die Beine zu vertreten, und schlenderte vor dem Boot auf und ab. Ein Maure in weißem Gewand und mit einem Turban auf dem Kopf kam in der Sonnenhitze taumelnd den Kai entlang. Er war unsicher auf den Beinen und setzte die Füße beim Gehen weit auseinander, um sich notdürftig im Gleichgewicht zu halten.

»Sagten Sie nicht, daß die Moslems den Alkohol verabscheuen?« sagte Hornblower zu Tapling, der am Heck des Bootes Platz genommen hatte.

»Das nicht«, entgegnete Tapling einschränkend, »er ist nur offiziell in Bann getan, sein Genuß verstößt gegen das Gesetz und ist unerlaubt, darum ist er sehr schwer zu bekommen.«

»Und doch scheint sich der Bursche dort ein gehöriges Quantum eingeschenkt zu haben«, sagte Hornblower.

»Das muß ich sehen«, rief Tapling und kletterte aus dem Boot. Die Bootsgäste im Bug der Barkaß stiegen ebenfalls an Land, um sich das Schauspiel anzusehen, weil ihnen das Warten allmählich langweilig wurde und weil sie von jeher für jedes Erlebnis zu haben waren, das irgendwie mit Schnaps zusammenhing.

»Weiß Gott, der sieht aus, als hätte er tüchtig ins Glas geguckt.«

»Der hat schwer Schlagseite, Sir«, sagte Maxwell, als der Maure stolperte.

»Jetzt läuft er aus dem Ruder«, ergänzte Tapling, als man ihn hilflos im Halbkreis herumtaumeln sah.

Zuletzt brach er in die Knie und stürzte wie vom Blitz gefällt auf sein Gesicht. Seine braunen Beine zuckten noch ein paarmal unter dem langen Gewand hervor, dann zog er sie an den Leib. So blieb er, die Arme unter den Kopf geschoben, regungslos im Staub liegen. Sein Turban rutschte zu Boden und enthüllte den kahlgeschorenen Schädel, der nur ein winziges Haarbüschel trug.

»Entmastet«, sagte Hornblower. »... und gestrandet«, fügte Tapling hinzu. Der Maure wußte nichts mehr von seiner Umgebung.

»Da kommt Duras.«

Wie zuvor tauchte seine unförmige Gestalt auf dem kleinen Esel vor der Stadtpforte auf, aber diesmal folgte ihm ein zweiter Esel, der ebenfalls einen stattlichen Mann trug. Die beiden Esel wurden von Negersklaven geführt, und hinter ihnen drein zog eine Schar dunkelhäutiger Kerle, die so etwas wie eine Uniform trugen und mit Musketen ausgerüstet waren. Offenbar handelte es sich also um Soldaten.

»Der Schatzmeister Seiner Hoheit«, stellte Duras den anderen vor, als sie beide abgestiegen waren, »er kommt, um das Gold zu holen.«

Der stattliche Maure musterte sie mit einem hochnäsigen Blick, Duras stand schweißgebadet neben ihm in der heißen Sonne.

»Ich habe das Gold hier«, sagte Tapling und zeigte auf das Boot. »Es liegt achtern in der Barkaß. Sie werden es zu sehen bekommen, wenn wir den Proviant vor Augen haben, den wir dafür kaufen wollen.«

Duras übersetzte das ins Arabische. Es folgte ein rasches Hin und Her von Rede und Gegenrede, bis der Schatzmeister augenscheinlich klein beigab. Er wandte sich um und gab nach der Stadtpforte zu ein Zeichen, das sicher vorher verabredet war, denn gleich darauf kam dort ein wahrer Elendszug zum Vorschein: Männer aller Hautfarben, Weiße, Schwarze und Mischlinge, alle fast nackt und jeder mit einem schweren Sack Getreide auf dem Rücken, wankten in endloser Reihe hintereinander herbei. Aufseher mit Knüppeln in den Händen begleiteten den traurigen Zug.

»Das Gold«, sagte Duras auf einen Wink des Schatzmeisters.

Auf einen Befehl Taplings machten sich die Bootsgäste daran, die schweren Goldsäcke auf der Landungsbrücke zu stapeln.

»Wenn das Getreide auf dem Kai liegt, werde ich das Gold danebenlegen«, sagte Tapling zu Hornblower. »Behalten Sie es aber gut im Auge, bis ich ein paar Stichproben genommen habe.«

Er begab sich zu den Sklaven, öffnete den einen oder anderen Sack, warf einen Blick hinein und ließ die goldene Gerste prüfend durch die Finger laufen. Andere Säcke befühlte er nur von außen.

»Jeden Sack kann ich unmöglich aufmachen«, bemerkte Tapling, als er wieder zu Hornblower trat, »bei hundert Tonnen Gerste wäre das ein hoffnungsloses Beginnen. Dabei bin ich überzeugt, daß eine Menge Sand darunter ist. Das ist bei diesen Heiden nun einmal so. Aber wir haben den Preis entsprechend festgesetzt. Bitte, Effendi.«

Auf ein Zeichen von Duras machten sich die Sklaven unter den anfeuernden Rufen und Stockschlägen der Aufseher wieder an die Arbeit. Sie schleppten ihre Säcke bis an die Kante des Kais und ließen sie in den Leichter fallen, der hier längsseit lag. Aus den ersten zwölf Mann wurde sogleich eine Arbeitsgruppe gebildet, die die Ladung gleichmäßig im Raum des Leichters verstaute, die anderen trabten mit schweißglänzenden Leibern wieder zurück, um sich von neuem mit einem Sack zu beladen. Zur gleichen Zeit kamen ein paar dunkelhäutige Viehtreiber zum Tore heraus, die eine kleine Herde Rinder vor sich hertrieben.

»Schäbig genug, dieses Viehzeug«, meinte Tapling mit einem kritischen Blick auf die Tiere, »aber auch das ist beim Preis berücksichtigt.«

»Und das Gold?« sagte Duras.

An Stelle einer Antwort öffnete Tapling einen der Säcke, die vor ihm lagen, nahm eine Handvoll goldener Guineen heraus und ließ sie durch die Finger wieder in den Sack rieseln.

»Das sind fünfhundert Guineen«, sagte er. »Wie Sie sehen, sind es vierzehn Säcke. Sie gehören Ihnen, wenn die Leichter beladen sind und abgelegt haben.«

Duras wischte sich mit müder Geste den Schweiß vom Gesicht. Seine Knie schienen zu wanken, er lehnte sich an den Esel, der geduldig hinter ihm stand.

Das Vieh wurde über eine Planke in einen zweiten Leichter getrieben. Inzwischen war eine weitere Herde erschienen und wartete, bis sie an die Reihe kam.

»Nun geht es doch schneller voran, als Sie befürchteten«, sagte Hornblower.

»Ja, aber sehen Sie nur, wie die armen Burschen da angetrieben werden«, antwortete Tapling. »Wenn man die Menschen rücksichtslos mit Füßen tritt, dann läßt sich natürlich schnelle Arbeit leisten.«

Einer der farbigen Sklaven war unter seiner Last zusammengebrochen und lag nun hilflos am Boden. Nicht einmal die Prügel, die die Aufseher auf ihn niederhageln ließen, konnten ihn dazu bewegen, sich wieder aufzuraffen. Nur seine Beine rührten sich noch ein bißchen. Zuletzt zerrte man ihn einfach aus dem Weg, und die Säcke wanderten weiter dem Leichter zu. Inzwischen füllte sich auch der zweite Leichter rasch mit Vieh, die Tiere standen so dicht gedrängt, daß sie sich nicht rühren konnten, und stießen ein herzzerreißendes Gebrüll aus.

»Seine Hoheit hält tatsächlich Wort«, wunderte sich Tapling, »ich hätte höchstens auf die Hälfte gewettet, wenn man mich nach meiner Meinung gefragt hätte.«

Einer der Viehtreiber hatte sich auf dem Kai niedergelassen und stützte den Kopf in die Hände. Plötzlich sank er kraftlos zur Seite.

»Sir –«, begann Hornblower, und die beiden Männer sahen einander wortlos an, da ihnen offenbar der gleiche, schreckliche Gedanke kam. Duras wollte etwas sagen. Mit einer Hand klammerte er sich an den Widerrist des Esels, mit der anderen fuchtelte er in der Luft herum, es sah fast aus, als wollte er so etwas wie eine Rede halten. Aber seine Worte hatten keinen Sinn und endeten in einem heiseren Gebrüll. Sein fettes Gesicht war unförmig angeschwollen und verzerrt, die Wangen waren so stark blau unterlaufen, daß sie unter der braunen Haut fast schwarz wirkten. Jetzt ließ er den Esel los und taumelte vor den Augen der Mauren und der Engländer in Halbkreisen hin und her. Seine Stimme erstarb zu einem Flüstern, die Beine trugen ihn nicht mehr, er fiel zuerst auf Hände und Knie, dann auf das Gesicht.

»Das ist die Pest«, sagte Tapling, »der Schwarze Tod! Genauso war es in Smyrna im Jahr 96.«

Er und die anderen Engländer wichen nach der einen Seite zurück, die Soldaten und der Schatzmeister nach der anderen. Zwischen den beiden Gruppen wand sich Duras hilflos am Boden.

»Um Gottes willen, die Pest!« kreischte einer der jungen Matrosen auf und wollte schon mit einem Satz in die Barkaß zurück.

»Dageblieben!« brüllte ihn Hornblower an. Er selbst hatte mindestens die gleiche Angst vor dieser schrecklichen Seuche, aber in der harten Schule der Disziplin hatte sich sein Wesen schon so gefestigt, daß er solcher Regungen mühelos Herr wurde.

»Zu dumm, daß ich nicht eher dahinterkam«, sagte Tapling. »Die sterbende Ratte, dann der Kerl dort, den wir für betrunken hielten – ich hätte mir denken können, was das bedeutet.«

Ein Soldat, allem Anschein nach der Führer der Eskorte des Schatzmeisters, führte eine höchst erregte Unterhaltung mit dem Oberaufseher der Sklavenkolonne, beide starrten und deuteten nach dem sterbenden Duras. Der Schatzmeister selbst raffte sein Gewand an sich und blickte wie gebannt vor Entsetzen auf den unglücklichen Mann zu seinen Füßen.

»Nun, Sir«, fragte Hornblower Tapling, »was sollen wir tun?«

Hornblower war ein Mensch, den es in einer kritischen Lage zum sofortigen Handeln drängte.

»Was wir tun sollen?« antwortete Tapling und lachte bitter auf. »Hierbleiben und verfaulen.«

»Hier sollen wir bleiben? Niemals!«

»Die Flotte will uns auf keinen Fall haben. Man läßt uns erst zurück, wenn wir drei Wochen in Qurantäne gelegen haben, wohlgemerkt, drei Wochen nach dem Auftreten des letzten Falles und hier in Oran.«

»Ach was!« sagte Hornblower, der über dieser schrecklichen Aussicht seine ganze Achtung vor dem Rangältesten vergaß. »Kein Mensch kann so etwas befehlen.«

»Meinen Sie? Haben Sie schon einmal eine Seuche auf einer Flotte erlebt?«

Erlebt noch nicht, aber er hatte schon mehr als genug davon erzählen hören – von Flotten etwa, wo neun von zehn Mann an Faulfieber gestorben waren. Menschenüberfüllte Schiffe mit zweiundzwanzig Zoll Hängemattsraum für den Mann waren ein idealer Nährboden für jede Epidemie. Er mußte einsehen, daß kein Kommandant und erst recht kein Admiral sich wegen einer Barkaßbesatzung von zwanzig Mann in eine solche Gefahr begab.

Die beiden Schebecken an der Brücke hatten plötzlich losgeworfen und strebten mit ihren langen Riemen eiligst aus dem Hafen.

Die Pest kann erst heute ausgebrochen sein, überlegte Hornblower. Die Gewohnheit, logisch zu denken und zu schließen, war bei ihm sogar stärker als die Angst.

Die Viehtreiber ließen ihre Arbeit im Stich und schlugen einen großen Bogen um ihren unglücklichen Genossen, der besinnungslos auf dem Kai lag. An der Stadtpforte schien die Wache im Begriff zu sein, Leute, die heraus wollten, in die Stadt zurückzutreiben. Offenbar hatte sich die Nachricht vom Ausbruch der Pest mit Windeseile verbreitet und bereits eine Panik verursacht, so daß man der Torwache sofort den Befehl gab, die Flucht der Einwohner in die Umgebung zu verhindern. Es war ja vorauszusehen, daß sich in der Stadt bald grauenhafte Zustände entwickeln würden. Der Schatzmeister kletterte auf seinen Esel, die Schar der Sklaven, die die Getreidesäcke getragen hatten, lichtete sich zusehends, da ihre Aufseher verschwunden waren.

»Jedenfalls muß ich meinem Schiff Meldung machen«, sagte Hornblower. Tapling war als Beamter im diplomatischen Dienst nicht sein Vorgesetzter, die ganze Verantwortung lag daher auf seinen Schultern. Die Barkaß war ihm unterstellt, Kapitän Pellew, dessen Befehlsgewalt unmittelbar vom König stammte, hatte sie ihm anvertraut.

Es war toll, wie rasch jetzt die Panik um sich griff. Der Schatzmeister war verschwunden, Duras' Negersklave hatte auf dem Esel seines verstorbenen Herrn das Weite gesucht. Die Soldaten hatten geschlossen die Flucht ergriffen, außer den Toten und Sterbenden war am Hafen keine Menschenseele mehr zu erblicken. Hier am Wasser zwischen Kai und Stadtmauer führte wahrscheinlich der Weg ins offene Land hinaus, wohin jetzt jedermann sehnsüchtig strebte. Die Engländer standen allein am Wasser, zu ihren Füßen lagen unberührt die goldgefüllten Säcke.

»Die Pest verbreitet sich durch die Luft«, sagte Tapling, »sogar die Ratten gehen daran ein. Wir haben uns stundenlang hier aufgehalten und waren – dem dort –«, er wies auf den sterbenden Duras, »so nah, daß wir mit ihm sprechen, daß wir seinen Atem im Gesicht fühlen konnten. Wer von uns kommt wohl als erster dran?«

»Das wollen wir ruhig der Zukunft überlassen«, sagte Hornblower. Sein Widerspruchsgeist reizte ihn dazu, dem verzweifelten Tapling mit Optimismus zu begegnen, außerdem wollte er nicht, daß die Männer hörten, was er daherredete.

»Und dann die Flotte!« sagte Tapling bitter. »Dieser Haufen Proviant« – er deutete auf die verlassenen Leichter – »wäre ein Geschenk des Himmels für sie. Die Besatzungen sind auf Zwei-Drittel-Rationen gesetzt.«

»Herrgott noch mal«, rief Hornblower, »da muß doch etwas zu machen sein! Maxwell, mannen Sie das Gold wieder ins Boot, und bergen Sie das Segel.«

Der Wachhabende Offizier an Bord Seiner Majestät Schiff INDEFATIGABLE sah die Barkaß von der Stadt zurückkommen. Eine leichte Brise hatte die Fregatte und die CAROLINE (das war das Proviantschiff) herumschwojen lassen. Merkwürdigerweise kam die Barkaß nicht längsseit, sondern lief von Lee her unter das Heck der INDEFATIGABLE.

»Mr. Christie«, rief Hornblower, der im Bug des Bootes stand.

Der Wachhabende Offizier kam an die Heckreling.

»Was ist los?« rief er. Hornblowers Verhalten gab ihm ein Rätsel auf.

»Ich muß den Kommandanten sprechen.«

»Dann kommen Sie doch an Bord und gehen Sie zu ihm hin. Was soll denn ...«

»Bitte melden Sie dem Kommandanten, daß ich ihn sprechen möchte!«

Pellew erschien am Heckfenster seiner Kajüte, da er die laute Unterhaltung nicht gut überhört haben konnte.

»Was ist denn, Mr. Hornblower?«

Hornblower berichtete ihm das Vorgefallene.

»Halten Sie die Ohren steif, Mr. Hornblower.«

»Jawohl Sir. Aber die Vorräte ...«

»Was ist mit denen?«

Hornblower setzte ihm die Lage auseinander und knüpfte daran seinen Vorschlag.

»Ein etwas ungewöhnliches Verfahren«, überlegte Pellew, »und außerdem ...«

Er hielt inne, weil er seine Befürchtung nicht laut verkünden wollte, daß vielleicht die ganze Barkassenbesatzung über kurz oder lang der Pest zum Opfer fallen würde.

»Wir kommen bestimmt damit klar, Sir. Es handelt sich immerhin um eine ganze Wochenration für das Geschwader.«

Das war entscheidend, darauf kam es an. Pellew hatte zwei Möglichkeiten gegeneinander abzuwägen: im schlimmsten Falle ging eine Transportbrigg verloren, bestenfalls gewann er eine Menge Proviant, der doch so unendlich wichtig war, weil er das Geschwader in Stand setzte, seinen Wachdienst vor dem Eingang zum Mittelmeer fortzusetzen. Im großen Zusammenhang gesehen war Hornblowers Vorschlag nicht von der Hand zu weisen.

»Einverstanden, Mr. Hornblower. Bis Sie den Proviant herausbringen, habe ich die Besatzung der Brigg von Bord geholt. Ich übertrage Ihnen hiermit das Kommando über die CAROLINE.«

»Danke, Sir.«

»Mr. Tapling wird sich als Passagier bei Ihnen einschiffen.«

»Jawohl, Sir.«

Als später die Barkaßbesatzung schwitzend und an den Riemen wuchtend die beiden Leichter vom Hafen herbeischleppte, fand sie die CAROLINE bereits verlassen vor ihrem Anker. Von der INDEFATIGABLE aus aber verfolgten ein Dutzend Kieker voll Neugier, was sich weiter begab. Hornblower kletterte sogleich mit einer Handvoll seiner Leute an Bord.

»Eine richtige Arche Noah, Sir«, meinte Maxwell.

Der Vergleich traf den Nagel auf den Kopf. Die CAROLINE war ein Glattdecker, aber der ganze verfügbare Decksraum war durch Verschläge in Viehställe unterteilt. Um dennoch die Bedienung der Segel zu ermöglichen, hatte man leichte Planken über die Ställe gelegt, die insgesamt fast ein durchlaufendes Oberdeck darstellten.

»Mein Gott, all das Viehzeug!« sagte ein anderer Matrose.

»Noahs Tiere liefen paarweise von selbst an Bord«, sagte Hornblower. »Leider sind wir nicht so gut dran. Aber zuerst muß einmal die Gerste an Bord. Macht gleich die Luken auf.«

Unter normalen Umständen hätte ein zwei- bis dreihundert Mann starkes Arbeitskommando der INDEFATIGABLE mit der Übernahme der Ladung aus den Leichtern kurzen Prozeß gemacht, heute mußten die achtzehn Mann der Barkaß dazu genügen. Glücklicherweise hatte Pellew in seiner Umsicht und Hilfsbereitschaft daran gedacht, den Ballast aus dem Raum über Bord hieven zu lassen, sonst hätten sie diese lästige Arbeit vor allem anderen erledigen müssen.

»Besetzt die Ladetakel, Männer!« befahl Hornblower.

Pellew konnte von weitem erkennen, wie die erste Bunsch Getreidesäcke langsam aus dem Leichter in die Höhe schwebte, einschwang und in der Luke der CAROLINE verschwand.

»Jetzt bin ich überzeugt, daß er es schaffen wird«, sagte er. »Mann Spill, Mr. Bolton, und klar zum Segelsetzen.«

Hornblower überwachte aufmerksam die Arbeit an den Takeln, als er Pellews Stimme vernahm, der durch ein Megaphon herüberrief.

»Viel Glück, Mr. Hornblower! Melden Sie sich in drei Wochen in Gibraltar!«

»Jawohl, Sir, besten Dank, Sir!«

Als er sich wieder umwandte, stand ein Matrose vor ihm und führte grüßend die Hand an die Stirn:

»Verzeihung, Sir, hören Sie das Vieh dort unten im Leichter brüllen, Sir? Es herrscht eine Bullenhitze, und die Tiere brauchen unbedingt Wasser.«

»Verdammt noch mal, Sie haben recht«, sagte Hornblower.

Es war ausgeschlossen, daß er das Vieh noch vor Dunkelwerden an Bord brachte. Darum ließ er nur eine kleine Gruppe weiter Getreide laden, mit dem Rest der Leute improvisierte er ein Verfahren, die unglücklichen Tiere im Leichter zu tränken. Der halbe Laderaum der CAROLINE war mit Wasserfässern und Futter gefüllt, aber es war nicht so ganz einfach, das Wasser mit Pumpe und Schlauch in die Leichter zu schaffen. Zudem gerieten die durstigen Tiere völlig außer Rand und Band, als sie merkten, daß es zu saufen gab. Hornblower sah, wie sich der Leichter so weit auf die Seite legte, daß er um ein Haar gekentert wäre und wie einer seiner Leute – er konnte Gott sei Dank schwimmen – kurzerhand über Bord sprang, um nicht hoffnungslos zu Tode gequetscht zu werden.

»Verdammt noch mal!« rief Hornblower abermals und gewiß nicht zum letzten Male.

Für ihn galt es jetzt, ohne sachkundige Anweisung zu lernen, wie man auf See mit lebendem Vieh umzugehen hatte. Jede Minute brachte ihm eine neue Erfahrung. Es war erstaunlich, welche Aufgaben zuweilen an einen Seeoffizier im Borddienst herantraten, er durfte sich in dieser Hinsicht weiß Gott über nichts mehr wundern. Die Dunkelheit war längst hereingebrochen, als Hornblower mit der Arbeit ausscheiden ließ, und schon vor Morgengrauen holte er die Männer wieder heraus. Es war noch früh am Tage, da lag der letzte Sack Getreide im Raum, und nun stand Hornblower gleich vor der nächsten schwierigen Aufgabe, die Rinder aus dem Leichter an Deck zu hieven. Nach einer Nacht in der drangvollen Enge des Leichters, hungrig und durstig wie sie waren, ließen die Tiere nicht mit sich spaßen. Zu Anfang allerdings, solange sie noch eng gedrängt in dem Fahrzeug standen, kam man noch einigermaßen mit ihnen zurecht. Ein Bauchgurt wurde dem nächstbesten Stück umgelegt, das Ladetakel eingehakt, dann heißte man das Tier auf und fierte es durch eine Öffnung zwischen den Laufplanken an Deck, wo es sich willig in einen der Ställe treiben ließ. Die Seeleute schrien, schwenkten ihre Hemden und hatten an dem Manöver einen Heidenspaß. Aber gleich der nächste Ochse setzte ihrem Übermut einen gehörigen Dämpfer auf. Er ging nämlich sofort zum Angriff über, als man ihm den Bauchgurt abgenommen hatte, und jagte sie mit gesenktem Kopf an Deck umher, um sie auf die Hörner zu nehmen und zu Tode zu spießen. Endlich hatten sie ihn in einem Stall und verlegten ihm mit einem vorgeschobenen Balken den Weg. Hornblower sah mit Besorgnis, wie rasch die Sonne im Osten höher stieg, und konnte daher solchen zeitraubenden Abenteuern nicht den geringsten Spaß abgewinnen.

Je mehr sich der Leichter leerte, desto mehr Platz fanden die Tiere, um herumzurennen und einander nachzujagen, so daß es zuletzt geradezu lebensgefährlich war, sie einzufangen und ihnen den Bauchgurt umzulegen. Es wirkte auch nicht gerade beruhigend auf diese halbwilden Rinder, wenn sie mit ansehen mußten, wie ihre Gefährten der Reihe nach brüllend über ihren Köpfen entschwebten. Noch ehe der Tag halb vergangen war, waren Hornblowers Männer so müde und abgekämpft, als ob sie von früh bis spät im Gefecht gewesen wären. Jede Seemannsarbeit schien ihnen jetzt begehrenswerter als diese ungewohnte Plackerei, und sie wären wohl tausendmal lieber in stürmischer Nacht in den Topp geentert, um ein Marssegel zu reffen, als sich mit diesen widerborstigen Kreaturen herumzuschlagen. Erst als Hornblower auf den Einfall kam, den Laderaum des Leichters durch kräftige Spieren zu unterteilen, ging die Arbeit leichter von der Hand, dennoch nahm sie eine Menge Zeit in Anspruch, und ehe noch das Ende abzusehen war, hatte es unter dem Vieh bereits ein paar Opfer gegeben. Einige schwächere Tiere der Herde waren bei der wilden Raserei im Leichter einfach niedergetrampelt worden.

Einmal gab es eine Abwechslung: von Land her näherte sich ein Boot, das von dunkelhäutigen Arabern gerudert wurde und an dessen Heck der Schatzmeister saß. Hornblower überließ es Tapling, die Verhandlung zu führen – offenbar hatte die Pest den Bey doch nicht so erschreckt, daß er darüber vergessen hätte, sein Geld zu fordern. Hornblower bestand nur darauf, daß sich das Boot gut frei in Lee des Schiffes hielt. Das Geld wurde ihm dann zugestellt, indem man es einfach in einem großen, leeren Rumfaß hinübertreiben ließ. Als die Dunkelheit herabsank, war noch nicht die Hälfte des Viehs in den Ställen an Bord der CAROLINE, und Hornblower machte sich Sorgen, wie die Tiere getränkt und gefüttert werden sollten. Er war froh über jeden Wink, den er den paar landwirtschaftlich geschulten Leuten seiner Besatzung durch diplomatische Fragen entlocken konnte. Schon vor Morgengrauen rief er seine Männer wieder an die Arbeit. Es gab für ihn einen Augenblick heimlicher Schadenfreude, als Tapling um sein Leben auf den Laufsteg über den Ställen springen mußte, um einem rasenden Ochsen zu entkommen, der an Deck umherjagte und sich um keinen Preis in einen Stall sperren ließ. Als dann endlich das letzte Tier sicher untergebracht war, sah sich Hornblower vor ein neues Problem gestellt: er mußte sich um jene Verrichtung kümmern, die einer seiner Leute kurz und bündig »Ausmisten« nannte. Füttern, tränken und nun auch noch ausmisten. Es sah so aus, als machte diese Decksladung Vieh allein so viel Arbeit, daß seine achtzehn Mann damit vollauf beschäftigt waren. Wer aber blieb dann noch, um das Schiff zu bedienen?

Einen Vorteil hatte es, daß die Männer so schwer heran mußten: Hornblower konnte mit grimmiger Freude feststellen, daß seit dem Beginn der Plackerei kein Wort mehr über die Pest gefallen war. Der Ankerplatz der CAROLINE war gegen nordöstliche Winde ungeschützt, und daher war es unerläßlich, daß er in See ging, ehe Wind aus dieser Richtung aufkam. Er musterte seine Männer und teilte sie in Wachen ein, er selbst war der einzige Nautiker an Bord, also mußte er die beiden Bootssteurer Maxwell und Jordan als Wachoffiziere einsetzen. Ein Mann meldete sich freiwillig als Koch, wer aber sollte das Amt des Kochsmaaten übernehmen? Hornblower musterte seine Leute und bestimmte zuletzt Tapling dazu. Der öffnete schon den Mund, um dagegen Einspruch zu erheben, aber seine Worte blieben ungesagt, denn Hornblowers entschlossenes Auftreten erstickte jeden Widerspruch im Keim.

Es gab auf diesem Schiff keinen Bootsmann, keinen Zimmermann und natürlich auch keinen Arzt, darüber gab sich Hornblower beklommen Rechenschaft. Was den Arzt betraf, so konnte er allerdings hoffen, daß die drohende Krankheit ein rasches und gnädiges Ende bescherte.

»Backbordwache Vorsegel und Großmarssegel los!« befahl er. »Steuerbordwache Mann Spill!«

So begann jene Reise Seiner Majestät Transportbrigg Caroline, die in der ganzen Marine als sagenhaftes Abenteuer bekannt wurde, weil jene, die dabeigewesen waren, bei ihren neuen Kommandos auf ungezählten Mittelwachen die tollsten Dinge darüber zu berichten wußten. Die Caroline machte die drei Wochen Quarantäne auf einer einzigen ziellosen Kreuzfahrt im westlichen Mittelmeer durch. Dabei mußte sie sich möglichst nahe der Meerenge halten, damit sie nicht durch westliche Winde und den meist in das Mittelmeer hineinsetzenden Strom zu weit nach Osten geriet und Gefahr lief, Gibraltar nicht zur befohlenen Zeit zu erreichen. So kreuzte sie dann unverdrossen zwischen Spanien und Afrika hin und her und verbreitete dabei in ihrem Lee einen Stallgeruch, der sich immer stärker bemerkbar machte. Die Caroline war ein altes Schiff und weich in den Verbänden, schon beim geringsten Seegang leckte sie wie ein Sieb. Die Leute standen ununterbrochen an den Pumpen. Entweder pumpten sie Wasser aus dem Schiff, oder Seewasser an Deck, um den Mist wegzuspülen, oder endlich Frischwasser aus den Fässern herauf, um das Vieh zu tränken.

Die schweren Ställe an Oberdeck machten die Caroline bei frischer Brise topplastig und beeinträchtigten ihre See-Eigenschaften, natürlich leckten dann auch die Decksnähte, so daß ständig eine unbeschreiblich stinkende Jauche in die unteren Räume tropfte. Der einzige Trost war der unerschöpfliche Vorrat an Frischfleisch, das die meisten von Hornblowers Leuten schon seit über drei Monaten nicht mehr gekostet hatten. Hornblower opferte rücksichtslos jeden Tag einen Ochsen für die Kombüse, da sich das Fleisch in der Hitze des Mittelmeers nicht länger frisch halten ließ. So schwelgten denn seine Männer einen Tag um den anderen in Beefsteaks und Rinderzungen, und es gab mehr als einen darunter, der solche Leckerbissen noch nie im Leben gekostet hatte.

Dafür bereitete die Versorgung mit Wasser um so größere Sorge. Sie machte Hornblower mehr zu schaffen als jedem anderen Kapitän, denn die Masse Vieh an Bord war immer durstig. Zweimal mußte er mit Landungstrupps spanische Fischerdörfer heimsuchen, um aus Bächen und Quellen seine Wasserfässer neu zu füllen.

Wie es sich bei der zweiten Landung erwies, war das ein gefährliches Unterfangen, denn als die CAROLINE noch im Begriff war, sich wieder von der Küste freizusegeln, kam hinter der nächsten Huk ein spanischer Guardacosta-Kutter zum Vorschein und hielt unter einem Preß von Segeln auf sie zu. Maxwell sah ihn zuerst, aber Hornblower hatte ihn ebenfalls schon entdeckt, ehe er noch Meldung machen konnte.

»Danke, Maxwell«, sagte Hornblower mit gespielter Fassung.

Er richtete sein Glas auf das Fahrzeug. Es lag kaum drei Meilen entfernt und etwas in Luv, die CAROLINE war also abgeschnitten, da ihr die nahe Küste ein Entkommen nach Lee unmöglich machte. Der Kutter lief mindestens eine Meile mehr, und überdies war die CAROLINE mit ihrem hinderlichen Aufbau nicht höher als acht Strich an den Wind zu bringen. Während Hornblower durch sein Glas nach dem Gegner hinübersah, kam die aufgespeicherte Erregung der letzten Woche zum Überkochen. Er haderte mit dem Schicksal, das ihm diesen lächerlichen Auftrag zugedacht hatte, er haßte die schwerfällige CAROLINE samt ihrer stinkenden Ladung, er raste gegen sein Pech, das ihm diese aussichtslose Lage bescherte.

»Verflucht!« stieß er zähneknirschend hervor und stampfte wütend mit dem Fuß. »Hol der Satan den ganzen Sch ... dreck!«

Er tanzte förmlich vor Wut, und sein zweites Ich nahm neugierig Anteil an diesem nie erlebten Ausbruch. In der Siedehitze seines Temperaments kam natürlich der Gedanke an kampflose Übergabe gar nicht erst auf, das Ergebnis seiner Raserei war vielmehr, wie nicht anders zu erwarten, ein Schlachtplan. Wieviel Mann waren auf dem spanischen Guardacosta-Kutter voraussichtlich an Bord? Zwanzig? Ausgeschlossen, denn diese Kutter waren ja nur dazu da, kleine Schmuggelfahrzeuge aufzubringen. Wenn es ihm also seinerseits gelang, die Kerls zu überraschen, dann bestand immer noch eine Aussicht auf Erfolg – trotz der vier Achtpfünder, mit denen der Kutter ausgerüstet war.

»Pistolen und Entermesser klar!« befahl er. »Jordan, suchen Sie sich zwei Mann aus, und bleiben Sie sichtbar hier an Deck. Alle anderen begeben sich in Deckung. Daß sich keiner blicken läßt! Sie, Mr. Tapling, können sich uns anschließen. Versehen Sie sich ebenfalls mit Waffen.«

Von einem beladenen Viehtransporter erwartet kein Mensch Widerstand. Die Spanier mochten mit zwölf Mann Besatzung rechnen, niemals aber konnten sie auf den Gedanken kommen, daß sich hier eine militärische Besatzung von zwanzig Mann an Bord befand. Die Aufgabe war also, den Kutter in Reichweite heranzulocken.

»Voll und bei!« rief Hornblower dem Rudergänger zu. »Klar zum Jumpen, Männer! Maxwell, wenn sich einer zeigen sollte, ehe ich den Befehl dazu gebe, dann knallen Sie ihn eigenhändig nieder. Haben Sie mich verstanden? Das ist ein dienstlicher Befehl, und wenn Sie nicht gehorchen, dann tun Sie das auf eigene Gefahr.«

»Aye, aye, Sir«, sagte Maxwell.

Der Kutter brauste heran, selbst in dieser leichten Brise hatte er weißen Schaum vor dem Bug. Hornblower warf noch einen Blick nach oben, um sich zu vergewissern, daß die CAROLINE keine Flagge führte, weil sein Plan dann nach den Kriegsgesetzen als erlaubte Kriegslist galt. Auf dem Kutter stieg eine Qualmwolke auf, der der Knall eines Geschützes folgte. Die CAROLINE hatte den üblichen Schuß vor den Bug bekommen.

»Ich drehe bei, Jordan«, sagte Hornblower. »Großmarsbrassen! Ruder in Lee!«

Die CAROLINE kam in den Wind und wiegte sich ohne Fahrt in der See. Jedermann mußte überzeugt sein, daß sie sich kampflos ergeben hatte.

»Keinen Laut, Leute.«

Nur die Rinder ließen ihr klagendes Gebrüll vernehmen. Der Kutter kam heran, seine Besatzung war jetzt schon deutlich auszumachen. Hornblower unterschied einen Offizier, der schon auf der Reling stand und sich an die Wanten klammerte, um sofort herüberspringen zu können, aber sonst schien sich niemand weiter um das Bevorstehende zu kümmern. Die Kerle sahen sich nur die unförmigen Aufbauten der CAROLINE an und schienen sich über die Stallgeräusche zu amüsieren, die zu ihnen hinüberdrangen.

»Abwarten, Männer, abwarten!« sagte Hornblower.

Jetzt glitt der Kutter längsseit. Da stieg Hornblower in heißem Schrecken das Blut zu Kopf, weil er plötzlich merkte, daß er unbewaffnet war. Wohl hatte er seinen Männern befohlen, Pistolen und Entermesser klarzunehmen, wohl hatte er Tapling aufgefordert, sich zu bewaffnen, und doch hatte er glatt vergessen, daß er selbst ebenfalls Waffen brauchte. Jetzt war es zu spät, diese Unterlassung wiedergutzumachen. Schon wurde er vom Kutter her auf spanisch angerufen und breitete die Arme, um damit auszudrücken, daß er nicht verstand. Im nächsten Augenblick legte das Fahrzeug an.

»Drauf, Männer!« rief er laut über das Deck.

Zugleich rannte er in großen Sprüngen über den Aufbau und schnellte sich über den Zwischenraum zwischen den beiden Schiffen nach dem Offizier dort im Want. Er mußte heftig schlucken, während er ohne Halt durch die Luft flog. Dann fiel er mit seinem ganzen Gewicht auf sein unglückliches Opfer, packte den Spanier mit beiden Armen um die Schultern und stürzte mit ihm an Deck. Hinter ihm erscholl lautes Gebrüll, als die CAROLINE ihre ganze Besatzung über den kleinen Kutter ausspie. Füßegetrappel, Säbelgeklirr und Kampfgetöse erfüllten die Luft. Hornblower richtete sich mit leeren Händen wieder auf. Maxwell machte einen Mann mit seinem Entermesser nieder. Tapling stürmte allen voran nach dem Bug, schwang seinen Säbel und brüllte wie von Sinnen. Dann war alles vorbei. Die Spanier waren in ihrer sprachlosen Verblüffung nicht imstande, auch nur eine Hand zu ihrer Verteidigung zu heben.

So kam es, daß die CAROLINE am zweiundzwanzigsten Tag ihrer Quarantäne, in Lee gefolgt von einem gekaperten Küstenschutzkutter, in die Bucht von Gibraltar einlief. Der Wind trug eine dicke Wolke von Stalldunst zur INDEFATIGABLE hinüber, als Hornblower in ihrer Nähe vor Anker ging, um seine Meldung zu erstatten.

Am Fallreep empfing ihn sein Freund, Fähnrich Bracegirdle, gleich mit den Worten:

»Halloh, Noah, was machen denn Sem und Ham?«

Aber Hornblower gab ihm schlagfertig zurück: »Sem und Ham haben eine Prise aufgebracht, was du wahrscheinlich nicht von dir behaupten kannst.«

Auf eine andere Bemerkung allerdings verschlug es Hornblower die Antwort. Die bekam er vom Chefintendanten des Geschwaders zu hören, als er sich bei ihm meldete, um ihm Bericht zu erstatten.

»Sie wollen mir doch nicht etwa sagen«, meinte er, »daß Sie Ihren

Leuten fortwährend Frischfleisch verabfolgt haben? Einen Ochsen am Tag für ganze achtzehn Mann? Dabei war doch reichlich Proviant an Bord. Ein solches Verfahren kann man nur als mutwillige Verschwendung bezeichnen. Ich muß mich wirklich wundern, Mr. Hornblower.«

8

Der diensttuende Leutnant Hornblower brachte die Sloop LE REVE, eine Prise Seiner Majestät Schiff INDEFATIGABLE, in der Bucht von Gibraltar zu Anker. In seiner Aufregung war ihm zumute, als ob die Kieker der ganzen Mittelmeerflotte auf ihn gerichtet wären, wiewohl er jeden ausgelacht hätte, der ihn etwa gefragt hätte, ob er so etwas für möglich hielte. Niemand hätte mit größerer Sorgfalt auf die Stärke der leichten achterlichen Brise achten oder die Abstände zwischen den schweren vor Anker liegenden Linienschiffen schätzen, niemand gewissenhafter den Raum berechnen können, den LE REVE zum Schwojen brauchte. Sein Maat Jackson stand auf der Back und wartete auf den Befehl, den Klüver zu bergen. Als Hornblower von achtern rief, war das Segel denn auch blitzschnell niedergeholt.

»Luv das Ruder«, kommandierte Hornblower, und LE REVE drehte in den Wind. »Gei auf überall!«

LE REVE hatte noch etwas Fahrt voraus, aber der vorliche Wind brachte das Schiff rasch zum Stehen.

»Fallen Anker!«

Die Ankertroß ließ rumpelnd ihren Protest vernehmen, als sie vom Anker aus der Klüse gerissen wurde, und zugleich hörte man jenes immer willkommene Aufklatschen des Ankers, das wieder einmal vom Ende einer Reise Kunde gab. Hornblower paßte sorgfältig auf, wie LE REVE eintörnte, erst dann ließ seine innere Spannung etwas nach. Er hatte die Prise sicher in den Hafen gebracht. Der Kommodore, Kapitän Sir Edward Pellew, war offensichtlich noch nicht eingelaufen, darum war es seine Pflicht, sich unmittelbar beim Hafenadmiral zu melden.

»Ich möchte das Boot ausgesetzt haben«, befahl er, dann dachte er an seine Pflicht zur Menschlichkeit und setzte hinzu: »Übrigens können Sie jetzt die Gefangenen an Deck lassen.«

Die Leute hatten die letzten achtundvierzig Stunden bei geschalkten Luken im Raum zubringen müssen, da die Gefahr der Rückeroberung jeden Prisenkommandanten wie ein Schreckgespenst zu verfolgen pflegte. Aber hier in der Bucht, inmitten der mächtigen Mittelmeerflotte, war diese Gefahr endgültig gebannt. Mit zwei Mann an den Riemen jagte die Gig pfeilschnell durchs Wasser, und zehn Minuten später meldete Hornblower dem Admiral seine Ankunft.

»Sie sagen, das Schiff sei ein guter Läufer?« meinte der und warf einen Blick durchs Fenster nach der Prise.

»Jawohl, Sir. Außerdem besitzt es recht gute Manövriereigenschaften.«

»Ich werde die Sloop für die Marine ankaufen«, überlegte der Admiral. »Man hat ja ohnehin nie genug Fahrzeuge für den Depeschendienst.«

Obwohl Hornblower nach dieser Andeutung schon ahnen mochte, was ihm bevorstand, war es doch eine freudige Überraschung, als er ein schwerversiegeltes Dienstschreiben bekam und nach dem Öffnen die wichtigen Worte las:

Sie werden hiermit ersucht und angewiesen, das Kommando über Seiner Majestät Sloop Le Reve *zu übernehmen und nach Übernahme der für England bestimmten Dienstpost ohne Verzug nach Plymouth zu versegeln.*

Das war das langerträumte unabhängige Kommando, es bedeutete zugleich, daß er endlich, nach drei langen Jahren, England wiedersehen durfte. Nicht zuletzt aber sah er darin mit Recht eine hohe persönliche Auszeichnung. Zugleich mit diesem hocherfreulichen Befehl hatte man ihm aber noch ein zweites Schreiben in die Hand gedrückt, das er mit weit weniger Begeisterung las.

Ihre Exzellenzen, Generalmajor Sir Hew und Lady Dalrymple, würden sich sehr freuen, den diensttuenden Leutnant zur See Horatio Hornblower heute nachmittag drei Uhr zum Dinner im Regierungsgebäude bei sich zu empfangen.

Für diesen oder jenen mochte es wirklich ein reines Vergnügen sein, beim Gouverneur von Gibraltar und seiner Gattin speisen zu dürfen, aber für einen diensttuenden Leutnant, der für sein gesamtes Hab und Gut nur eine einzige Seekiste sein eigen nannte, war dieses Vergnügen zum mindesten recht gemischt, denn nun galt es zunächst, sich für das große Ereignis »in Schale zu werfen«.

Dennoch überwog am Ende die freudige Erregung, die wohl jeden jungen Mann überkommen mußte, wenn er von der Anlegestelle zum Regierungsgebäude emporstieg. Hornblower machte darin keine Ausnahme, zumal ihm sein Freund Bracegirdle, der aus wohlhabendem Hause stammte und einen ansehnlichen Monatswechsel bezog, rasch noch ein Paar weiße Strümpfe aus reiner, makelloser Chinaseide geliehen hatte. Das Pech war nur, daß Hornblower dünne Waden hatte und Bracegirdle dicke, aber diese Schwierigkeit war durch einen kleinen Kunstgriff leicht zu beheben. Zwei kleine Polster aus Werg und ein paar Streifen Heftpflaster aus den Beständen des Schiffsarztes, und schon besaß Hornblower ein Paar Waden, deren sich niemand zu schämen brauchte. Jetzt konnte er den linken Fuß – Spitze nach auswärts – vorsetzen und seine Verbeugung zelebrieren, ohne befürchten zu müssen, daß seine Strümpfe Falten schlugen, und durfte dabei noch das erhebende Bewußtsein genießen, daß er, wie Bracegirdle meinte, ein Paar Beine besaß, auf die jeder Gentleman stolz wäre.

Im Regierungsgebäude wurde Hornblower von einer der üblichen aalglatten, langweiligen Adjutantenfiguren empfangen und seinen Gastgebern vorgestellt. Er machte seinen Kratzfuß vor Sir Hew, einem lebhaften alten Herrn mit gerötetem Gesicht, und Lady Dalrymple, einer ebenso lebhaften alten Dame mit ebenso gerötetem Gesicht.

»Mr. Hornblower«, sagte diese, »ich möchte Sie vorstellen – Euer Gnaden, dies ist Mr. Hornblower, der neue Kommandant der Sloop Le Reve – Ihre Gnaden, die Herzogin von Wharfedale.«

Eine richtige Herzogin! Hornblower stach wieder sein auswattiertes Bein nach vorn, drückte die Zehenspitzen nach außen, legte die Linke aufs Herz und verbeugte sich so tief, wie es seine zu enge Hose zuließ. Er war ja noch ein ganzes Stück gewachsen, seit er sie bei seiner Kommandierung auf die Indefatigable gekauft hatte. Als er seinen Blick wieder hob, begegneten ihm ein Paar blitzblaue Augen und das Gesicht einer Frau in mittleren Jahren, die sicher einmal eine Schönheit gewesen war.

Dann hörte er sie in unverfälschtem Cockney sagen: »Also das ist er, unser Kommandant. Aber sagen Sie, meine liebe Mathilde, wollen Sie uns wirklich diesem jungen Springinsfeld in Uniform da anvertrauen?«

Das kam in einem so ordinären Akzent heraus, daß es Hornblower den Atem verschlug. Er war auf allerlei gefaßt, aber daß eine fürstlich gekleidete Lady das schlimmste Londoner Vorstadtenglisch sprach, das hatte er doch nicht erwartet. Er starrte sie so betroffen an, daß er darüber vergaß sich aufzurichten und mit vorgerecktem Kinn, die Hand noch immer auf der Brust, wie angenagelt stehenblieb.

»Wie ein Gänserich auf der Weide«, sagte die Herzogin, »gleich zischt er mich an.«

Zugleich streckte auch sie ihm ihr Kinn entgegen, stemmte ihre Hände auf die Knie und wackelte so komisch mit dem Körper hin und her, daß sie einer streitbaren Gans verblüffend ähnlich sah. Damit hatte sie Hornblowers Haltung so ausgezeichnet getroffen, daß die ganze übrige Gästeschar in schallendes Gelächter ausbrach. Hornblower bekam einen feuerroten Kopf und wußte vor Verlegenheit nicht ein noch aus.

Als die Herzogin das bemerkte, kam sie ihm sofort zu Hilfe: »Nein, lassen wir den armen Kerl in Ruhe«, sagte sie und gab ihm einen kräftigen Klaps auf die Schulter. »Er ist eben noch ein junges Bürschchen, aber deswegen braucht er sich nicht zu schämen. Ich sage sogar, er kann sich etwas darauf einbilden, daß man ihm in seinem Alter schon ein Schiff anvertraut.«

Die Worte der Herzogin brachten Hornblower nur in neue Verlegenheit, darum war er heilfroh, als jetzt verkündet wurde, daß das Dinner angerichtet sei. Natürlich fand er seinen Platz unter den Leutnants und anderen Gästen minderen Ranges in der Mitte der langen Tafel. Am oberen Ende nahmen Sir Hew und die Herzogin Platz, am unteren Lady Dalrymple und ein älterer Kommodore. Im übrigen waren nicht annähernd so viele Frauen wie Männer zu Gast, so daß unter anderen auch Hornblower keine Tischdame bekam. Zu seiner Rechten saß vielmehr der junge Adjutant, der ihn vorhin in Empfang genommen hatte.

»Auf Ihr Wohl, Euer Gnaden«, sagte der Kommodore über die Länge des Tisches hinweg und hob sein Glas.

»Danke, das war höchste Zeit«, rief die Herzogin zurück. »Ich fragte mich schon, wer mich wohl vor dem Verdursten retten würde.«

Sie setzte ihr randvolles Glas an die Lippen und trank es in einem langen Zuge leer.

»Die ist richtig«, sagte der Adjutant zu Hornblower. »Sie werden wohl noch allerlei erleben, wenn sie erst bei Ihnen an Bord ist.«

»Bei mir an Bord?« fragte Hornblower verwundert. »Wie meinen Sie das?« Der Adjutant streifte ihn mit einem mitleidigen Blick.

»Wie, Sie wissen noch nichts davon?« fragte er. »Aber so ist es jedesmal. Derjenige, den es am meisten angeht, erhält als letzter Bescheid.

Wenn Sie morgen mit Ihrer Post in See gehen, dann werden Sie zugleich die Ehre haben, Ihre Gnaden, die Herzogin, nach England mitzunehmen.«

»Gott steh' mir bei!« stieß Hornblower hervor.

»Hoffentlich tut er es«, meinte der Adjutant andächtig und schnupperte an seinem Wein. »Dieser süße Malaga taugt nicht viel. Der alte Hare kaufte Anno 95 eine Riesenmenge davon, und seitdem hält es jeder Gouverneur für seine Pflicht, das Zeug aufzutrinken.«

»Wer ist denn die Dame eigentlich?« fragte Hornblower.

»Ihre Gnaden, die Herzogin von Wharfedale«, gab der Adjutant zur Antwort. »Haben Sie nicht gehört, wie Lady Dalrymple sie Ihnen vorstellte?«

»Doch. Aber wenn sie den Mund aufmacht, dann klingt das alles andere als herzoglich.«

»Stimmt. Der alte Herzog war schon reichlich senil, als er sie heiratete. Ihre Freunde sagen, sie sei die Witwe eines Gastwirts gewesen, was ihre Gegner über sie reden, können Sie sich leicht selbst ausmalen.«

»Und was macht sie hier in Gibraltar?« erkundigte sich Hornblower weiter.

»Sie ist auf dem Rückweg nach England. Soviel ich weiß, wurde sie in Florenz durch den Einmarsch der Franzosen überrascht. Es gelang ihr, sich nach Livorno durchzuschlagen, dort heuerte sie für viel Geld einen Küstensegler, der sie hierherbrachte. Hier kam sie mit der Bitte zu Sir Hew, ihr die Weiterreise zu ermöglichen, und der wandte sich deswegen an den Admiral – was täte Sir Hew nicht alles für eine Herzogin, und wenn sie die Witwe eines Kneipenwirts ist.«

»Jetzt weiß ich wenigstens Bescheid«, sagte Hornblower.

Vom Kopf der Tafel her hörte man lautes Gelächter, die Herzogin stieß dem Gouverneur mit dem Griff ihres Messers in die scharlachrot bekleideten Rippen, als ob sie damit die Pointe ihres Witzes unterstreichen wollte.

»Es sieht so aus, als sollte es Ihnen auf Ihrer Heimreise nicht an Spaß fehlen«, meinte der Adjutant.

In diesem Augenblick wurde eine dampfende Ochsenlende vor Hornblower auf die Tafel gesetzt, und damit traten alle seine anderen Sorgen in den Hintergrund, denn nun galt es für ihn, den Braten kunstgerecht zu zerteilen und sich dabei so zu benehmen, wie es die feinen Tafelsitten von ihm verlangten.

»Darf ich Ihnen ein Stück Braten anbieten, Euer Gnaden, Madam, Sir? Gut durch oder halb durch, Sir? Etwas braune Sauce dazu, Sir?«

In dem heißen Zimmer stand ihm der Schweiß auf der Stirn, während er dem mächtigen Stück Fleisch zu Leibe ging. Es war noch sein Glück, daß sich die meisten Gäste an die anderen Gerichte hielten, so daß er nur verhältnismäßig wenig aufzuschneiden hatte. Ein paar zerfetzte Scheiben legte er sich selbst auf den Teller, weil das die einfachste Art war, seine stümperhafte Arbeit vor den anderen zu verbergen.

»Das Fleisch stammt aus Tetuan«, bemerkte naserümpfend der Adjutant, »es ist so zäh, daß man es kaum beißen kann.«

Als Adjutant eines Gouverneurs war er mit diesem abfälligen Urteil rasch bei der Hand und konnte dabei doch nicht ahnen, wie köstlich dieser zähe Braten einem jungen Seeoffizier mundete, der sich bis vor kurzem an Bord einer von Menschen wimmelnden Fregatte auf See herumgetrieben hatte. Hornblower ließ sich nicht einmal durch die Aussicht den Appetit verderben, daß ihm ab morgen die Pflicht oblag, eine Herzogin zu beherbergen und zu verpflegen. Und der Nachtisch, die Meringuen, Makronen, Crêmes und Früchte mußten einen jungen Mann in helles Entzücken versetzen, der am Sonntag zuvor noch einen undefinierbaren Johannisbeerbrei als Pudding vorgesetzt bekam.

»Diese Süßigkeiten verderben einem ganz den Geschmack am Wein«, kritisierte der Adjutant, aber was kümmerte das Hornblower.

Jetzt wurden die offiziellen Trinksprüche ausgebracht. Hornblower trank auf den König und die königliche Familie und hob sein Glas zum Wohl der Herzogin.

»Ich trinke auf unsere Gegner«, sagte Sir Hew, »daß sie versuchen mögen, mit ihren schatzbeladenen Schiffen den Atlantik zu überqueren.«

»Noch eins, Sir Hew«, rief der Kommodore am anderen Ende des Tisches: »Daß sich die Dons endlich entschließen mögen, aus Cadiz auszulaufen.«

Jetzt erhob sich am Tisch ein allgemeines Geknurre, fast wie von wilden Tieren. Die meisten der anwesenden Seeoffiziere gehörten nämlich zu Sir John Jervis' Mittelmeergeschwader, das nun schon seit Monaten im Atlantik kreuzte, um die Spanier abzufangen, sobald sie sich auf See zeigten. Jervis mußte seine Schiffe immer paarweise nach Gibraltar detachieren, damit sie Proviant und Vorräte ergänzen konnten, und die anwesenden Offiziere kamen von den beiden Linienschiffen, die zur Stunde in Gibraltar lagen.

»Dazu würde Jonny Jervis gewiß seinen Segen geben«, sagte Sir Hew. »Also, meine Herren, ein volles Glas auf die Dons! Mögen sie recht bald die Nase in See stecken.«

Jetzt erhoben sich die Damen und scharten sich um Lady Dalrymple.

Sobald es die Schicklichkeit zuließ, bat Hornblower, sich verabschieden zu dürfen, und machte sich davon. Er wollte heute nicht viel trinken, weil er einen klaren Kopf brauchte, wenn er am folgenden Morgen zum erstenmal als selbständiger Kommandant in See ging.

Vielleicht bewirkte gerade die bevorstehende Einschiffung der Herzogin mit all dem Drum und Dran, das dabei zu bedenken war, daß sich Hornblower nicht so viele Gedanken über sein erstes selbständiges Kommando machte. Noch vor Hellwerden, ja ehe noch die kurze Dämmerung des Mittelmeers anbrach, war er schon auf den Beinen, um sich zu überzeugen, ob sein geliebtes Schiff auch wirklich in der Lage war, der See und den Feinden Trotz zu bieten, die ihm etwa in den Weg liefen. Er hatte nur vier winzige Vierpfünder an Bord, um es mit diesen Feinden aufzunehmen, das hieß, daß er vor keinem Gegner sicher war. Sein Schiff war ohne Zweifel allen anderen unterlegen, denn schon die kleinste Kauffahrtei-Brigg hatte schwerere Waffen an Bord als er. So ging es ihm wie allen schwachen Geschöpfen auf dieser Erde: sein Heil lag einzig in der Flucht. Hornblower warf im grauen Dämmerlicht einen Blick in die Takelage, wo sich nachher die Segel breiten sollten, von deren Treibkraft unter Umständen alles abhing. Er ging mit seinen beiden Wachoffizieren, Fähnrich Hunter und Steuermannsmaat Winyatt, noch einmal die Wachrolle durch, um sicherzustellen, daß jeder einzelne Mann seiner elfköpfigen Besatzung genau über seine Dienstobliegenheiten im Bilde war. Als er schließlich beim besten Willen nichts mehr zu tun fand, warf er sich in sein bestes Bordpäckchen, würgte noch ein paar Bissen Frühstück hinunter und wartete auf die Herzogin.

Glücklicherweise kam sie schon zeitig an Bord. Ihre Exzellenzen hatten sich zu einer unangenehm frühen Stunde erheben müssen, um sich von ihrem Gast zu verabschieden. Mr. Hunter meldete das Näherkommen des Gouvernementsbootes mit kaum beherrschter Erregung.

»Danke, Mr. Hunter«, bestätigte Hornblower kühl. So verlangte es jetzt der Dienst, obwohl er mit Hunter noch vor wenigen Wochen in den Riggen der INDEFATIGABLE Haschen gespielt hatte.

Das Boot kam im Bogen längsseit, und zwei Matrosen in blitzsauberem Zeug hielten es mit ihren Bootshaken am Fallreep fest. LE

Reve hatte ein so niedriges Freibord, daß es selbst Damen nicht schwerfiel, aus dem Boot an Bord zu gelangen. Als der Gouverneur an Bord stieg, entboten ihm die beiden einzigen Bootsmannspfeifen, über die das kleine Schiffchen verfügte, ihren zwitschernden Gruß. Lady Dalrymple folgte ihrem Mann, und dann kam die Herzogin mit ihrer Begleiterin, einer jungen Dame, die so schön war, wie die Herzogin einst gewesen sein mochte. Ein paar Adjutanten machten den Beschluß, und damit stand das enge Deck des Schiffes bereits so voll Menschen, daß sich für das Gepäck der Herzogin kaum noch ein freies Plätzchen fand.

»So, jetzt wollen wir Ihnen einmal Ihre Kammer zeigen, Euer Gnaden«, sagte der Gouverneur.

Lady Dalrymple kreischte vor Vergnügen, als sie die winzige Kammer sah, die von den beiden Kojen fast ganz ausgefüllt war. Und dann stieß natürlich jeder der Neugierigen mit dem Kopf gegen den niedrigen Decksbalken.

»Wir werden es schon überstehen«, meinte die Herzogin ergeben in ihr Schicksal. »Das ist immerhin mehr, als so mancher sagen kann, der die kurze Reise nach Tyburn (zum Galgen) antritt.«

Einer der Adjutanten übergab Hornblower ein Paket mit der letzten Dienstpost und verlangte seine Unterschrift auf dem Empfangsschein. Dann ging es ans Abschiednehmen, und schließlich begaben sich Sir Hew und Lady Dalrymple unter neuerlichem Gezwitscher der Bootsmannspfeifen wieder von Bord.

»Mann die Winsch!« rief Hornblower über das Deck, als die Bootsgäste des Gouverneurs ihre Riemen eintauchten. Ein paar Sekunden kräftiger Arbeit, und der Anker war kurzstag.

»Anker ist los, Sir«, meldete Winyatt.

»Klüverfall!« kommandierte Hornblower. »Großsegel klar zum Setzen!«

Le Reve fiel ab und kam vor den Wind, als die Segel standen und das Ruder zu wirken begann. Da alle Mann mit dem Katten des Ankers und mit dem Segelsetzen vollauf beschäftigt waren, dippte Hornblower selbst die Flagge zum Gruß, als sein Schiff vor dem leichten Südost die Mole passierte und die Nase in die mächtige Dünung steckte, die vom Atlantik in die Meerenge hereinstand. Aus dem Skylight zu seinen Füßen drang Geklapper und dann ein Aufschrei herauf, offenbar war dort beim ersten Einsetzen des Schiffs einiges über Stag gegangen. Aber er hatte jetzt keine Zeit, sich um die

Frauen dort unten zu kümmern. Er nahm sein Glas zur Hand und richtete es erst auf Algeciras, dann auf Tarifa. Wie leicht konnte dort ein stark bemanntes Kaperschiff oder gar ein richtiges Kriegsschiff hervorbrechen, um sein wehrloses kleines Schiffchen ohne Mühe wegzuschnappen. Er kam aus diesem Grunde mindestens während der Vormittagswache nicht zur Ruhe. Kap Marroqui wurde gerundet, er setzte den Kurs nach St. Vincent ab, und dann begannen die Berge von Südspanien hinter der Kimm zu verschwinden. Kap Trafalgar war eben Steuerbord voraus in Sicht gekommen, als er seinen Kieker zusammenschob und an das Dinner dachte. Es war schön, Kommandant eines Schiffes zu sein und die Mahlzeiten nach eigenem Gutdünken bestellen zu können. Die schmerzenden Beine gemahnten ihn, daß er zu lange in einem Zug an Deck gestanden hatte – volle elf Stunden ohne Unterbrechung. Wenn ihm die Zukunft noch viele selbständige Kommandos bescherte, dann untergrub er auf diese Art und Weise vorzeitig seine Gesundheit.

Unter Deck setzte er sich auf die Backskiste und streckte aufatmend die müden Beine aus. Dem Koch gab er den Auftrag, bei der Herzogin anzuklopfen und sie mit einer Empfehlung von ihm zu fragen, ob sie irgendwelche Wünsche hätte. Er hörte bis in seine Kajüte, wie sie in bissigem Ton antwortete, nein, sie brauche nichts, nicht einmal ein Dinner. Hornblower konnte über solches Verhalten nur die Achseln zucken und aß seine eigene Mahlzeit mit allem Appetit, den ein gesunder junger Mann entwickeln kann. Als die Nacht herabsank, war er wieder an Deck. Winyatt hatte die Wache.

»Es wird dick«, sagte der.

So war es. Die Sonne stand unsicher dicht über der Kimm und verhüllte sich hinter wässerigem Dunst. Er wußte wohl, daß dies der Preis war, den er für den günstigen Wind zu zahlen hatte. Der Winter brachte in diesen Breiten immer leicht Nebel, wenn der kühle Landwind über den Atlantik hinstrich.

»Gegen Morgen wird es bestimmt noch dicker«, sagte Hornblower unmutig und änderte auf diese Aussicht hin seinen Nachtbefehl. Es sollte nicht, wie ursprünglich angeordnet, West zu Nord, sondern Kurs West gesteuert werden, damit er im Nebel auf alle Fälle gut frei von Kap St. Vincent blieb. Das war eine jener scheinbar völlig nebensächlichen Entscheidungen, die in Wirklichkeit das ganze Leben eines Menschen in eine andere Bahn lenken. Hornblower hatte später reichlich Zeit, darüber nachzudenken, was geschehen wäre, wenn er diese

Kursänderung nicht befohlen hätte. Die Nacht über war er oft an Deck und spähte in den immer dicker werdenden Dunst hinaus, gerade im entscheidenden Augenblick war er jedoch nach unten gegangen, um sich ein Auge voll Schlaf zu gönnen. Er wurde von einem Matrosen geweckt, der ihn heftig an der Schulter rüttelte.

»Sir, bitte, Sir, Mr. Hunter schickt mich. Sie möchten doch gleich an Deck kommen, Sir.«

»Ich komme«, sagte Hornblower, rieb sich den Schlaf aus den Augen und wälzte sich aus seiner Koje.

Der erste Schimmer des beginnenden Tages drang bereits durch den dicken Nebel, der über dem Schiff lag. LE REVE rollte ohne stützenden Halt in einer unangenehmen See, der leichte achterliche Wind war gerade stark genug, daß das Schiff dem Ruder gehorchte. Hunter stand mit dem Rücken zum Ruder und lauschte gespannt in das undurchdringliche Grau hinaus.

»Horchen Sie!« sagte er, als Hornblower neben ihn trat.

Er sprach halb im Flüsterton und vergaß in seiner Aufregung sogar die Anrede Sir, die er seinem Kommandanten schuldig war – aber Hornblower war selbst so aufgeregt, daß er es nicht einmal merkte. Er lauschte gleich Hunter angestrengt in den Nebel hinaus. Zunächst vernahm er nur die eigenen Schiffsgeräusche, das Klappern der Blöcke beim Rollen, das Rauschen der See vorn am Bug. Dann aber unterschied er etwa das gleiche noch einmal, nur weiter entfernt. Auch dort klapperten Blöcke, auch dort brach sich die See unter einem Schiffsbug.

»Ein Schiff, das dicht neben uns liegt«, sagte Hornblower.

»Jawohl, Sir«, sagte Hunter. »Nachdem ich nach Ihnen geschickt hatte, hörte ich sogar ein Kommando. Ich glaube, es wurde auf spanisch gegeben, jedenfalls in einer fremden Sprache.«

Die Furcht vor der unbekannten Gefahr senkte sich ebenso schwer über das kleine Schiff wie der Nebel.

»Holen Sie alle Mann heraus, aber leise«, sagte Hornblower.

Während er den Befehl noch aussprach, fragte er sich, ob er überhaupt einen Sinn hatte. Gewiß, er konnte seine Besatzung auf Gefechtsstationen schicken und die Vierpfünder bemannen, aber wenn das Schiff dort hinter der Nebelwand auch nur um ein weniges mehr Kampfkraft besaß als ein Kauffahrer, dann drohte ihm tödliche Gefahr. Zu seiner Beruhigung redete er sich ein, das Schiff könnte eine mit Schätzen beladene spanische Galleone sein. Die wollte er mit einem kühnen Handstreich entern und wäre dann bis an sein Lebensende ein reicher Mann.

»Alles Gute zum Valentinstag«, sagte plötzlich jemand neben ihm, daß er erschrocken zusammenfuhr. Er hatte ganz vergessen, daß die Herzogin an Bord war.

»Ruhe da!« zischte er sie wütend an, worauf sie fassungslos verstummte. Sie hatte sich zum Schutz gegen die feuchte Luft in einen Kapuzenmantel gehüllt und war in der nebligen Dämmerung nur als schattenhafter Umriß zu erkennen.

»Darf ich fragen ...«, begann sie.

»Nein, kein Wort«, flüsterte Hornblower.

Der Nebel trug eine rauhe Männerstimme herüber, andere Stimmen wiederholten deren Befehl, Pfeifen schrillten, es gab eine Menge Lärm und Unruhe.

»Das klingt spanisch, Sir, nicht wahr?« flüsterte Hunter.

»Natürlich, sie machen Wachwechsel, horchen Sie.«

Zwei Doppelschläge einer Schiffsglocke drangen herüber. Vier Glasen auf der Morgenwache – und dann hörte man ringsum noch ein Dutzend anderer Glocken wie ein Echo der ersten.

»Mein Gott«, flüsterte Hunter, »wir sind anscheinend mitten in einer Flotte.«

»Ja, in einer Flotte von großen Schiffen«, fügte Winyatt hinzu, der mit an Deck erschienen war, als alle Mann herausgeholt wurden.

»Die Dons sind also ausgelaufen«, sagte Hunter.

Und der Kurs, den ich absetzte, hat uns mitten hineingeführt, dachte Hornblower bitter. Es war bei Gott zum Verrücktwerden, wenn man sich dieses Pech vor Augen hielt. Dennoch durfte er jetzt nicht bei solchen Gedanken verweilen, er unterdrückte sogar die bitteren Worte, die sich auf seine Lippen drängten, als ihm einfiel, wie begeistert sie noch gestern mit Sir Hew darauf getrunken hatten, daß eben diese Flotte endlich auslaufen möge.

»Sie setzen mehr Segel«, bemerkte er trocken, »die Degos führen die Nacht über stets kleine Segel, genau wie die dicken Indienfahrer. Sie setzen ihre Bramsegel erst bei Tagesanbruch.«

Ringsum hörte man im Nebel das Quietschen der Blöcke, den Gleichtakt stampfender Schritte beim Holen der Fallen, das Klatschen an Deck geworfener Enden und dazu ein Gewirr unzähliger Stimmen.

»Die machen aber reichlich Krach bei ihren Manövern«, meinte Hunter.

Man sah ihm an, wie ihm die Aufregung zusetzte, als er sich immer wieder vergeblich bemühte, den Nebel mit dem Blick zu durchdringen.

»Gebe Gott, daß sie einen anderen Kurs steuern als wir«, sagte Winyatt, der sich etwas ruhiger und vernünftiger gab, »dann sind wir nämlich bald durch.«

»Das ist recht unwahrscheinlich«, meinte Hornblower.

LE REVE lief fast platt vor dem leichten Hauch einer Brise, wenn die Spanier dagegen aufkreuzten oder mit halbem Wind steuerten, dann hätten sich ihre Kurse in einem erheblichen Winkel geschnitten. In diesem Fall wären die von dem nächstgelegenen Schiff herüberdringenden Geräusche naturgemäß entweder stärker oder schwächer geworden. Aber davon war keine Rede. Daraus war zu schließen, daß LE REVE den Spanier bis mitten in ihren Verband hinein auf gleichem Kurs von achtern aufgelaufen war, weil diese während der Nacht nur kleine Segel führten. Es erhob sich die Frage, was in diesem Fall zu tun war. Sollte man Segel kürzen oder beidrehen, um wieder zurückzubleiben, oder war es besser, noch mehr Segel zu setzen, um die feindliche Flotte vollends zu überholen. Im Verlauf der nächsten Minuten ergab sich die Gewißheit, daß die Flotte und die Sloop genau auf gleichen Kursen lagen, da sie sich sonst auf alle Fälle dem einen oder anderen Schiff genähert hätten. Solange der Nebel anhielt, konnten sie sich daher auf diesem Kurs verhältnismäßig sicher fühlen.

Aber man konnte kaum erwarten, daß es weiter so dick blieb, wenn erst die Sonne höher kam.

»Sollten wir nicht den Kurs ändern, Sir?« fragte Winyatt.

»Abwarten«, sagte Hornblower.

Es war nun schon hell genug, daß er beobachten konnte, wie die Nebelmassen bald dicker, bald dünner an ihnen vorübertrieben. Das war ein sicheres Zeichen dafür, daß man nicht mit einem Fortbestand des Nebelwetters rechnen durfte. Schon im nächsten Augenblick liefen sie aus einer Nebelbank heraus und hatten plötzlich klare Sicht.

»Dort ist es, das Schiff!« stammelte Hunter aufgeregt.

Offiziere und Mannschaften begannen im ersten Schreck wie wild an Deck herumzurennen.

»Jeder bleibt, wo er ist, verflucht noch mal!« stieß Hornblower wütend und heiser vor Aufregung hervor.

An Steuerbord, kaum eine Kabellänge entfernt, war ein riesiger Dreidecker aus dem Nebel aufgetaucht, der auf Parallelkurs neben ihnen herlief. Voraus und an Backbord unterschied man die schattenhaften Umrisse anderer Kriegsschiffe. Wenn sie jetzt die Aufmerksamkeit des Gegners auf sich zogen, dann gab es keine Rettung mehr. Es blieb ihnen also nur der Ausweg, weiterzusteuern wie bisher und so zu tun, als hätten sie das gleiche Recht hier zu sein wie die Linienschiffe. Bei dem verlotterten Dienstbetrieb in der spanischen Marine war es immerhin denkbar, daß der Wachhabende Offizier da drüben nicht wußte, ob eine Sloop wie LE REVE zu seiner Flotte gehörte oder nicht. Vielleicht – das wäre allerdings ein Wunder gewesen – *gab* es bei diesem Verband sogar ein Fahrzeug ähnlicher Art. LE REVE stammte immerhin aus Frankreich und war auch nach französischer Art getakelt. Jetzt glitt das kleine Schiff Seite an Seite mit dem riesigen Linienschiff über die träge auflaufenden Seen. Es befand sich in Kernschußweite von fünfzig schweren Geschützen, ein einziger gut gezielter Treffer hätte genügt, es zum Sinken zu bringen. Hunter fluchte zwar noch immer leise vor sich hin, rührte sich jedoch nicht von der Stelle – die Disziplin wirkte wieder einmal Wunder. Auch mit dem schärfsten Kieker wäre es keinem von dort drüben gelungen, an Bord der Sloop irgend etwas von verdächtiger Unruhe zu entdecken. Eine neue Nebelwand zog heran, und bald waren sie wieder ganz in feuchtes Grau gehüllt.

»Gott sei Dank«, atmete Hunter auf. Er schien gar nicht zu merken, wie schlecht dieser fromme Ausruf zu seiner eben beendeten Flucherei passen wollte.

»Klar zum Halsen«, sagte Hornblower. »Gehen Sie auf Backbord-Bug an den Wind.«

Es war nicht nötig, die Leute noch besonders zur Ruhe zu ermahnen, jeder von ihnen wußte nur zu genau, welche Gefahr ihm drohte. Die Schoten wurden lautlos dichtgeholt und an Deck aufgeschossen, die Sloop wurde so hart wie möglich an den Wind gebracht, sie neigte sich in der leichten Brise um ein weniges zur Seite und stemmte sich mit dem Backbord-Bug gegen die müde anrollenden Seen.

»Jetzt kreuzen wir ihren Kurs«, sagte Hornblower.

»Hoffentlich laufen wir ihnen dabei nicht vor den Bug, sondern hinter dem Heck vorbei«, meinte Winyatt.

Die Herzogin stand noch immer in ihrem Kapuzenmantel auf dem Achterdeck. Sie hatte sich ganz an das Heck zurückgezogen, um möglichst niemandem im Weg zu stehen.

»Würden es Euer Gnaden nicht doch vorziehen, unter Deck zu

gehen?« fragte Hornblower und mußte sich dabei richtig dazu zwingen, die formelle Anrede zu gebrauchen.

»O nein, bitte, lassen Sie mich hier«, sagte die Herzogin. »Unter Deck? Das wäre mir unerträglich.«

Hornblower zuckte nur die Achseln und vergaß dann ganz ihre Gegenwart, da ihn alsbald eine neue Sorge befiel. Er verschwand unter Deck und erschien sogleich mit den beiden dicken Umschlägen wieder an Deck, die die Depeschen enthielten. Dann zog er einen Belegnagel aus der Nagelbank und begann die Umschläge sorgfältig mit einem Ende Kabelgarn daran zu befestigen.

»Bitte, Mr. Hornblower«, sagte die Herzogin, »verraten Sie mir doch, was Sie da tun.«

»Ich will sicherstellen, daß diese Umschläge samt ihrem Inhalt bestimmt untergehen, wenn ich sie im Fall unserer Gefangennahme über Bord werfe.«

»Dann sind sie also unwiederbringlich verloren?«

»Das ist immer noch besser, als daß sie die Spanier zu lesen bekommen«, sagte Hornblower so geduldig, wie es seine Verfassung erlaubte.

»Wie wäre es, wenn ich sie übernähme?« schlug die Herzogin vor. »Ich könnte sie wirklich an Ihrer Stelle besorgen.«

Hornblower blickte sie durchdringend an.

»Nein«, sagte er, »man könnte Ihr Gepäck durchsuchen. Damit müssen wir auf alle Fälle rechnen.«

»Ach was, Gepäck!« sagte die Herzogin, »glauben Sie denn, ich bin so töricht und lege sie in meinen Koffer? Nein, ich trage sie auf der Haut, so weit werden sie mich doch auf keinen Fall untersuchen. Ich stecke sie unter meinen Unterrock, dort finden sie sie nie.«

Hornblower hörte sich ganz verblüfft diese ungeschminkt sachliche Sprache an. Aber gerade darum mußte er sich eingestehen, daß der Plan der Herzogin Hand und Fuß hatte.

»Wenn sie uns gefangennehmen«, fuhr sie jetzt fort, »ich bete zu Gott, daß es uns erspart bleibt, aber wenn es doch dazu kommt, dann behalten sie mich auf keinen Fall in Gefangenschaft. Das wissen Sie so gut wie ich. Um mich loszuwerden, bringen sie mich nach Lissabon oder auf irgendeine Art an Bord eines britischen Kriegsschiffs. In beiden Fällen erreichen diese Depeschen doch noch ihr Ziel. Wohl kommen sie vielleicht spät, aber das ist immer noch besser als gar nicht.«

»Da haben Sie recht«, sagte Hornblower nachdenklich.

»Ich werde sie behüten wie mein eigenes Leben«, sagte die Herzogin. »Ich schwöre Ihnen, daß ich mich nie von den Papieren trennen werde. Niemand soll erfahren, daß ich sie habe, bis ich sie einem Offizier Seiner Majestät übergeben kann.«

Sie begegnete Hornblowers Blick mit einem Ausdruck von entwaffnender Offenheit.

»Der Nebel wird dünner, Sir«, meldete Winyatt.

»Machen wir rasch«, sagte die Herzogin.

Zu einem längeren Für und Wider war keine Zeit mehr. Hornblower löste die Umschläge aus ihrer Verschnürung, reichte sie ihr hin und steckte den Belegnagel wieder an seinen Platz.

»Diese verdammten französischen Moden«, schimpfte die Herzogin. »Ich hatte doch recht, daß ich Ihre Briefe unter dem Unterrock verstecken wollte. Im Busen hätte ich keinen Platz dafür.«

Das Oberteil ihres Gewandes bot wirklich allzuwenig Raum für ein Versteck. Die Taille war bis unter die Achseln hochgezogen, und der Rest des Kleides fiel ohne jede Rücksicht auf anatomische Einzelheiten glatt am Körper herab.

»Geben Sie mir einen Meter von dem Bindfaden da, aber rasch!« sagte die Herzogin.

Winyatt schnitt ihr mit seinem Messer ein entsprechendes Stück Kabelgarn ab und gab es ihr. Sogleich zog sie ihre Unterröcke hoch, und Hornblower wandte bestürzt den Blick zur Seite, als er oberhalb ihres Strumpfes eine Handbreit weißen Fleisches schimmern sah.

Der Nebel lichtete sich, darüber gab es nun keinen Zweifel mehr.

»Jetzt können Sie wieder herschauen«, sagte die Herzogin, ihr Unterrock fiel aber erst, als Hornblower längst wieder hinsah.

»Die Briefe sind unter meinem Hemd«, sagte die Herzogin, »ich trage sie auf der bloßen Haut, genau wie ich Ihnen versprach. Diese Directoiremode hat den Nachteil, daß niemand mehr ein Korsett trägt. Darum habe ich einfach den einen Umschlag auf der Brust und den anderen auf dem Rücken befestigt. Können Sie etwas davon entdecken? Bitte sehen Sie mich an!«

Sie drehte sich vor Hornblower um sich selbst, damit er sie genau in Augenschein nehmen konnte.

»Nein, man sieht bestimmt nichts«, sagte er. »Ich muß Euer Gnaden meinen aufrichtigen Dank für diese Hilfe sagen.«

»Hm, die Dinger tragen doch etwas auf«, sagte die Herzogin, »aber die Spanier können meinetwegen weiß Gott was vermuten, wenn sie nur nicht auf die Wahrheit kommen.«

Für Hornblower gab es im Augenblick nichts zu tun, und das eben brachte ihn in Verlegenheit. War es nicht mehr als seltsam, mit einer Frau an Bord des eigenen Schiffes über ihr Hemd und ihr Korsett – besser gesagt ihr nicht vorhandenes Korsett – reden zu müssen?

Die Sonne stand noch immer tief am Horizont und brach nun mit wäßrigem Schimmer durch den Nebel, so daß er vor ihrer Helligkeit die Augen zusammenkniff. Das Großsegel warf schon einen dunkleren Schatten über das Deck. Sekunde um Sekunde nahmen die Strahlen an Wärme und Leuchtkraft zu.

»Jetzt ist es soweit«, sagte Hunter.

Der Horizont vor ihnen weitete sich rasch und immer rascher. Aus ein paar Metern Sicht wurden hundert, wurde eine halbe Meile. Die See wimmelte von Schiffen, sechs waren schon deutlich zu erkennen, vier Linienschiffe und zwei große Fregatten alle mit der rotgoldenen spanischen Flagge im Topp und, was sie noch deutlicher als Spanier kennzeichnete, jedes mit einem riesigen hölzernen Kreuz an der Gaffelpiek. »Noch einmal halsen, Mr. Hunter«, sagte Hornblower, »damit wir wieder in den Nebel kommen.«

Nur dort konnte man noch auf Rettung hoffen, denn die Schiffe, die ihnen vor dem Wind entgegenkamen, konnten ja nicht umhin, Verdacht zu schöpfen und Fragen zu stellen, und es bestand nicht die geringste Aussicht, ihnen allen weit genug auszuweichen. LE REVE schwenkte also abermals herum, aber die Nebelbank, aus der sie eben aufgetaucht war, wurde unter den zehrenden Strahlen der Sonne schon zusehends dünner. Nur ein Schleier zog noch träge vor ihnen her und löste sich vor ihren Augen auf, während sie vergeblich hofften, ihn noch einzuholen.

Jetzt hallte der Donner eines Kanonenschusses zu ihnen herüber, und zugleich spritzte an Steuerbord achtern dicht beim Schiff die Wassersäule einer abprallenden Kugel auf, die dann im Bogen über sie hinwegflog und vor dem Bug in die See klatschte. Hornblower fuhr rasch genug herum, daß er eben noch den verwehenden Qualm am Bug der Fregatte sah, die offenbar hinter ihnen hersetzte.

»Zwei Strich Steuerbord«, befahl er dem Rudergänger und versuchte mit einem einzigen raschen Blick, den Kurs der Fregatte, die Windrichtung, die Peilungen der anderen Schiffe und des letzten dünnen Restes der Nebelbank gegeneinander abzuschätzen.

»Zwei Strich Steuerbord«, wiederholte der Rudergänger.

»Vor- und Großschoten!« befahl Hunter.

Wieder ein Schuß, diesmal viel zu kurz, aber der Seite nach genau gezielt.

Jetzt fiel Hornblower plötzlich die Herzogin ein.

»Euer Gnaden müssen jetzt unter Deck«, sagte er kurz und bestimmt.

»Nein, um Gottes willen, nur das nicht«, wehrte sich die Herzogin ganz entsetzt. »Bitte lassen Sie mich bleiben, wo ich bin. Unten halte ich es nicht aus. Meine Zofe liegt seekrank in ihrer Koje und möchte am liebsten sterben. Dieses winzige, stinkende Loch ist die Hölle.«

Die Kammer bot natürlich nicht die geringste Sicherheit, denn die Planken des kleinen Schiffchens waren viel zu dünn und schwach, um einer Kanonenkugel zu widerstehen. Tief unten im Laderaum wären die Frauen vielleicht in Sicherheit gewesen, aber dort hätten sie sich höchstens flach auf die Salzfleischfässer legen können.

»Segel voraus!« schrie der Ausguckposten.

Auch dort teilte sich jetzt der Nebel, und es zeigten sich die Umrisse eines Linienschiffes, das höchstens eine Meile entfernt war und den gleichen Kurs steuerte wie LE REVE. Bum – bum. Das waren gleich zwei Schüsse von der Fregatte hinter ihnen. Diese Schießerei verriet natürlich der ganzen spanischen Flotte, daß sich etwas Ungewöhnliches begab. Auch das Linienschiff dort vorn hatte wahrscheinlich längst beobachtet, daß die kleine Sloop verfolgt wurde. Eine Kugel sauste mit schrecklichem Geheul ganz dicht vorüber. Das Linienschiff schien auf sie warten zu wollen, Hornblower sah, wie seine Marssegel langsam backgeholt wurden.

»An die Schoten!« befahl Hornblower. »Mr. Hunter, bitte halsen.«

LE REVE kam wieder herum und steuerte auf die immer enger werdende Lücke zu, die an Backbord noch offen war. Die Fregatte achtern drehte auf, um ihr den Weg zu verlegen. Wieder qualmte es um ihren Bug. Eine Kugel sauste mit ohrenbetäubendem Geheul so dicht an Hornblower vorbei, daß er vom plötzlichen Winddruck taumelte. Das Großsegel hatte plötzlich ein Loch.

»Das sind keine Warnschüsse mehr, Euer Gnaden«, sagte Hornblower.

Jetzt feuerte das Linienschiff, das ein paar Oberdecksgeschütze ausgerannt und besetzt hatte. Es war, als wäre der Weltuntergang gekommen. LE REVE bekam einen Treffer in den Rumpf, man fühlte, wie sich das Deck bei seinem Einschlag hob, als wollte das kleine Schiff in Stücke fliegen. Im gleichen Augenblick wurde auch der Mast getroffen, Wanten und Stage brachen, ein Regen von Splittern prasselte an Deck. Der Mast, samt Segeln, Baum und Gaffel stürzte krachend nach Luv über Bord. Die Trümmer schleppten im Wasser nach und holten das arme, hilflose Wrack mit dem Rest Fahrt, den es noch hatte, zu sich herum. Die kleine Gruppe auf dem Achterdeck war im ersten Augenblick sprachlos vor Schreck.

»Ist jemand verletzt?« fragte Hornblower, der als erster wieder zu sich fand.

»Ich habe einen kleinen Kratzer abbekommen«, meldete sich ein Matrose.

Es war ein Wunder, daß der Mast niemanden erschlagen hatte.

»Meistersmaat, peilen Sie die Pumpen«, sagte Hornblower, besann sich aber gleich eines Besseren: »Nein, belege das, sollen die Dons das Schiff über Wasser halten, wenn sie können.«

Das Linienschiff, dessen Salve den Schaden angerichtet hatte, braßte seine Marssegel schon wieder und hielt von ihnen ab, während die verfolgende Fregatte jetzt rasch näher kam. Eine weinende Jammergestalt tauchte aus dem achteren Niedergang auf, es war die Zofe der Herzogin, so außer sich vor Angst und Schrecken, daß sie die Seekrankheit ganz vergessen hatte. Die Herzogin legte ihr den Arm schützend um die Schultern und versuchte, ihr gut zuzureden.

»Ich würde Euer Gnaden empfehlen, sich um Ihr Gepäck zu kümmern«, sagte Hornblower. »Voraussichtlich werden wir uns bald trennen müssen, da Sie bei den Dons wohl ein Extraquartier bekommen werden. Ich hoffe, daß Sie dort besser untergebracht sind als hier.«

Er gab sich verzweifelte Mühe, so ruhig und sachlich zu reden, als ob nichts Außergewöhnliches geschehen wäre, als ob er nicht schon sehr bald in spanische Gefangenschaft geraten würde. Aber der Herzogin entging doch nicht, wie es um seine Mundwinkel zuckte und wie sich seine Hände krampfhaft zu Fäusten ballten.

»Könnte ich Ihnen nur sagen, wie sehr ich Sie um Ihr Mißgeschick bedauere«, sagte die Herzogin mit einer Wärme, die ihr echtes Mitgefühl verriet.

»Dann könnte ich es nur um so schwerer ertragen«, meinte Hornblower und zwang sich dabei sogar ein Lächeln ab.

Die spanische Fregatte drehte jetzt bei, sie lag eine Kabellänge in Luv.

»Darf ich etwas fragen, Sir?« sagte Hunter.

»Bitte.«

»Könnten wir nicht kämpfen? Wenn Sie befehlen, werfen wir Kanonenkugeln in ihre Boote, sobald sie längsseit kommen. Einmal könnten wir sie damit vielleicht abschlagen.«

In der Qual seiner Verzweiflung hätte ihm Hornblower ums Haar ins Gesicht geschrien: Sie sind ja verrückt!, aber er konnte eben noch an sich halten und begnügte sich damit, stumm auf die Fregatte zu zeigen. Zwanzig Geschützmündungen starrten ihnen dort aus nächster Schußentfernung entgegen. Allein das Boot, das sie eben aussetzte, war doppelt so stark bemannt wie sein kleines Schiff, das doch nicht größer war als so manche Lustjacht. Die Aussicht auf einen Erfolg hätte nicht zehn zu eins, nicht hundert zu eins, ja kaum zehntausend zu eins gestanden.

»Ja, es hätte wohl keinen Zweck, Sir«, sagte Hunter.

Jetzt war das Boot des Spaniers zu Wasser und stand im Begriff abzusetzen.

»Ein Wort unter vier Augen, Mr. Hornblower«, sagte die Herzogin unvermittelt.

Hunter und Winyatt hatten ihre Worte gehört und zogen sich zurück.

»Bitte, Euer Gnaden?« sagte Hornblower.

Die Herzogin hielt immer noch ihre weinende Zofe im Arm und blickte ihm fest in die Augen.

»Ich bin so wenig eine Herzogin wie Sie selbst«, sagte sie.

»Großer Gott!« rief Hornblower. »Aber wer sind Sie dann?«

»Kitty Cobham.«

Der Name kam Hornblower irgendwie bekannt vor, dennoch wußte er nichts Rechtes damit anzufangen.

»Offenbar sind Sie noch zu jung, als daß Ihnen mein Name etwas bedeuten könnte. Immerhin ist es schon fünf Jahre her, seit ich das letztemal auf den Brettern stand.«

Richtig, nun wußte er Bescheid: Kitty Cobham, die berühmte Schauspielerin.

»Ich kann Ihnen jetzt nicht alles erzählen«, fuhr die »Herzogin« fort, als das spanische Boot schon über die Seen herangetanzt kam, »also fasse ich mich kurz. Der Einmarsch der Franzosen in Florenz war für mich nur die letzte einer ganzen Reihe von Katastrophen. Als ich ihnen entwischte, besaß ich keinen Pfennig Geld. Konnte ich erwarten, daß auch nur ein Mensch für eine ehemalige Schauspielerin einen Finger rührte, für eine Schauspielerin, die von aller Welt verraten und verkauft war und mutterseelenallein durch die Fremde irrte? Welcher Ausweg blieb mir da noch? Als Herzogin hatte ich sofort wieder Boden unter den Füßen. Sie wissen ja selbst, wie sich der alte Darymple bemühte, der Herzogin von Wharfedale zu Diensten zu sein.«

»Wie kamen Sie gerade auf diesen Namen?« fragte Hornblower trotz aller Aufregung voller Neugier.

»Nun, ich hatte von ihr gehört«, sagte die »Herzogin« achselzückend, »und wußte, daß sie so war, wie ich sie spielte. Darum verfiel ich auf sie. Außerdem lagen mir Charakterrollen von jeher besser als tragische. Sie werden vor allem nie langweilig, auch auf die Dauer nicht.«

Hornblower durchfuhr bei diesen Eröffnungen plötzlich ein eisiger Schreck.

»Um Gottes willen, meine Depeschen!« rief er. »Geben Sie sie mir zurück, aber rasch!«

»Wenn Sie durchaus wollen«, entgegnete die »Herzogin«. »Für die Spanier bleibe ich natürlich die Herzogin. Sie werden mich so rasch wie möglich in Freiheit setzen, und ich werde die Depeschen besser behüten als mein Leben. Darauf schwöre ich Ihnen einen heiligen Eid. Wenn Sie mir Vertrauen schenken, gelangt diese Post in weniger als einem Monat ans Ziel.«

Hornblower bohrte seinen Blick in ihre flehenden Augen. Gewiß, sie konnte eine Spionin sein, die mit aller List versuchte, die Post vor der Vernichtung zu bewahren, um sie den Spaniern in die Hände zu spielen. Wie aber hätte sie je damit rechnen können, daß LE REVE ausgerechnet mitten in die spanische Flotte geraten würde?

»Ich weiß, ich habe in meinem Leben gern und viel getrunken«, sagte die »Herzogin«, »das stimmt, und ich will es nicht leugnen. Aber in Gibraltar blieb ich nüchtern, das wissen Sie doch. Und ich rühre keinen Tropfen mehr an, keinen Tropfen, bis ich wieder in England bin. Auch das schwöre ich Ihnen. Bitte, Sir, bitte erlauben Sie mir doch, daß ich meinem Vaterland diesen Dienst erweise.«

Für einen jungen Menschen von neunzehn Jahren war es alles andere als einfach, zu diesem seltsamen Begehren ja oder nein zu sagen, zumal er noch nie im Leben mit Schauspielern zu tun gehabt hatte. Eine harte Befehlsstimme von außenbords verriet ihm, daß die Spanier im Begriff waren, längsseit zu kommen.

»Behalten Sie sie in Gottes Namen«, sagte Hornblower, »und liefern Sie sie ab, so bald Sie können.«

Er hatte den Blick nicht von ihr gewandt und wartete darauf, in ihren Augen ein triumphierendes Aufleuchten zu entdecken. In diesem Fall hätte er ihr die Depeschen noch irgendwie vom Leibe gerissen. Aber ihr Ausdruck verriet ihm nichts als echte Freude über seine Entscheidung. Da erst – und keinen Augenblick eher – beschloß er, ihr sein Vertrauen zu schenken.

Das spanische Boot hatte inzwischen längsseit eingehakt, ein spanischer Leutnant kletterte linkisch über die Reling und landete schließlich auf allen vieren an Deck. Als er wieder auf den Beinen stand, trat ihm Hornblower zum Empfang entgegen. Der Häscher und sein Gefangener begrüßten sich mit einer höflichen Verbeugung. Was der Spanier dabei sagte, konnte Hornblower nicht verstehen, offensichtlich handelte es sich um eine formelle Erklärung. Alsbald entdeckte der Spanier die beiden Frauen und hielt überrascht in seiner Rede inne. Hornblower beeilte sich, ihn, so gut es ging, auf spanisch vorzustellen.

»Señor el teniente español«, sagte er, »Señora la Duquesa de Wharfedale.«

Der Titel verfehlte seine Wirkung nicht, der Leutnant knickte förmlich zusammen und wurde dafür von der »Herzogin« mit einem unglaublich hochmütigen Kopfnicken belohnt. Jetzt war Hornblower überzeugt, daß seine Depeschen gut aufgehoben waren. Das war wenigstens ein kleiner Lichtblick in dem Elend, das er durchlitt, während er an Deck seines kleinen, lecken Schiffes stand und der Gefangenschaft entgegensah. Noch wartete er auf das, was kommen mußte, da hörte er weit in Lee ein um das andere Mal ein donnerndes Grollen, das gegen den Wind herüberdrang. Echter Donner konnte das nicht sein, dazu hielt er viel zu lange an. Blieb also nur noch eine zweite Möglichkeit: was er da hörte, waren Schiffe – waren Flotten im Gefecht. Da drüben lag Kap St. Vincent. Sollte es der britischen Flotte endlich gelungen sein, die Spanier dort zum Kampf zu stellen? Immer lauter und wilder rollten die Salven der Artillerie. Die Spanier, die an Bord geklettert waren, verrieten wachsende Unruhe, während Hornblower barhäuptig vor ihnen stand und darauf wartete, in Gefangenschaft abgeführt zu werden.

Gefangenschaft war ein entsetzliches Los. Erst als die Betäubung von Hornblower wich, konnte er ermessen, was es hieß, ein Gefangener zu sein. Nicht einmal die Nachricht von dem vernichtenden Schlag, den die spanische Flotte bei St. Vincent erlitten hatte, konnte sein Elend und seine Verzweiflung lindern. Ursache seines Zustandes waren nicht etwa die äußeren Lebensbedingungen – er hauste mit anderen gefangenen Deckoffizieren auf einem alten Segelboden in Ferrol mit zehn Quadratfuß pro Mann Lebensraum, also durchaus nicht schlechter als so mancher Leutnant an Bord. Worunter er litt, war vielmehr allein der Verlust der Freiheit, das entsetzliche Bewußtsein, ein Gefangener zu sein.

Volle vier Monate hatte er dieses Elendsdasein schon gefristet, als ihn endlich der erste Brief erreichte. Spanien, dessen Regierung in jeder Hinsicht versagte, hatte auch das schlechteste Postwesen von ganz Europa. Aber schließlich war der Brief doch angelangt. Man hatte ihn ein um das andere Mal umadressiert, bis er endlich in Hornblowers Hand gelangte, und der hatte ihn zu guter Letzt noch einem dummen spanischen Unteroffizier buchstäblich aus der Hand geschnappt, als jener ratlos über seinem ausländischen Namen brütete. Hornblower kannte die Handschrift nicht. Als er das Siegel erbrochen und den Brief geöffnet hatte, brachte ihn die Anrede zunächst auf den Gedanken, daß er vielleicht gar nicht für ihn bestimmt sei.

Mein lieber Junge, begann er. Wer in aller Welt konnte ihn mit diesen Worten anreden? Wie im Traum las er weiter.

Mein lieber Junge,
ich hoffe, Du wirst Dich ein wenig freuen, wenn ich Dir sage, daß das, was Du mir gabst, wohlbehalten an seinen Bestimmungsort gelangte. Als ich es ablieferte, erfuhr ich, Du seiest in Gefangenschaft, und darum blutet mein Herz für Dich. Ich hörte weiter, man sei mit Deinem Verhalten sehr zufrieden. Stell' Dir vor, einer dieser Admirale ist Teilhaber am Drury Lane-Theater. Wer hätte das gedacht. Er sah mich so freundlich lächelnd an, daß auch ich ihm mein liebenswürdigstes Lächeln zeigte. Das war alles. Da ahnte ich noch nicht, daß er an dem Theater beteiligt ist, ich lächelte wirklich nur, weil ich ihm von Herzen gut war. Was ich ihm dann noch über meine ausgestandenen Ängste und über die Gefahren der Reise mit meiner kostbaren Bürde erzählte, war wohl zum größten Teil nur Schauspielerei – leider. Immerhin, er glaubte mir aufs Wort und war von meinem Lächeln und meinen Abenteuern so hingerissen, daß er Sherry veranlaßte, mir eine Rolle zu geben. Und siehe da, seitdem spiele ich wieder zweite Hauptrollen,

meistens Heldenmütter, und das Parkett spendet mir begeistert Beifall. Ja, ich beginne einzusehen, daß auch das Alter seine guten Seiten hat. Noch eins: seit wir damals auseinandergingen, habe ich keinen Tropfen Wein mehr angerührt und weiß heute schon, daß ich es bis zum Ende meiner Tage nicht mehr tun werde. Als weitere Belohnung versprach mir der Admiral, daß er Dir diesen Brief durch die nächste Kartellkommission übermitteln wird – wahrscheinlich sagt Dir dieser Ausdruck mehr als mir. Ich kann nur hoffen, daß er recht bald in Deine Hände gelangt und Dir in Deinem Leid ein bißchen Trost spendet. Ich bete jeden Abend für Dich.

In herzlicher Zuneigung
Deine Katharine Cobham

Trost in seinem Leid? Doch, ein bißchen vielleicht. Es war tröstlich zu wissen, daß die Depeschen gut angekommen waren, es war auch tröstlich, aus zweiter Hand zu erfahren, daß Ihre Lordschaften mit ihm zufrieden waren, ja, es bot sogar ein klein wenig Trost, zu hören, daß seine »Herzogin« wieder auf der Bühne stehen durfte. Und doch, was wogen alle diese Tröstungen zusammen gegenüber der endlosen Qual der Gefangenschaft?

Ein Wachmann meldete sich mit dem Auftrag, ihn zum Lagerkommandanten zu bringen. Neben dem Kommandanten erwartete ihn der irische Renegat, der den Dienst eines Dolmetschers versah. Auf dem Schreibtisch des Spaniers lagen verschiedene Papiere, es sah so aus, als hätte die Kartellkommission nicht nur den Brief von Kitty Cobham, sondern auch Post für den Kommandanten überbracht.

»Guten Abend, Sir«, begrüßte ihn der Kommandant höflich wie immer und bot ihm einen Stuhl an.

»Guten Abend, Sir, und besten Dank«, erwiderte Hornblower. Spanisch machte ihm immer noch große Schwierigkeiten, daher blieb auch der Erfolg entsprechend gering.

»Sie sind befördert worden«, eröffnete ihm der Ire auf englisch.

»Was sagen Sie da?« stammelte Hornblower ungläubig.

»Daß Sie befördert sind«, wiederholte der Ire. »Hier in diesem Brief steht es: die spanischen Behörden werden davon in Kenntnis gesetzt, daß der Fähnrich zur See und diensttuende Leutnant Horatio Hornblower auf Grund seiner Verdienste zum Leutnant zur See befördert wurde und das Patent seines neuen Dienstgrades erhalten hat. Ihre Lordschaften der Admiralität sprechen die Erwartung aus, daß

Mr. Horatio Hornblower ohne Verzug in den Genuß aller Rechte gelangt, die gefangenen Offizieren zustehen. Nun, junger Mann, was sagen Sie dazu?«

»Meinen Glückwunsch, Sir«, sagte der Kommandant.

»Besten Dank, Sir«, sagte Hornblower.

Der Kommandant war ein gütiger alter Herr und schenkte dem linkischen jungen Mann ein freundliches Lächeln. Er sagte noch alles mögliche auf spanisch, aber Hornblower verstand ihn nicht, weil ihm viele von den Ausdrücken fehlten, die jener gebrauchte. Schließlich sah er sich hilfesuchend nach dem Dolmetscher um.

»Da Sie jetzt Offizier sind«, erklärte ihm dieser, »wird man Sie bei den anderen gefangenen Offizieren unterbringen.«

»Danke«, sagte Hornblower.

»Als Gefangener erhalten Sie den halben Sold Ihres Dienstgrades.«

»Danke.«

»Noch eins: von nun an gilt Ihr Ehrenwort. Auf dieses hin dürfen Sie täglich für zwei Stunden Ihr Quartier verlassen, um die Stadt oder die Umgebung aufzusuchen.«

»Danke«, sagte Hornblower.

Während der langen Monate, die nun folgten, bot es ihm in seinem Unglück doch ein bißchen Linderung, daß ihm sein Ehrenwort täglich zwei Stunden Bewegungsfreiheit gab, Freiheit, die Gassen der kleinen Stadt zu durchwandern, wenn er Geld in der Tasche hatte, eine Tasse Schokolade oder ein Glas Wein zu genießen und dabei mit spanischen Soldaten, Matrosen oder Zivilisten eine höfliche, aber anstrengende Konversation zu pflegen. Noch besser war es, diese beiden Stunden in Wind und Sonne auf einsamen Ziegenpfaden zu durchwandern, die sich über das Vorgebirge hinzogen, und dabei Zwiesprache mit dem Meer zu halten, um daraus Trost in seinem Leid zu schöpfen.

Verpflegung und Unterbringung waren etwas besser geworden. Vor allem aber konnte er sich sagen, daß er nun endlich Leutnant war und ein vom König unterzeichnetes Patent besaß. Allerdings war er auch damit immer noch zum Hungern verurteilt, wenn der Krieg eines Tages doch zu Ende ging, weil man ihn dann bestimmt mit Halbsold entließ. Im Frieden gab es ja für junge Leutnants wie ihn kaum noch eine Aussicht auf Verwendung. Immerhin, er hatte sich seine Beförderung redlich verdient, seine Vorgesetzten waren offenbar mit ihm zufrieden. Daran konnte er sich immer wieder aufrichten, während er seine einsamen Wege ging.

Eines Tages wehte es stürmisch aus Südwest, der Wind fegte in heulenden Stößen vom Atlantik her gegen die Küste. Dreitausend Meilen war er über offenes Meer gebraust, er hatte seine Kräfte ungehindert sammeln können und trieb nun riesige Wogenungetüme vor sich her, die eines um das andere mit donnerndem Getöse an der spanischen Küste zerschellten. Hornblower stand auf dem Landvorsprung oberhalb des Hafens von Ferrol. Er stemmte sich gegen den Wind, um nicht umgerissen zu werden, und schlug sich seinen alten, abgetragenen Wintermantel enger um den Leib. Es wehte so hart, daß er gegen den Wind kaum atmen konnte. Drehte er sich um, dann fiel ihm zwar das Atmen leichter, aber dafür wehte ihm der Sturm die wirren Haare in die Augen, stülpte ihm den Mantel fast über den Kopf und zwang ihn mit unwiderstehlicher Gewalt dazu, sich trippelnd den Hang hinunterzubewegen, an dessen Fuß Ferrol lag. Er verspürte jedoch einstweilen nicht die geringste Lust, schon wieder in die Stadt zurückzukehren. Für zwei Stunden durfte er Freiheit und Alleinsein genießen, und darum war ihm diese Spanne die kostbarste des ganzen Tages. Solange sie währte, durfte er mit vollen Zügen die reine Seeluft atmen, durfte er gehen, wohin er wollte, und tun, wonach ihm der Sinn stand. Am schönsten war es, mit scharfem Blick über die See hinauszuspähen, denn es kam immer wieder einmal vor, daß man von dem hohen Kap aus ein britisches Kriegsschiff entdeckte, das sich langsam an dieser Küste entlangarbeitete, um vielleicht einen kleinen Segler abzufangen und dabei zugleich alle Bewegungen der spanischen Flotte zu überwachen. Wenn sich ein solches Schiff während Hornblowers freier Stunde zeigte, dann verfolgte er es unverwandten Blicks, so wie ein Verdurstender einem Eimer Wasser nachstarrt, der außerhalb seiner Reichweite vorübergetragen wird. Dabei studierte er alle kleinen Einzelheiten, den Schnitt der Marssegel, die Art der Bemalung und so weiter, während ihm der Jammer in den Eingeweiden wühlte.

Denn nun neigte sich schon das zweite Jahr seiner Kriegsgefangenschaft dem Ende zu. Zweiundzwanzig Monate lang hatte er täglich zweiundzwanzig Stunden hinter Schloß und Riegel gesessen, er und fünf andere junge Leutnants waren in einem einzigen Raum der Festung Ferrol zusammengepfercht. Heute aber sang ihm der Sturm ein brausendes Lied von schrankenlos schweifender Freiheit. Er stemmte sich wieder mit aller Kraft gegen an und blickte über die See hinaus. Vor ihm lag La Coruña, seine weißen Häuser sahen aus wie über die Hänge hingestreute Zuckerstücke. Zwischen ihm und La Coruña lag die offene Bucht gleichen Namens, weiß von Gischt unter den peitschenden Stößen des Sturms, zur Linken öffnete sich die schmale Einfahrt in die Bucht von Ferrol, rechter Hand endlich breitete sich der freie Atlantik. Dort unten aber, am Fuß der niedrigen Klippen, begann das gefährliche Riff der Dientes del Diablo – der Teufelszähne –, das sich weit nach Norden hinaus erstreckte, quer zur Bahn der gewaltigen Roller, die der Sturm gegen das Festland jagte. Jede halbe Minute warf sich einer dieser Wellenberge mit solcher Wucht gegen das Riff, daß sogar der Felsen unter Hornblowers Füßen erbebte, im gleichen Augenblick zersprühte er zu Gischt, den der Wind verwehte, bis die drohenden schwarzen Felszacken wieder zum Vorschein kamen.

Hornblower hielt sich nicht allein auf dem Vorgebirge auf. Wenige Meter weiter stand ein Milizsoldat der spanischen Artillerie auf Ausguck und starrte mit tränenden Augen durch ein Fernrohr, mit dem er ständig den Seehorizont absuchte. Der Krieg gegen England verlangte allergrößte Wachsamkeit. Wie leicht konnte da draußen an der Kimm plötzlich eine Flotte auftauchen und eine Truppenmacht an Land setzen, um Ferrol zu erobern, seine Werften niederzubrennen und alle Schiffe im Hafen zu zerstören. Heute, sagte sich Hornblower, mußte man allerdings jede Hoffnung auf ein derartiges Unternehmen begraben, weil sich an dieser sturmgepeitschten Leeküste jede Landung von selbst verbot.

Und doch hielt der Posten sein Fernrohr allem Anschein nach ständig auf einen Punkt genau in Luv gerichtet. Er wischte sich nur kurz mit dem Ärmel die tränenden Augen aus und starrte dann sofort wieder in die gleiche Richtung. Hornblower folgte seinem Blick und strengte seine Augen an, konnte aber nicht erkennen, was die Aufmerksamkeit des Mannes so in Anspruch nahm. Der Posten murmelte etwas vor sich hin, dann wandte er sich ab und rannte schwerfällig bergab auf das kleine Wachhaus zu, wo seine Milizabteilung untergekrochen war, die die Bedienungen der auf dem Vorgebirge aufgestellten Geschütze zu stellen hatte. Er tauchte sogleich mit dem Feldwebel der Wachabteilung wieder auf, der nun selbst das Fernglas zur Hand nahm und auf die Stelle in Luv richtete, die ihm der Posten angab. Dann schwatzten die beiden aufgeregt in ihrem barbarischen Gallego-Dialekt. Hornblower hatte zwar im Lauf der Zeit Galicisch ebenso verstehen gelernt wie Kastilisch, aber diesmal verwehte der heulende Wind die Worte der beiden, so daß er so gut wie nichts davon aufschnappte. Endlich, als der Feldwebel auf eine Bemerkung des anderen zustimmend nickte, erkannte er mit bloßem Auge, was sie so aufregte. Ein winziges, blaßgraues Rechteck ragte in der Kimm über die graue See – das war das Marssegel eines Schiffes, das offenbar vor dem Sturm auf die Küste zulief, um in La Coruña oder Ferrol Schutz zu suchen.

Das war auf alle Fälle ein gewagtes Unternehmen, denn es war bei diesem Wetter alles andere als einfach aufzudrehen, um in der Bucht von La Coruña zu ankern, und bestimmt erst recht schwierig, auf Anhieb die schmale Einfahrt nach Ferrol zu treffen. Ein vorsichtiger Kapitän zöge es bei diesem Wetter sicherlich vor, sich von der Küste freizukreuzen oder bei ausreichendem Seeraum so lange beizudrehen, bis es sich ausgeweht hatte.

So sind sie eben, diese Spanier, dachte Hornblower und zuckte geringschätzig die Achseln. Aber im Grunde genommen konnte man es ihnen nicht verdenken, wenn sie so rasch wie möglich nach einem schützenden Hafen strebten, da ihnen doch draußen die Royal Navy überall auf den Hacken saß. Aber die Aufregung des Feldwebels und des Postens war mit Auftauchen eines einzelnen Schiffes schlechthin nicht zu erklären. Hornblower konnte sich zuletzt nicht mehr beherrschen, er pirschte sich an das schwatzende Paar heran und legte sich dabei schon auf spanisch die Worte zurecht, die er an die beiden richten wollte.

»Bitte, meine Herren«, begann er und nahm dann mit erhobener Stimme gleich noch einen zweiten Anlauf, um den heulenden Sturm zu überschreien: »Bitte, meine Herren, sagen Sie mir, was Sie dort sehen.«

Der Feldwebel maß ihn mit einem unschlüssigen Blick, fand sich dann aber doch aus einem unerkennbaren Grund bereit, der Bitte zu willfahren, und reichte ihm das Fernrohr. Hornblower konnte seine Ungeduld kaum noch zügeln, er hätte ums Haar seine Beherrschung verloren und es dem Mann aus der Hand gerissen. Mit dem Glas am Auge ließ sich natürlich alles viel besser unterscheiden. Er sah, daß das Schiff voll getakelt war und unter dichtgerefften Marssegeln (was bei diesem Wetter jeder Vernunft Hohn sprach) mit rasender Fahrt auf die Küste zujagte. Im nächsten Augenblick machte er dann noch ein zweites graues Rechteck aus. Noch ein Marssegel – noch ein Schiff! Sein Vortopp war merklicher niedriger als der Großtopp und nicht nur das, der ganze Aufbau dieser Takelage war nicht zu verkennen: es konnte sich nur um ein britisches Kriegsschiff, eine Fregatte, handeln, die ihrem Gegner, wahrscheinlich einem spanischen Kaperschiff, mit brausender Fahrt nachsetzte. Ob sie rechtzeitig an den Spanier herankam? Oder ob es diesem im letzten Augenblick doch noch gelang, den Schutz der Küstenbatterien zu erreichen? Er senkte das Glas, um sein Auge ein wenig auszuruhen, und schon hatte es ihm der Feldwebel wieder entrissen. Der hatte die ganze Zeit das Mienenspiel des Engländers beobachtet, und Hornblowers Ausdruck hatte ihm verraten, was er wissen wollte. Die beiden Schiffe da draußen verhielten sich so ungewöhnlich, daß er sich berechtigt fühlte, seinen Offizier herauszuholen und Alarm zu schlagen. Feldwebel und Posten rannten spornstreichs zum Wachhaus hinunter, und alsbald quollen dort die Artilleristen aus allen Türen, um die Geschütze auf dem Kamm des Kliffs zu besetzen. Sehr bald zeigte sich auch ein berittener Offizier, der seinen Gaul mit den Sporen eilig den Pfad herauftrieb. Ein kurzer Blick durch das Fernrohr sagte ihm alles. Mit klappernden Hufen sprengte er wieder bergab zur Batterie, und gleich darauf fiel dort ein Schuß, der die ganze übrige Küstenverteidigung alarmierte. Am Mast neben der Batterie stieg die spanische Flagge empor, und Hornblower sah, daß auf San Anton wie zur Antwort ebenfalls die Flagge gesetzt wurde. Dort lag nämlich eine weitere Batterie, die die Aufgabe hatte, die Bucht von La Coruña zu schützen. Jetzt waren alle Geschütze besetzt, denen die Verteidigung dieser Einfahrt oblag, und ein englisches Schiff, das in ihre Reichweite kam, hatte bestimmt keine Gnade zu erwarten.

Verfolger und Verfolgter hatten seit ihrem Insichtkommen schon den halben Weg bis La Coruña zurückgelegt. Hornblower erkannte von seinem erhöhten Standort aus bereits ihre Rümpfe über der Kimm und konnte mit bloßem Auge verfolgen, wie sie taumelnd über die graue See einherschnoben. Er rechnete jeden Augenblick damit, daß ihnen bei diesem Wahnwitz die Stengen über Bord gingen oder die Segel aus den Lieken flogen. Die Fregatte war immer noch eine halbe Meile zurück und mußte noch wesentlich aufholen, ehe sie bei diesem Seegang hoffen konnte, ihre Geschütze wirksam zum Tragen zu bringen.

Jetzt kam sogar der Kommandant mit seinem Stab klappernd den Weg heraufgeritten, um den Höhepunkt dieses dramatischen Geschehens mitzuerleben. Als er Hornblower bemerkte, zog er mit echt spanischer Höflichkeit seinen Hut, worauf ihm Hornblower, der keinen Hut aufhatte, wenigstens mit einer ebenso höflichen Verbeugung zu danken suchte. Er hatte ein dringendes Anliegen vorzubringen und ging daher gleich auf den Kommandanten zu. Der Sturm zwang ihn, sich am Sattelknopf des Spaniers festzuhalten und mit voller Lungenkraft zu ihm hinaufzuschreien: »Mein Urlaub auf Ehrenwort läuft in zehn

Minuten ab, Sir. Darf ich um Verlängerung bitten? Bitte, erlauben Sie mir noch hierzubleiben!«

»Ja, bleiben Sie nur«, sagte der Kommandant großzügig.

Hornblower verfolgte die Jagd, dennoch versäumte er nicht, auch die Vorbereitungen genau im Auge zu behalten, die die Spanier zur Abwehr trafen. Er hatte zwar sein Ehrenwort gegeben, aber der Ehrenkodex eines Gentleman konnte ihm nicht verbieten, von allem Notiz zu nehmen, was er wahrnahm. Eines Tages winkte ihm vielleicht doch wieder die Freiheit, und dann mochte es von Nutzen sein, wenn er über die Verteidigung von Ferrol genau Bescheid wußte. Jeder der vielen Leute, die sich inzwischen angesammelt hatten, verfolgte jetzt den Verlauf der Jagd, die allgemeine Erregung stieg, je näher die beiden Schiffe kamen. Der Engländer hielt sich etwa hundert Meter hinter dem Spanier, war aber augenscheinlich nicht imstande, ihn vollends einzuholen – Hornblower hatte sogar den Eindruck, als ob sich der Vorsprung des Spaniers etwas vergrößerte. Aber die englische Fregatte stand immerhin weiter seewärts, das hieß, daß es für den Gegner dorthin kein Entrinnen gab. Jeder Versuch, von Land abzudrehen, mußte ihm sofort seinen ganzen Vorsprung kosten. Wenn es ihm also nicht gelang, die Bucht von La Coruña oder die Einfahrt nach Ferrol zu erreichen, dann war er rettungslos verloren.

Jetzt stand er schon auf der Höhe des Kaps von La Coruña, es wurde Zeit, hart Ruder zu legen und in die Bucht hineinzudrehen, immer in der Hoffnung, daß seine Anker hinter dem schützenden Vorgebirge Halt fanden. Wenn jedoch der Sturm mit so unbändiger Gewalt gegen die Kliffs und Felsenkaps einer Steilküste tobt, dann entstehen zuweilen ganz unerwartete Lagen. Eine Bö, die überraschend aus der Bucht herausstieß, mußte den Spanier von vorn gefaßt haben, als er gerade im Begriff stand aufzudrehen, denn seine Segel schlugen plötzlich back. Hornblower sah, wie das Schiff taumelnd seine Fahrt verlor. Dann, als der Rückwind sich erschöpfte und der Sturm wieder die Oberhand gewann, legte es sich beim ersten Stoß so weit über, daß die Rahnocken ins Wasser tauchten. Langsam, langsam richtete es sich wieder auf. Da sah Hornblower, wie sich in seinem Großmarssegel ein Schlitz auftat. Das dauerte nur einen kurzen Augenblick, im nächsten schon war das Segel weg – verschwunden, der Sturm hatte es einfach zu Fetzen zerrissen, als seine Festigkeit erst gelitten hatte. Mit dem Verlust des Großmarssegels war der Segeldruck einseitig nach vorn verschoben, so daß sich das Schiff nicht mehr manövrieren ließ. Der

Sturm faßte in das Vormarssegel und drehte es wie eine Wetterfahne vor den Wind. Wäre Zeit genug gewesen, achtern auch nur einen Fetzen Segel zu setzen, dann hätte das die Rettung bedeutet, aber hier in diesen engen Gewässern ging es ja um Sekunden. Einen Augenblick hatte es ausgesehen, als sollte es dem Spanier gelingen, die Huk von La Coruña zu runden, im nächsten schon mußte er diese Hoffnung für immer begraben.

Jetzt konnte er nur noch versuchen, die schmale Einfahrt zu erreichen, die nach Ferrol führte. Der Wind war für einen solchen Versuch beinahe günstig – beinahe. Hornblower versetzte sich in die Lage des spanischen Kapitäns auf dem schwankenden Deck dort unten und suchte seine Gedanken mitzudenken. Da! Er zwang das Schiff herum, man sah, er wollte wirklich die enge Einfahrt erreichen, die ihrer Schwierigkeiten wegen bei allen Seefahrern berüchtigt war. Jetzt lag er auf dem richtigen Kurs, und als er nun quer über die Bucht hinjagte, da schien es sekundenlang, als sollte es ihm gegen alle Wahrscheinlichkeit doch noch glücken, die Einfahrt in den engen Schlauch genau zu treffen. Aber schon faßte ihn wieder der Rückwind von den Bergen. Hätte sein Schiff noch rasch genug dem Ruder gehorcht, dann wäre auch jetzt noch nichts verloren gewesen, nun aber bewirkte der falsch verteilte Segeldruck, daß es dem Ruder nur träge folgen konnte. Der heulende Sturm drückte ihm einfach den Bug herum, und damit schien das bittere Ende unvermeidlich. Aber der spanische Kapitän gab den Kampf noch immer nicht auf. Er fand sich nicht damit ab, sein Schiff am Fuß der niedrigen Klippen auf Strand zu setzen, er legte vielmehr das Ruder hart zu Bord und unternahm den tollkühnen Versuch, mit Hilfe des von den Felsen abprallenden Rückwindes vom Kap von Ferrol klarzukommen und sich am Wind nach See zu freizusegeln. Der Mann war weiß Gott tollkühn, aber sein Versuch war eben doch zum Scheitern verdammt, ehe er ihn noch recht begonnen hatte. Wieder drückte ihm der Wind den Bug herum, und er konnte nicht mehr verhindern, daß sein Schiff vierkant auf die langgestreckte, drohende Zackenkette der Teufelszähne lossteuerte. Hornblower, der Kommandant und alle anderen eilten quer über den Rücken des Vorgebirgs, um den letzten Akt der Tragödie mit anzusehen. Mit unheimlicher Fahrt, platt vor dem Wind raste das Unglücksschiff auf die Klippen zu. Ein mächtiger Roller nahm es auf den Rücken, als es ihnen näher kam, und schien es noch schneller voranzutreiben. Dann kam der Stoß, der Roller zerstob rings um das Schiff zu Gischt, der es sekundenlang der Sicht entzog. Als der Gischt endlich verwehte, kam es, zum Wrack verwandelt, wieder zum Vorschein. Alle drei Masten waren bei dem Stoß über Bord gegangen, nur der dunkle Rumpf hob sich noch aus der schäumenden See. Die hohe Fahrt und die schiebende Gewalt des Rollers hatten es fast ganz über das Riff hinweggejagt, wobei ihm zweifellos der ganze Boden aufgerissen wurde. Jetzt hing es achtern auf dem Felsen und ragte daher mit dem Heck hoch heraus, während der Bug an der ruhigeren Leeseite des Riffs ganz unter Wasser lag.

Auf dem Wrack lebten noch Menschen. Hornblower sah, wie sie am Schott des Achterdecks kauerten, um etwas Schutz zu finden. Ein neuer atlantischer Roller wälzte sich heran, zerstob an den Teufelszähnen und hüllte das ganze Wrack in Gischt. Aber schon kam es wieder zum Vorschein, ein schwarzer Fleck in dem schneeigen Schaumgewirbel ringsumher. Das Schiff war weit genug über das Riff hinweggerutscht, um mit dem größten Teil seines Rumpfes hinter eben den Felsen Schutz zu finden, die ihm zum Verderben geworden waren. Hornblower sah nur noch die armen Menschen, die da drüben um ihr bißchen Leben rangen. Noch war ihnen eine kurze Frist gegönnt, wenn sie Glück hatten, fünf Minuten, wenn es ihr Unglück wollte, fünf lange, bange Stunden.

Die Spanier um ihn her ergingen sich in lauten Verwünschungen. Frauen weinten, Männer schüttelten drohend ihre Fäuste nach der britischen Fregatte, die, zufrieden mit ihrem Erfolg, rechtzeitig an den Wind gegangen war und nun unter Sturmsegeln wieder von der Leeküste freikreuzte. Es war schauerhaft, hilflos zusehen zu müssen, wie die armen Teufel da unten zugrunde gingen. Wenn nur eine einzige, besonders hohe See über das Riff hinfegte und dabei das aufgespießte Heck losriß, dann sank das ganze Wrack sofort in die Tiefe. Aber auch wenn dies nicht geschah, mußte der Rumpf mit der Zeit aufbrechen. Wer dann noch am Leben war, kam rettungslos in den berstenden Trümmern um. Und wenn es noch lange dauerte, bis das Schiff auseinanderbrach, dann tat bis dahin der eiskalte Gischt sein Werk, der die armen Burschen mit seinen pausenlosen Hieben allmählich zu Tode peitschte. Es mußte etwas geschehen, um sie zu retten. Aber was sollte man tun? Es war von vornherein ausgeschlossen, daß ein Boot bei diesem Wetter die Huk der Einfahrt rundete, um sich von Luv her den Teufelszähnen zu nähern und auf diesem Weg an das Wrack heranzukommen. Das lag so klar auf der Hand, daß man keinen Gedanken mehr daran zu verschwenden brauchte. Also mußte man es anders versuchen. Hornblower dachte fieberhaft nach, um eine Lösung des

Problems zu finden. Der Kommandant redete vom Pferd herunter heftig auf einen spanischen Seeoffizier ein, offenbar drängte auch er auf einen Versuch zur Rettung der Schiffbrüchigen. Und als der Seeoffizier dann hilflos die Arme ausbreitete, da konnte das nur bedeuten, daß er jedes derartige Unterfangen für aussichtslos hielt.

Und doch, es gab einen Weg zu helfen ... Hornblower war nun schon zwei Jahre in Gefangenschaft, sein ganzer aufgestauter Tatendrang wollte sich jetzt plötzlich entladen. Die lange elende Kerkerhaft hatte ihn so weit gebracht, daß er bereit war, sein kümmerliches Dasein bedingungslos in die Schanze zu schlagen. Er trat entschlossen an den Kommandanten heran und fiel ihm kurzerhand ins Wort.

»Sir«, sagte er, »lassen Sie mich versuchen, die Leute zu retten. Vielleicht von dieser kleinen Bucht aus ... wenn ein paar Fischer mitmachen wollen ...«

Der Kommandant blickte den Offizier fragend an, und dieser zuckte die Achseln.

»Was schlagen Sie vor, Herr?« fragte der Kommandant Hornblower.

»Wir könnten ein Boot aus der Werft holen und über die Landzunge schaffen, auf der wir stehen«, stammelte Hornblower mühsam auf spanisch. »Aber wir müssen uns beeilen – sehr beeilen!«

Dabei wies er auf das Wrack, und seine Mahnung wurde dadurch unterstrichen, daß gerade wieder ein mächtiger Roller über die Teufelszähne hinwegbrauste.

»Wie wollen Sie ein Boot so weit über Land schaffen?« fragte der Kommandant.

Es wäre bei diesem Wind schon mühsam genug gewesen, dem anderen seinen Plan auf englisch ins Ohr zu schreien, auf spanisch war es ihm ganz und gar unmöglich.

»Ich kann Ihnen das in der Werft zeigen, Sir«, schrie er, »hier kann ich es nicht erklären. Aber wir müssen vor allem schnell sein.«

»Sie wollen also zur Werft?«

»Ja! Ja!«

»Dann sitzen Sie hinter mir auf«, sagte der Kommandant.

Hornblower kletterte linkisch in den Reitsitz auf der Kruppe des Gauls und hielt sich am Koppel des Kommandanten fest. Er wurde bei jedem Schritt übel gestaucht, als das Pferd kehrtmachte und den Hang hinuntertrabte. Alle müßigen Gaffer aus der Stadt und aus den Kasernen rannten neben ihnen her.

Die Werft von Ferrol bestand fast nur noch dem Namen nach. Sie war unter dem Druck der englischen Blockade verkümmert wie ein Baum, den man seiner Wurzeln beraubt hat. Da sie im äußersten Winkel Spaniens lag und das Innere des Landes nur über weite, unglaublich schlechte Straßen zu erreichen war, mußte der ganze Nachschub an Vorräten und Ausrüstungsstücken über See herangeschafft werden. Diese einzige Verbindung war aber durch die vor der Küste kreuzenden englischen Fregatten ernstlich gestört. Spanische Kriegsschiffe hatten bei ihrem letzten Aufenthalt die Lager noch vollends geleert und überdies eine Menge Werftarbeiter zum Borddienst gepreßt. Dennoch mußte alles vorhanden sein, was Hornblower brauchte, so viel war ihm dank seiner sorgfältigen Beobachtung aller Vorgänge längst bekannt. Er rutschte von der Kruppe des Pferdes herunter und entging dabei wie durch ein Wunder dem Huf des aufgeregt auskeilenden Tieres. Jetzt galt es vor allem, die Gedanken beisammen zu haben, damit ihm kein Fehler unterlief.

Er deutete auf einen niedrigen Rollwagen – eigentlich war es nur eine Plattform mit Rädern, die sonst dazu diente, Fleisch- und Branntweinfässer an die Pier zu bringen.

»Pferde!« sagte er, und sogleich ging ein Dutzend dienstwilliger Männer daran, ein Gespann anzuschirren. An der Brücke lag ein halbes Dutzend Boote. Ein Zweibein mit Takel und alles übrige Gerät zum Hantieren schwerer Lasten war vorhanden. Stroppen um das Boot zu legen und es daran aufzuheißen, war das Werk weniger Minuten. Diese Spanier mochten in ihrem Alltag träge und langsam sein, konnte man sie jedoch überzeugen, daß rasches Handeln nötig war, verstand man es, ihre Begeisterung zu wecken und sie für einen neuen Plan zu gewinnen, dann legten sie sich ins Zeug wie die Wilden – und einige von ihnen erwiesen sich dabei sogar als besonders geschickt und anstellig. Riemen, Mast und Segel (obwohl dies sicher überflüssig war), Pinne, Ösfässer, alles war zur Stelle. Ein paar Männer kamen mit Klampen für das Boot aus einem Schuppen angerannt. Sie wurden sofort auf dem Rollwagen befestigt, dann wurde der Wagen herangeschoben und das Boot in die Klampen eingefiert.

»Leere Fässer«, sagte Hornblower, »kleine – nur so groß.«

Ein dunkelhäutiger galicischer Fischer hatte sofort begriffen und ergänzte Hornblowers Gestammel durch eine wortreiche Erklärung. Ein Dutzend leere Wasserfässer mit fest eingetriebenen Spunden wurde herangeschleppt, der schwarzbraune Fischer kletterte auf den Wagen und machte sich daran, sie unter die Duchten zu laschen. Waren sie richtig festgemacht, dann hielten sie das Boot noch über Wasser, wenn es bis zum Dollbord vollschlug.

»Ich brauche sechs Mann!« rief Hornblower vom Wagen herab und warf einen Blick über die Menge. »Sechs Fischer, die mit einem Boot umgehen können.«

Der Schwarzbraune war noch beim Festlaschen der Fässer. Jetzt unterbrach er seine Arbeit und richtete sich auf.

»Ich weiß, wen wir brauchen können, Herr«, sagte er.

Er rief eine Reihe von Namen, daraufhin traten sechs Männer vor, alles kräftige, wetterfeste Burschen mit jenem selbstsicheren Ausdruck, den nur ein hartes Leben im Kampf mit den Naturgewalten zu formen pflegt. Offensichtlich war der dunkle Galicier ihr Kapitän.

»Los denn!« sagte Hornblower, aber der Galicier hielt ihn durch eine Geste zurück.

Hornblower verstand nicht, was er dabei sagte, aber ein paar von den Umstehenden nickten und eilten davon. Kurz darauf kamen sie wieder angerannt, keuchend unter der Last eines Fasses mit Frischwasser und einer Kiste, die wahrscheinlich Hartbrot enthielt. Natürlich brauchten sie Proviant, denn es konnte immerhin sein, daß sie nach See zu abgetrieben wurden. Hornblower ärgerte sich weidlich über sich selbst, weil er diese Möglichkeit nicht ins Auge gefaßt hatte. Der Kommandant, der immer noch zu Pferde saß und die Vorbereitungen aufmerksam verfolgte, hatte ebenfalls gesehen, wie der Proviant verstaut wurde.

»Ich habe Ihr Ehrenwort«, sagte er, »bitte denken Sie daran.«

»Sie haben mein Ehrenwort, Sir«, versicherte ihm Hornblower – ein paar glückliche Minuten lang hatte er in der Tat vergessen, daß er ein Gefangener war.

Der Proviant lag sicher in der Achterplicht des Bootes. Der Kapitän blickte ihn fragend an, und Hornblower gab ihm mit einem stummen Kopfnicken Bescheid.

»Auf, Leute!« brüllte er in die Menge.

Die eisenbeschlagenen Hufe klapperten auf dem Kopfpflaster, und der Wagen schwankte vorwärts. Männer führten die Pferde, Männer wimmelten zu beiden Seiten, Hornblower und der Kapitän standen auf dem Wagen wie triumphierende Feldherren beim Einzug in eine eroberte Stadt. So ging es durch das Werfttor und durch die ebene Hauptstraße des Städtchens, dann bogen sie in den steilen Weg ein, der zum Kamm des Vorgebirges hinaufführte. Eifer und Hilfsbereitschaft der Menge ließen nicht nach. Wenn die Pferde an einer steilen Stelle langsamer wurden, dann griffen sofort an die hundert Männer zu, schoben von hinten, drückten an den Seiten und zogen mit an den Strängen, um den Wagen in Fahrt zu halten. Dicht unter dem Kamm verschlechterte sich der Weg zur bloßen Spur, aber der Wagen wankte und polterte dennoch unentwegt weiter. Auf der Höhe zweigte von dieser Spur eine noch schlechtere ab, die sich in Windungen durch Myrthen und anderes Strauchwerk zu Tal zog und an der Bucht mit dem Sandstrand mündete, die sich Hornblower gleich zuerst ausgesucht hatte. An schönen Tagen hatte er schon oft gesehen, wie dort Fischer mit ihrem Zugnetz arbeiteten, außerdem hatte er sich diesen Platz besonders eingeprägt, weil er ihm für eine überraschende Landung geeignet schien, wenn die Royal Navy einmal beabsichtigen sollte, Ferrol anzugreifen.

Der Wind hatte noch um kein bißchen nachgelassen, er pfiff Hornblower gewaltig um die Ohren, und die See, die nun in Sicht kam, glich einem brodelnden Hexenkessel. Als sie bald darauf um einen Vorsprung bogen, konnten sie auch die Kette der Teufelszähne erblicken, die sich von der Küste weit nach Luv hinaus erstreckte, und an einer ihrer gezackten Spitzen hing immer noch das Wrack als dunkler Fleck mitten im kochenden Schaum der Brandung. Irgendwer schrie bei diesem Anblick auf, und alles stemmte sich von neuem gegen den Wagen, so daß die Pferde in Trab fielen und das Fahrzeug samt seiner Last krachend über Stock und Stein bergab rollte.

»Langsam!« brüllte Hornblower. »Langsam!«

Wenn ihnen jetzt noch ein Rad oder eine Achse brach, dann hätte das ein blamables Ende seines ganzen kühnen Unternehmens bedeutet. Der Kommandant auf seinem Pferd verlieh Hornblowers Warnungsschreien durch seine eigenen lauten Befehle besonderen Nachdruck und dämpfte damit den Übereifer seiner Leute. Der Wagen legte den Rest des Weges in etwas mäßigerem Tempo zurück und langte zuletzt in der Bucht mit dem Sandstrand an. Der Wind war so stark, daß er sogar den feuchten Sand hochblies, der ihnen stechend ins Gesicht flog; dennoch spülten hier nur kleine Wellen ans Ufer, weil die Küste an dieser Stelle zurücksprang, so daß der Südweststurm hier sogar etwas ablandige Richtung hatte. Und die Gewalt der schweren Roller aus dem Atlantik, die fast parallel zur Küstenlinie angerauscht kamen, brach sich schon weit draußen in Luv an den Teufelszähnen. Die Räder mahlten im Sand, und die Pferde machten am Rande des Wassers halt. Ein Dutzend dienstbereiter Hände schirrte sie ab, und hundert willige Arme schoben den Wagen ins Wasser hinein – wenn man so viele Menschen zur Verfügung hatte, war eben alles ein Kinderspiel. Als die erste Welle über die Plattform des Wagens spülte, kletterte die Besatzung hinauf und hielt sich bereit. Ein paar Felsbrocken verlegten dem Wagen den Weg, aber die Männer von der Miliz und die Werftarbeiter wuchteten ihn, bis an die Hüften im Wasser stehend, unter Aufbietung ihrer ganzen Kraft darüber hinweg. Das Boot schwamm schon beinahe in seinen Klampen auf, jetzt schob es die Besatzung vollends frei und kletterte dann rasch an Bord, da es der Wind schon herumdrehen wollte. Sie griffen nach ihren Riemen und rissen mit solcher Kraft daran, daß das Fahrzeug nach einem halben Dutzend verbissener Schläge dem Ruder gehorchte. Der galicische Kapitän hatte sofort einen Steuerriemen in die Rundsel am Heck des Bootes gelegt, er machte gar nicht erst den Versuch, mit Ruder und Pinne zu steuern. Ehe er sich gegen den Riemen stemmte, sah er Hornblower fragend an, der ihn schweigend gewähren ließ.

Hornblower stand gegen den Wind gebeugt in der Achterplicht des Bootes und suchte zu ermitteln, wie sie am besten zwischen den Klippen hindurch an das Wrack gelangen konnten. Die Küste und der ruhige Strand lagen nun schon weit hinter ihnen, es schien unendlich lange her, daß sie dort abgefahren waren. Und immer noch kämpfte sich das Boot durch die tosende See und den heulenden Sturm unverdrossen weiter hinaus. In der tollen Kabbelung, die hier herrschte, schienen die Seen aus allen Richtungen zu laufen, daher machte das Boot ganz sinnlose Bewegungen und taumelte fortwährend wie ein Betrunkener. Wie gut, daß es die Männer an den Riemen gewohnt waren, in bewegtem Wasser zu pullen, und darum das Boot trotz aller Schwierigkeiten in Fahrt halten konnten. So allein setzten sie den Kapitän in Stand, das Fahrzeug durch das tobende Chaos zu steuern. Er riß dabei mit aller Gewalt an seinem Steuerriemen, während Hornblower nur auf den richtigen Kurs bedacht war und den Kapitän durch Handbewegungen einwinkte. So konnte dieser seine ganze Aufmerksamkeit darauf richten zu verhüten, daß eine unversehens anrollende See das Boot zum Kentern brachte. Der Wind heulte, das kleine Boot arbeitete schwer in dem kurzen, steilen Seegang, dennoch kamen sie dem Wrack Meter um Meter näher. Wenn die Seen in diesem wilden Hexenkessel dennoch hauptsächlich aus einer Richtung zu kommen schienen, so lag das offenbar daran, daß sie um das äußere Ende der Teufelszähne herumschwenkten. Damit kamen sie für das Boot ungefähr querein und zwangen zu besonderer Vorsicht beim Steuern. Es galt jedesmal aufzudrehen, um einer anrollenden See mit dem Bug zu begegnen und dann sofort wieder auf den alten Kurs zu gehen, um sich wieder ein paar kostbare Meter gegen den Wind voranzuarbeiten. Hornblower nahm sich einen Augenblick Zeit, um einen Blick auf die Männer an den Riemen zu werfen, die Sekunde um Sekunde ihr Letztes an Kraft hergeben mußten. Hol – weg! Hol – weg! Es war erstaunlich, was Herz und Muskeln dieser Menschen hergaben.

Immer näher kamen sie dem Wrack. Wenn es Gischt und Wind erlaubten, konnte Hornblower jetzt schon die ganze Länge des geneigten Decks überblicken. Er sah auch die Menschen, die am Schott des Achterdecks kauerten, einer von ihnen winkte sogar herüber. Aber schon im nächsten Augenblick mußte er auf etwas ganz anderes achten. Plötzlich tauchte nämlich keine zwanzig Meter voraus ein merkwürdig gezacktes Ungetüm aus der Tiefe. Eine Sekunde lang konnte er sich nicht vorstellen, was das war, dann erschien es von neuem, und jetzt wußte er gleich Bescheid: es war das Fußende eines gebrochenen Mastes, dessen Topp noch mit einem einzelnen, heilgebliebenem Want am Schiff festhing. Der Mast war ein Stück nach Lee abgetrieben und tanzte nun in der See auf und nieder, als drohte ihnen ein Meergott mit zorniger Faust aus der Tiefe. Hornblower machte den Bootssteurer auf das unheildrohende Ding aufmerksam, und dieser nickte zum Zeichen, daß er gesehen hatte. Sein entsetztes »Nombre de Dios!« verwehte ungehört im Sturm.

Sie hielten gut frei von dem gefährlichen Rundholz. Als sie langsam, langsam daran vorüberkamen, konnte Hornblower sehen, wie es um ihre Fahrt bestellt war, da dieses festverankerte Objekt eine sichere Schätzung erlaubte. Er mußte feststellen, daß sie mit jedem Schlag nur ein paar armselige Zoll vorwärts kamen, obwohl sich die Männer wie toll in die Riemen legten, ja, daß das Boot zuweilen sogar stand oder gar achteraus sackte, wenn es von einer besonders heftigen Bö gefaßt wurde, als ob die peitschenden Schläge der Riemen überhaupt keine Wirkung hätten. So war jeder Zoll, der sie dem Ziel näher brachte, mit einer Unsumme von Kraftaufwand erkauft.

Jetzt hatten sie den Mast endlich hinter sich und kamen dem gesunkenen Vorschiff immer näher. Zugleich waren sie auch den Teufelszähnen so nahe gekommen, daß sie jedesmal mit Gischt überschüttet wurden, wenn wieder ein neuer Brecher gegen die Außenkante des Riffs andonnerte. Im Boot schwappte das Wasser schon einen Fuß hoch von einem Ende zum anderen, aber an Ausösen war natürlich nicht zu denken, zumal jetzt der schwierigste Teil des ganzen Unternehmens bevorstand. Es galt nämlich, von der Seite her so dicht an das Wrack heranzukommen, daß die Überlebenden von Bord geholt werden konnten, aber ohne daß sich dabei das Boot etwa die Planken eindrückte. Rings um das Achterschiff des Wracks drohten allenthalben gefährliche Felsen, vorn ragte zwar die Back noch aus dem Wasser, aber das konnte nichts nützen, weil die Seen zuweilen über den vorderen Teil des Mitteldecks spülten. Das Schiff lag etwas nach Backbord, also nach ihrer Seite zu über, was das Herankommen etwas leichter machte. Im Wellental, unmittelbar ehe der nächste Brecher auf das Riff traf, erreichte das Wasser um das Wrack seinen tiefsten Stand. Auch dann waren mittschiffs neben dem Rumpf keine Felsen zu erkennen, wovon sich Hornblower hochaufgerichtet und mit gerecktem Hals überzeugte. Es war nicht schwer, den Bootssteurer genau dorthin einzuwinken. Als das Boot näher kam, gab er mit den Armen Zeichen, um die kleine Schar am Schott des Achterdecks aufmerksam zu machen, und deutete auf die Stelle, die das Boot ansteuerte. Wieder brandete eine See donnernd über das Riff, brach über das Heck des Wracks und füllte dabei das Boot bis fast zum Dollbord mit Wasser. Wirbelnde Strömungen rissen es zurück und dann wieder voraus, aber die Fässer hielten es über Wasser, und Geschick, Kraft und Erfahrung der Bootsgäste und des Mannes am Steuerriemen bewahrten es davor, entweder am Wrack oder an den Felsen zu zerschellen.

»Jetzt!« schrie Hornblower hinüber – es machte nichts aus, daß er in diesem entscheidenden Augenblick Englisch sprach. Das Boot schoß vorwärts, die Überlebenden lösten sich aus den Laschings, mit denen sie sich an ihrem Zufluchtsort gesichert hatten, und schlitterten über das abfallende Deck auf sie zu. Bestürzt stellte Hornblower fest, daß ihrer nur noch vier waren – das hieß, daß zwanzig bis dreißig Mann über Bord gewaschen worden waren, als das Schiff aufsetzte. Jetzt war das Boot ganz dicht heran. Auf einen mit lauter Stimme gegebenen Befehl des Bootssteurers hielten die Ruderer inne, der erste der Schiffbrüchigen riß alle Kraft zusammen, schnellte sich mit einem gewaltigen Satz durch die Luft und landete im Bug des Bootes. Ein Riemenschlag, ein Riß am Steuerriemen, und das Boot kam abermals heran. Der zweite Überlebende sprang und fiel zwischen die Duchten. Hornblower hatte währenddessen ständig auf die See geachtet und sah nun, daß vor dem Riff der nächste schwere Brecher angerollt kam. Auf seinen Warnruf strichen die Männer sofort mit aller Kraft, um das Boot in Sicherheit – oder besser gesagt, in eine etwas weniger gefährliche Lage – zu bringen, während der Rest der Schiffbrüchigen eilends wieder hinter dem Schott des Achterdecks Schutz suchte. Die See brach donnernd herein und hüllte alles in brausenden, prasselnden Gischt. Als sich dann der schlimmste Tumult gelegt hatte, arbeiteten sie sich sofort wieder an das Wrack heran. Der dritte Schiffbrüchige setzte zum Sprung an, verpaßte jedoch den richtigen Augenblick und fiel neben dem Boot ins Wasser. Er kam nicht wieder hoch, niemand bekam ihn je wieder zu Gesicht. Wahrscheinlich waren seine Kräfte durch Kälte und Nässe schon so erschöpft, daß er wie ein Stein unterging. Aber jetzt war keine Zeit, dem armen Kerl nachzutrauern. Der vierte und letzte paßte schon auf den richtigen Augenblick, sprang sofort und landete sicher im Boot.

»Sind noch mehr an Bord?« rief Hornblower. Die Antwort war ein stummes Kopfschütteln. So hatten sie also nur drei Mann retten können, und acht hatten dafür ihr Leben eingesetzt.

»Wir wollen weg«, sagte Hornblower, aber der Bootssteurer hätte dieser Aufforderung nicht bedurft.

Er hatte schon zugelassen, daß der Wind das Boot ein Stück vom Wrack und von den Felsen abtrieb, zugleich aber auch von der Küste. Ab und zu ein paar kräftige Riemenschläge reichten hin, es mit dem Bug gegen Wind und See zu halten. Hornblower kümmerte sich um die Geretteten, die halb bewußtlos und ständig vom Wasser überspült auf den Bodenbrettern lagen. Er beugte sich nieder und rüttelte sie kräftig durch, um ihre Lebensgeister zu wecken, dann drückte er ihnen die Ösfässer in die steifen Hände. Untätigkeit bedeutete den sicheren Tod.

Es dunkelte beängstigend schnell, das hieß, daß sofort beschlossen werden mußte, wie sie sich weiter verhalten sollten. Die Männer an den Riemen hielten bestimmt nicht mehr allzulange durch, es war zum mindesten fraglich, ob ihre Kräfte noch ausreichten, um den weiten Rückweg nach der Bucht mit dem Sandstrand zu bewältigen, aus der sie gekommen waren. Klappten sie aber zusammen und wurde es gar noch vollends dunkel, ehe sie die heimtückischen Klippen vor der Küste hinter sich hatten, dann kamen sie in eine schlimme Lage. Hornblower setzte sich neben den galicischen Kapitän, und dieser legte ihm mit einsilbigen Worten seine Ansicht dar, ohne den wachsamen Blick von den Seen abzuwenden, die sich gegen den Bug des Bootes heranwälzten.

»Es wird dunkel«, sagte er und wies nach dem Himmel. »Überall Felsen. Die Männer müde.«

»Wir bleiben also besser draußen«, meinte Hornblower.

»Ja.«

»Dann müssen wir weiter von der Küste weg.«

Im jahrelangen Blockadedienst, der immer wieder zum Kreuzen vor einer Leeküste zwang, war Hornblower der Grundsatz in Fleisch und Blut übergegangen, daß man stets auf genügend Seeraum bedacht sein müsse.

»Ja«, sagte der Kapitän und fügte dann noch einen Ausdruck hinzu, den Hornblower wegen des Windes und wegen seiner mangelhaften Sprachkenntnisse beim besten Willen nicht verstehen konnte. Der Kapitän brüllte ihm das unbekannte Wort ein zweites Mal ins Ohr, nahm eine Hand vom Steuerriemen und erklärte ihm durch eine Art Zeichensprache, was er sagen wollte.

Plötzlich kam Hornblower die Erleuchtung:

Aha, er meint einen Treibanker, dachte er und sagte sich, daß das wirklich das Gegebene war.

Er warf einen Blick achteraus nach der verschwindenden Küste und schätzte zugleich die Windrichtung. Der Wind schien etwas nach Süden gekrimpt zu haben, und nach Norden zu wich die Küste immer weiter zurück. Sie konnten also während der Dunkelheit ruhig vor Treibanker liegenbleiben, ohne unter den gegebenen Verhältnissen befürchten zu müssen, daß sie dabei auf die Küste trieben.

»Gut«, sagte Hornblower laut.

Er wiederholte ebenfalls durch Zeichensprache, was ihm der Kapitän eben begreiflich gemacht hatte. Und dieser bestätigte ihm durch ein Nicken, daß er richtig verstanden hatte. Auf ein lautes Kommando von ihm nahmen die beiden vordersten Bootsgäste ihre Riemen ein und machten sich daran, den Treibanker zurechtzutakeln. Er bestand nur aus einem Paar Riemen an einer langen Leine, die vom Bug des Bootes aus gefiert wurde. Bei diesem Sturm übte der Winddruck auf das Boot einen solchen Zug auf diesen bescheidenen Schwimmkörper aus, daß sein Bug dadurch gegen die See gehalten wurde. Hornblower sah, wie der Treibanker zu wirken begann.

»Gut«, sagte er noch einmal.

»Gut«, sagte auch der Kapitän und zog befriedigt seinen Steuerriemen ein.

Hornblower merkte erst jetzt, daß er die ganze Zeit naß bis auf die

Haut dem tobenden Wintersturm getrotzt hatte. Er war vor Kälte ganz steif und schlotterte gegen seinen Willen am ganzen Körper. Einer der drei Geretteten lag kraftlos und völlig erschöpft zu seinen Füßen, die beiden anderen hatten inzwischen das Boot ausgeöst und waren dank dieser Tätigkeit wieder in leidlich guter Verfassung. Die Bootsgäste, die bis jetzt unentwegt an den Riemen gerissen hatten, saßen nun müde und in sich zusammengesunken auf ihren Duchten. Der galicische Kapitän hockte schon auf den Bodenbrettern und umfing den Erschöpften mit seinen Armen. Schließlich zogen es alle vor, sich unter die Duchten zusammenzukauern, um endlich dem kalten, heulenden Wind zu entgehen.

So kam die Nacht über sie. Das Boot stand abwechselnd auf dem Kopf und dann wieder auf dem Heck, so oft eine See unter ihm durchlief, und jedesmal, wenn es den Kamm erreichte, ruckte es so heftig in den Treibanker ein, daß es vom Bug bis zum Heck erzitterte. Alle paar Sekunden ergoß sich eine neue Ladung Spritzwasser in das Boot und über ihre zusammenschauernden Leiber. Da dauerte es natürlich nicht lange, bis sich wieder so viel Wasser angesammelt hatte, daß sie sich aus ihrer Umschlingung lösen und im Dunkel der Nacht nach den Ösfässern tasten mußten, um sich wieder davon zu befreien. Dann konnten sie sich erneut unter den Duchten zusammenkuscheln.

Als das in diesem Inferno von Kälte und Erschöpfung zum dritten Male geschah, da kam es Hornblower vor, als läge der Mann, um den er seinen Arm schlang, unnatürlich kalt und steif neben ihm. Es war der, den der Kapitän vor Stunden hatte munter machen wollen. Nun war es also doch mit ihm zu Ende gegangen, als er still zwischen den beiden auf den Bodenbrettern lag. Der Kapitän schaffte den Toten in der Finsternis so weit wie möglich achteraus, für die anderen nahm das Grauen dieser Nacht seinen Fortgang.

Hornblower wollte seinen Augen nicht trauen, als er endlich – endlich die ersten Anzeichen des nahenden Tages bemerkte. Dann stieg eine graue Dämmerung über der grauen See herauf, und schon erhob sich die Frage: was nun? Aber dieses Problem löste sich von selbst, als der Tag zunahm. Einer der Fischer hatte sich im Boot erhoben, um Ausschau zu halten. Plötzlich stieß er einen heiseren Schrei aus und deutete aufgeregt nach Norden. Dort, so nah, daß der Rumpf fast ganz über der Kimm zu sehen war, lag ein großes Schiff unter Sturmsegeln beigedreht. Der Kapitän, der offenbar ausgezeichnete Augen hatte, erkannte es auf den ersten Blick.

»Die englische Fregatte«, sagte er.

Offenbar hatte diese beigedreht etwa den gleichen Leeweg zurückgelegt wie das Boot vor seinem Treibanker.

»Wir wollen ein Notsignal machen«, sagte Hornblower. Niemand hatte etwas dagegen einzuwenden.

Das einzige Stück weiße Zeug an Bord war Hornblowers Hemd. Er zog es schaudernd vor Kälte aus, andere befestigten es an einem Riemen und setzten ihn in die Mastspur. Der Kapitän sah, wie Hornblower bebend in sein tropfnasses Jackett schlüpfte. Da zog er sich mit einem einzigen Griff seinen dicken blauen Sweater über den Kopf und forderte ihn auf, ihn anzuziehen.

»Nein, nein, danke«, wehrte Hornblower ab, aber der Kapitän bestand darauf, daß er das Kleidungsstück anzog. Mit breitem Grinsen deutete er auf den steifen Leichnam in der Achterplicht und meinte, er könne den Sweater ja leicht durch die Sachen des Toten ersetzen.

Die beiden kamen erst zum Schluß, als einer der Fischer wieder einen Ruf ausstieß. Die Fregatte kam an den Wind und lief, getrieben von dem abflauenden Sturm, unter dreifach gerefften Vor- und Großmarssegeln auf sie zu. Hornblower beobachtete eine Weile, wie sie rasch näher kam, dann warf er einen Blick nach achtern. Dort am südlichen Horizont zeichneten sich in zarten Umrissen die Berge Galiciens ab – voraus winkte ihm Wärme, Freiheit und Kameradschaft, hinter ihm lag die trostlose Einsamkeit der Gefangenschaft.

In Lee der Fregatte tanzte das Boot unheimlich in der aufgewühlten See, und viele Augenpaare blickten neugierig auf sie herab. Sie selbst waren so steifgefroren, daß sie sich kaum rühren konnten. Die Fregatte setzte ein Boot aus, und bald darauf sprangen ein paar Matrosen gewandt zu ihnen herüber. Vom Schiff aus wurde ihnen eine Leine zugeworfen, eine Hosenboje wurde an einem Jolltau ins Boot gefiert, dann halfen die englischen Seeleute der Bootsbesatzung der Reihe nach in die Boje und hielten sie mit einem Beiholer frei, während sie an Deck geheißt wurde.

»Ich gehe als letzter«, sagte Hornblower, als sie sich zu ihm wandten. »Ich bin Offizier Seiner Majestät.«

»Wie? Das ist ja allerhand!« riefen die Matrosen überrascht.

»Nehmt den Toten ebenfalls mit«, sagte Hornblower. »Er soll ein anständiges Leichenbegängnis erhalten.«

Der steife Leichnam wirkte geradezu grotesk, als er durch die Luft nach oben schwebte. Der galicische Kapitän wollte sich mit Hornblower um die Ehre streiten, als letzter von Bord zu gehen, aber Hornblower ließ in diesem Punkt nicht mit sich reden. Endlich halfen die Matrosen auch ihm, seine Beine in die Hose zu stecken, und sicherten ihn noch mit einer Leine um den Leib. Schon schwebte er nach oben und pendelte dabei wie toll hin und her, da das Schiff stark rollte. Zuletzt holte man ihn binnenbords, er wurde vorsichtig gefiert und ab und zu wieder etwas geheißt, damit er keinen Stoß erlitt, bis ihn ein Dutzend kräftiger Arme aufnehmen konnten und sachte an Deck legten.

»Siehst du, mein Junge, jetzt bist du glücklich in Sicherheit«, ließ sich ein bärtiger Seemann vernehmen.

»Ich bin Offizier Seiner Majestät«, sagte Hornblower, »und möchte sofort den Wachhabenden Offizier sprechen.«

Bald darauf saß er in herrlich trockenem Zeug in der Kajüte des Kommandanten Seiner Majestät Fregatte SYRTIS, Kapitän Crome, und wärmte sich an einem steifen Grog. Crome war ein kleines dürres Männchen mit sorgenvoller Miene, aber Hornblower wußte, daß er als hervorragend tüchtiger Seeoffizier galt.

»Diese Galicier sind gute Seeleute«, sagte Crome. »Pressen kann ich sie leider nicht, aber freiwillig bleibt vielleicht doch einer oder der andere bei mir an Bord, weil es ihm hier besser geht als auf einer Gefangenenhulk.«

»Sir«, begann Hornblower, hielt aber gleich wieder zögernd inne. Einem Kapitän zu widersprechen ist für einen Leutnant immer eine gewagte Sache.

»Ja?«

»Diese Männer sind mit dem Boot in See gegangen, um Menschenleben zu retten. Nach den geltenden Bestimmungen dürfen sie nicht gefangengenommen werden.«

Cromes kalte graue Augen bekamen einen eisigen Schimmer – Hornblower hatte richtig geahnt, für einen Leutnant war es wirklich ein gefährliches Unterfangen, einen Kapitän eines Besseren belehren zu wollen.

»Wollen Sie mir etwa vorschreiben, was ich zu tun und zu lassen habe, Sir?«

»Gott bewahre, Sir, das liegt mir natürlich fern«, versicherte Hornblower eilends. »Es ist schon lange her, seit ich mich zum letzten Male mit den ständigen Befehlen der Admiralität befaßte. Wahrscheinlich trügt mich mein Gedächtnis.«

»Wollen Sie etwa sagen, die Admiralität ...?« fragte Crome in etwas verändertem Ton.

»Wie gesagt, Sir, wahrscheinlich bin ich im Irrtum«, meinte Hornblower, »aber ich glaube mich doch zu erinnern, daß es einen solchen Befehl gibt und daß er im übrigen auch für die beiden anderen – die Schiffbrüchigen – gilt.«

Selbst für einen Kapitän war es gefährlich, sich über eine grundsätzliche Anordnung der Admiralität hinwegzusetzen.

»Ich will mir die Sache überlegen«, sagte Crome.

»Ich habe den Toten mit an Bord schaffen lassen, Sir«, fuhr Hornblower fort, »weil ich annehme, daß Sie den Galiciern erlauben werden, ihn in würdiger Form zu bestatten. Die Leute haben immerhin ihr Leben aufs Spiel gesetzt, um ihn zu retten. Ich glaube, Sir, sie wären Ihnen für dieses Entgegenkommen sehr dankbar.«

»Auch das noch! Eine papistische Bestattung auf meinem Schiff! Also schön, ich werde anordnen, daß man die Leute gewähren läßt.«

»Danke, Sir«, sagte Hornblower.

»Und nun zu Ihnen selbst, Mr. Hornblower. Sie sagen, Sie hätten ein Leutnantspatent. Sie können hier an Bord Dienst tun, bis wir wieder zum Admiral stoßen. Der soll dann über Ihren weiteren Verbleib entscheiden. Soviel ich weiß, ist die INDEFATIGABLE nicht außer Dienst gestellt, also gehören Sie wahrscheinlich immer noch Rechtens zu ihrer Besatzung.«

Eben diesen Augenblick hatte sich der Teufel ausgewählt, um Hornblower zu versuchen, der sich gerade wieder einen Schluck Grog zu Gemüte führte. Die Freude, wieder an Bord eines Kriegsschiffs Seiner Majestät zu sein, war so überwältigend groß, daß sie fast schmerzte. Endlich wieder Salzfleisch und Hartbrot zu schmecken und nie mehr Bohnen und Garbanzos, endlich wieder ein Deck unter den Füßen zu haben und Englisch reden zu können! Und frei, so herrlich frei zu sein! Es war schließlich kaum anzunehmen, daß er ein zweites Mal in die Hände der Spanier fiel. Noch in der Erinnerung schauderte ihn vor dem Elend der Gefangenschaft, das er so gründlich durchgekostet hatte. Und jetzt brauchte er nur zu schweigen, ein paar Tage lang den Mund zu halten, sonst nichts. Aber der Teufel setzte ihm nicht lange zu, nur bis zum nächsten Schluck Grog. Dann schlug er ihn mit Schimpf und Schande in die Flucht und sah Crome wieder offen in die Augen.

»Leider geht das nicht, Sir«, sagte er.

»Warum?«

»Ich stehe unter Ehrenwort, Sir. Ich habe mich ehrenwörtlich verpflichtet, wieder zurückzukommen, ehe ich auslief.«

»Ach so. Das ist natürlich etwas anderes. Ich setze voraus, daß Sie dazu berechtigt waren.«

Es war allgemein üblich, daß gefangene britische Offiziere ihr Ehrenwort gaben, darum war auch in diesem Falle kaum etwas dagegen einzuwenden.

»Nach dem, was Sie sagen«, fuhr Crome fort, »haben Sie sich also in der üblichen Form verpflichtet, keinen Fluchtversuch zu machen, nicht wahr?«

»Jawohl, Sir.«

»Und welche Folgerungen ziehen Sie daraus für Ihr weiteres Verhalten?«

Crome durfte sich auf keinen Fall herausnehmen, die Entscheidung eines Gentleman nach irgendeiner Richtung zu beeinflussen, wenn es um etwas so rein Persönliches wie sein Ehrenwort ging.

»Ich muß wieder zurück, Sir«, sagte Hornblower, »und zwar bei der ersten Gelegenheit, die sich bietet.« Das Herz wollte ihm brechen, als er fühlte, wie sich das Schiff weich unter ihm wiegte, und er den Blick in der gemütlichen Kajüte umherwandern ließ.

»Zum mindesten können Sie heute noch an Bord essen und schlafen«, sagte Crome. »Ich gehe erst unter Land, wenn es erheblich abgeflaut hat. Sobald ich kann, schicke ich Sie unter Parlamentärflagge nach La Coruña hinein. Außerdem werde ich nachlesen, wie ich nach den ständigen Befehlen mit meinen Gefangenen verfahren muß.«

Die Sonne schien hell vom Morgenhimmel, als der Posten des Forts San Anton im Hafen von La Coruña seinem Vorgesetzten Meldung machte, daß die englische Fregatte draußen vor dem Kap außer Schußweite beigedreht habe und eben ein Boot aussetze. Damit hatte der Posten seine Pflicht getan und konnte die Entwicklung der Dinge in Ruhe abwarten. Der Offizier sah, wie das Boot unter Segel in flotter Fahrt näher kam, und konnte bald darauf ausmachen, daß es eine weiße Flagge führte. In Büchsenschußweite drehte es bei, auf den Anruf des Offiziers erhob sich ein Mann seiner Besatzung und antwortete zum größten Erstaunen des Postens im unverfälschten Galego-Dialekt. Als das Fahrzeug, der ergangenen Aufforderung folgend, an der Landungsbrücke angelegt hatte, entstiegen ihm zehn Mann. Gleich darauf warf es wieder los und hielt ohne Verzug wieder auf die Fregatte zu. Neun von den Zehnen schrien und lachten überglücklich durcheinander, der zehnte blickte verschlossen vor sich hin und verriet mit keiner Miene, was in ihm vorging. Sein starrer Ausdruck löste sich nicht einmal, als ihm die anderen in sichtlicher Zuneigung die Arme um die Schultern legten. Niemand machte sich erst die Mühe, dem Posten zu erklären, wer dieser junge Mann war, und der Posten war auch nicht sonderlich neugierig, es zu erfahren. Als er schließlich noch mit angesehen hatte, wie die ganze Gesellschaft ein Boot bestieg, um über die Bucht von La Coruña nach Ferrol zu gelangen, war die Geschichte endgültig für ihn abgetan, und er dachte nicht mehr weiter an dieses Erlebnis.

Der Frühling war schon nahe, als ein Offizier der spanischen Miliz die Kaserne betrat, die in Ferrol als Offiziersgefängnis diente. »Señor Hornblower?« fragte er und zerbrach sich dabei fast die Zunge.

Hornblower hörte ihn von seiner Ecke aus und konnte sich immerhin zusammenreimen, daß er gemeint war, hatte er doch oft genug gehört, was aus seinem guten Namen wurde, wenn ihn ein Spanier in den Mund nahm.

»Ja«, sagte er und erhob sich.

»Wollen Sie die Güte haben mitzukommen. Der Kommandant schickt mich zu Ihnen.«

Der Kommandant trat ihm mit einer Depesche in der Hand entgegen und strahlte über das ganze Gesicht.

»Dies hier, Sir«, sagte er und wies Hornblower das Papier, »ist ein Befehl, der Ihre Person betrifft. Der Marineminister Herzog von Fuentesauco hat ihn gegengezeichnet, er trägt jedoch die persönliche Unterschrift unseres Ministerpräsidenten, des Friedensfürsten und Herzogs von Alcudia.«

»Jawohl, Sir«, sagte Hornblower trocken.

Er hätte in diesem Augenblick Hoffnung schöpfen können, aber die Gefangenschaft zermürbt am Ende jeden Menschen so, daß er überhaupt zu hoffen aufhört. So kam es, daß ihn zunächst nur die gehäuften Titel dieses Friedensfürsten fesselten, die er nun in spanischer Sprache zu hören bekam:

»Das Schreiben lautet: ›Wir, Carlos Leonardo Luis Manuel de Codoy y Boegas, Erster Minister Seiner Allerkatholischsten Majestät, Friedensfürst, Herzog von Alcudia und Grande höchsten Ranges, Graf von Alcudia, Ritter des Allerheiligsten Ordens vom Goldenen Vlies, Ritter des Heiligen Ordens von San Diego, Ritter des Allerhöchsten Ordens von Calatrava, Generalkapitän der gesamten Streitkräfte Seiner Allerkatholischsten Majestät zu Lande und zu Wasser, Generaloberst der Leibgarde, Admiral der beiden Ozeane, General der Kavallerie, der Infanterie und der Artillerie‹ – um es kurz zu sagen, Sir, dieser Befehl weist mich an, unverzüglich alle erforderlichen Maßnahmen zu treffen, um Sie so bald wie möglich in Freiheit zu setzen. Ich bin verpflichtet, Sie unter der Parlamentärflagge zu Ihren Landsleuten zurückzuschicken, und zwar, so heißt es, ›in Anerkennung Ihrer selbstlos tapferen Haltung bei der unter Einsatz Ihres eigenen Lebens durchgeführten Rettung Schiffbrüchiger‹.«

»Ich danke Ihnen, Sir«, sagte Hornblower.

Cecil Scott Forester

Die Hornblower-Romane

Fähnrich zur See Hornblower
Ullstein Buch 22433

Leutnant Hornblower
Ullstein Buch 22441

Hornblower wird Kommandant
Ullstein Buch 22462

Hornblower auf der *Hotspur*
Ullstein Buch 22651

Der Kapitän
Ullstein Buch 22481

An Spaniens Küsten
Ullstein Buch 23633

Unter wehender Flagge
Ullstein Buch 23789

Der Kommodore
Ullstein Buch 22555

Lord Hornblower
Ullstein Buch 22570

Hornblower in Westindien
Ullstein Buch 22598

Ullstein

Alexander Kent

Die Richard-Bolitho-Romane

Die Feuertaufe *(UB 23687)*

Strandwölfe *(UB 23693)*

Kanonenfutter *(UB 22933)*

Zerfetzte Flaggen *(UB 23192)*

Klar Schiff zum Gefecht *(UB 23063)*

Die Entscheidung *(UB 22725)*

Bruderkampf *(UB 23219)*

Der Piratenfürst *(UB 23587)*

Fieber an Bord *(UB 22460)*

Des Königs Konterbande *(UB 23787)*

Nahkampf der Giganten *(UB 23493)*

Feind in Sicht *(UB 20006)*

Der Stolz der Flotte *(UB 23519)*

Eine letzte Breitseite *(UB 20022)*

Galeeren in der Ostsee *(UB 20072)*

Admiral Bolithos Erbe *(UB 23468)*

Der Brander *(UB 20591)*

Donner unter der Kimm *(UB 23648)*

Die Seemannsbraut *(UB 22177)*

Mauern aus Holz, Männer aus Eisen *(UB 22824)*

Das letzte Riff *(UB 23783)*